분홍리본의 시절

권여선 소설집

창비

분홍리본의
시절

차례

가을이 오면

새학기 등록이 시작될 무렵이면 면접만으로 신입생을 받는 K전문대 본부건물 2층 복도에서는 사회생활에 찌든 키 작고 평범한 남녀들이 행정실 문 앞에서 기웃거리는 모습을 볼 수 있었다. 그들은 조심스럽게 행정실 문을 열고 들어갔다 나온 후 어두운 복도에서 손바닥만한 등록영수증을 가만히 들여다보며 서 있곤 했다.

*

그녀가 K전문대 아동학과에 입학한 후 처음 맞는 여름은 몹시 더웠다. 유월에 접어들면서 이른 무더위가 시작되었다. 캠퍼스에서 만나는 사람들 누구나 땀에 젖어 번들거리는 얼굴로 정말 덥네, 끔찍하게 더워, 하고는 고개를 설레설레 저었다. 그건 마치 이 난데없는 더위에 대해 누군가 책임을 져야 한다면 그건 바로 당신 아니겠는가 하고 그녀에게 말하는 것 같았다.

학교도 더웠지만 그녀의 자취방이야말로 참을 수 없이 더웠다. 입주금과 이용료가 싸기로 유명한 K전문대 기숙사는 지난겨울부터 낙후된 설비를 개보수하는 공사중이었다. 손대는 시늉만 하고 입주금을 올려 받으려는 재단측의 음모라는 얘기가 돌았지만 그녀는 소문에 어두웠다. 그녀는 기숙사에 입주하지 못한 댓가로 대학측에서 대출해준 돈으로 방을 얻었다. 은행 잔고 수준에 맞추느라 세가 비싼 학교 정문 근처에 방을 얻지 못하고 시장통 너머에 있는 4층 옥탑방을 얻었다. 그럼에도 다달이 내는 대출금 이자와 월세와 공과금을 합한 비용은 그녀에겐 꽤 빠듯한 액수였다.

봄학기 내내 그녀는 구불구불한 재래시장을 가로질러 등교했다. 빠른 걸음으로 이십분 정도 걸렸다. 학교에서 집으로 돌아올 때는 이십오분쯤 걸렸다. 일부러 늦게 걷는 것도 아닌데 차이는 항상 그렇게 오분가량 났다. 일반 도로는 시장을 끼고 타원형으로 우회했으므로 버스로 학교 정문까지는 다섯 정류장이나 되었다. 하루 왕복 버스비를 아끼면 학생식당에서 점심을 사 먹을 수 있었다. 그녀는 배식이 시작되는 열한시면 어김없이 식당으로 갔다. 주어진 밥을 다 먹고 한번 더 받아 먹는 적이 많았다. 그녀는 된장국을 좋아했으므로 된장국이 나오는 날에는 국도 더 받았다. 배식하는 여인이 그녀의 식판에 밥뿐 아니라 김치나 야채절임을

더 얹어주기도 하고 커다란 사각의 양은통에서 된장국을 넉넉히
퍼주기도 했다. 좀처럼 음식을 남기지 않는 그녀가 오직 손대지
않는 것은 미끌미끌한 미역국이나 미역초무침뿐이었다. 미역 건
더기의 느낌은 흔히 딸의 행위가 부적절하다고 판단한 어머니들
이 딸에게 던지곤 하는, 미끈거리고 천덩거리는 바로 그 눈빛의
질감이었다. 딸의 약점을 놓치지 않는 빈틈없는 어머니란 딸에게
얼마나 크나큰 재앙인가.

*

그녀는 새로운 환경에 적응하기에는 상상력과 독창성이 부족
한 편이었다. 규칙을 알아내는 데도 오래 걸렸고 일단 규칙으로
간주하면 일점 회의 없이 지키려고만 했다. 편법을 몰랐고 무엇
보다 상대방의 말에 대한 의심이 현저히 부족했다. 타인의 말을
액면 그대로 믿는다는 것은 그녀를 착해 보이게 하기보다는 좀
답답하고 꽉 막혔다는 인상을 주었다. 그러나 그녀는 상대의 말
은 믿었지만 상대를 믿은 적은 결코 없었다.
　대학 사람들은 그녀의 존재를 거의 느끼지 못했다. 지도교수
마저 그녀가 자기 지도학생이라는 걸 깜빡 잊고 강의시간에 눈이
마주치면 미간이 넓고 얼굴이 울긋불긋한 저 나이든 여학생이 누
군가 의아해하곤 했다. 그러니 그녀가 담배를 피운다는 것을 알
았을 때 사람들은 놀랄 수밖에 없었다. 정확히 말해서 피운다기
보다 피울 줄 아는 것이었다. 피울 줄은 알지만 피우지 못하는 건

담뱃값이 없기 때문이었다. 종강 모임에서 그녀에게 담배를 권한 사람은 그녀 곁에 앉은 복학한 남학생이었다. 그는 그녀보다 사오년 먼저 입학한 선배였지만 나이는 그녀와 비슷했다.

피워도 되죠?

남학생은 새로 산 담뱃갑을 뜯으며 예의상 이렇게 물었다. 그녀는 무어라 대답해야 좋을지 모르겠다는 애매한 얼굴로 남학생을 바라보았다. 남학생은 담뱃갑에서 담배를 꺼내 입으로 가져가려다 말고 장난삼아 그녀 쪽으로 내밀었다.

피우실래요?

그녀는 눈짓으로 주위를 살핀 다음 조심스레 손을 뻗어 남학생의 집게손가락과 가운뎃손가락 사이에 끼워진 담배를 살짝 빼냈다.

오, 피울 줄 아시나보네.

남학생이 약간 흥분한 기색을 보이며 불을 붙여주었다. 남학생의 다소 높은 목소리에 사람들의 시선이 그녀에게로 향했다. 그녀가 얼굴을 붉히고 담배 한모금을 깊이 빤 후 연기를 내뿜었을 때에야 비로소 사람들은 그녀에게서 최초로 어떤 느낌이라 할 만한 것을 받았다. 그녀가 입학한 지 한 학기가 끝나가는 싯점이었다. 그녀의 흡연에는 무례하다거나 되바라졌다고는 도저히 볼 수 없는, 실조된 무엇에 대한 간절한 필요가 배어 있었다.

그녀에게 담배를 권했던 남학생은, 참신하다고까지는 할 수 없지만 울긋불긋 상기된 얼굴로 끝까지 담배를 피워낸 그녀에게서 일종의 색다른 느낌을 받았기에 술자리가 끝난 후 그녀에게 담배 한갑을 선물로 사주었다. 그녀의 지도교수가 아는 출판사의 편집장에게서 전화를 받고 언뜻 그녀를 떠올린 것도 예상치 못한 그녀의 흡연 때문이었다. 왜 담배를 피우는 여학생들이 통상 글을 좀 쓰지 않는가.

*

여름방학이 시작된 후 그녀는 출판사 아르바이트 문제로 지도 교수의 호출을 받아 몇번 학교에 간 적이 있었다. 그러나 담배를 권했던 남학생은 볼 수 없었다. 그녀는 방학 내내 출판사에서 임대해준 노트북으로 셰익스피어의 희곡을 아동용 만화로 개작하는 아르바이트를 했다. 지도교수 말로는 편집장이 재미만 있다면 대사가 다소 유치해도 좋다더라는 것이었다. 그리고 언제부터인가 그녀는 매일 시장을 돌아다니는 버릇이 들었다. 그것도 오전 내내 안절부절못하다 무더위가 기승을 부리는 정오 무렵이면 지갑 하나만 든 채 무작정 시장통으로 나가는, 다소 자학적이라면 자학적인 버릇이었다.

정수리 한복판에 대낮 불볕이 내리쬐이는 그 시각, 시장 거리에는 지나다니는 사람이 거의 없었다. 한산하고 고요한 시장도 시장임엔 분명했지만 결코 시장답지는 않았다. 더위에 시든 야채, 얼음조각 위에서 이미 상해가는 생선과 쉰내를 풍기는 닭, 버무리자마자 국물이 배어나오기 시작하는 반찬, 다디단 향기 속에서 농익어가는 과일 들만이 좌판을 지키고 있었고 노점 주인들은 짙고 짧은 그늘이 드리운 상가 밑에 앉아 부채질을 하며 국수나 냉면, 쌈밥 같은 것을 먹었다. 여름이면 한층 심해지는 알레르기 때문에 그녀는 땀이 흘러 따끔거리는 이마와 볼을 연방 손바닥으로 문지르며 발목에 짧은 그림자를 매단 채 정처 없이 시장통을 헤맸다.

시장길이 끝나고 주택가가 시작되는 지점에 있는 애완견 상점이 반환점이었다. 그녀는 윗면이 뚫린 사각 유리통에 갇혀 배를 발딱거리며 낮잠을 자는 강아지들을 오래도록 들여다보았다. 잘게 자른 신문지 위에 모로 눕거나 뒤로 발랑 뒤집어지거나 잠버릇은 제각기 달랐지만 강아지들은 한결같이 슬픈 악몽을 꾸는 모습이었다. 유리벽에 코를 박고 자는 시추의 찡그린 표정을 오랫동안 지켜보노라면 웃음보다 불가해한 고통이 밀려왔다. 그럴 때면 그녀의 옅은 눈썹 사이 빨긋빨긋 반점이 돋은 넓은 미간이 몸을 웅크리는 애벌레처럼 서서히 좁아져 가늘게 주름지곤 했다.

반환점을 돈 그녀는 시장에서 한 블록 떨어진 골목으로 접어들어 점심을 사 먹었다. 시장에서 노점상들이 먹던 냉면이나 메밀국수 같은 음식들이 머릿속을 맴돌았지만 그녀가 주로 먹는 것은 더운 날씨에 전혀 어울리지 않는, 붉은 기름이 도는 컵라면이나 천원짜리 김밥, 싸구려 튀김 같은 것이었다. 점심을 먹고 시장길을 되짚어 자취방으로 돌아올 때 그녀는 일사병에 걸린 것처럼 눈앞이 침침하고 정신이 혼미했다. 철제 계단 끝 4층의 작은 옥탑방은 학생식당에서 대형 국그릇으로 사용하는 사각 양철통처럼 뜨겁게 달구어져 있었다. 그녀는 완전히 기진맥진하여 땀에 젖은 속옷 차림으로 정신없이 낮잠에 빠져들었다. 밤이 되어도 방은 전혀 식지 않았다. 그녀는 노트북을 켜고 작업을 하다 말고 문득 양철통 속의 국건더기처럼 방안을 둥둥 떠다니며 자기도 모르게 정말 덥네, 끔찍하게 더워, 라고 드문드문 중얼거리곤 했다.

*

　그녀는 출판사 아르바이트를 하면서 셰익스피어의 희곡을 처음 읽었다. 그중 그녀에게 특별한 인상을 남긴 작품은 「안토니우스와 클레오파트라」였다. 결코 안토니우스와 클레오파트라의 열정적인 사랑 때문은 아니었다. 작품을 읽는 내내 그녀를 사로잡은 느낌은 눈이 노르스름하고 부리가 날카로운 새떼에 둘러싸인 듯한, 그 소름끼치는 낯익음이었다.
　「안토니우스와 클레오파트라」에서 잔인하고 성질이 불같았던 클레오파트라는 전령에 대해서만은 일견 공평무사했다. 클레오파트라는 좋은 소식을 가져오는 전령에게나 나쁜 소식을 가져오는 전령에게나 똑같은 양의 황금을 주었다. 다만 주는 방식이 달랐을 뿐이다. 좋은 소식을 가져온 전령에게는 황금 덩어리를 비단 주머니에 넣어주었고 나쁜 소식을 가져온 전령에게는 녹인 황금액을 목구멍에 부어주었다. 그녀의 머릿속에선, 끓는 황금액을 전령의 목에 따르는 클레오파트라의 모습에, 커피포트로 커피잔에 물을 따르던 어머니의 모습이 겹쳐졌다.
　그녀의 어머니는 언변이 좋고 연극적이어서 동네 여인들은 아침밥만 해치우면 그녀의 집으로 몰려들었다. 게다가 그녀의 집은 '아저씨'가 없는 집이었으므로 저녁까지 놀기에 더할 나위 없었다. 여인들이 모이면 어머니는 그녀에게 상냥한 눈짓을 했다. 반질하고 끈적한, 녹즙과 계란과 오일을 섞어놓은 듯한 미역 같은 눈빛. 그렇지. 그래야지.

그녀는 부엌에서 발돋움을 하여 찬장에서 커피잔 쎄트를 꺼냈다. 커피 두 스푼씩을 넣은 커피잔과 프림그릇, 설탕그릇을 쟁반에 받쳐 내가면 어머니는 김이 퐁퐁 솟는 커피포트의 손잡이를 잡고 커피잔에 물을 따를 준비를 하고 있었다. 어머니는 커피물을 따르고 잔을 돌리는 공정만은 누구에게도 맡기지 않았다. 어머니는 클레오파트라처럼 우아하게 커피잔에 물을 따랐고, 비척대며 그 자리를 빠져나오는 그녀의 목은 알 수 없는 굴욕감에 바짝 죄어들었다. 상대방의 어떤 비명도 아우성도 듣지 못하는 그런 여인들의 무아지경적 우아.

그녀에게는 애초부터 우아의 능력이 결여되어 있었다. 그녀의 어머니가 하나밖에 없는 딸에게 가장 불만스러웠던 점도 어쩌면 그것이었는지 모른다. 여성적 우아는 세상에 대한 진정한 초연함에서 오는 법. 남성들이 짐짓 취하는 초연한 자세는 언제나 가장된 것이란다. 남자들은 어떤 식으로든 세상과 연루될 수밖에 없는 존재들이니까. 그러나 여자들은, 특히 우리네 우아한 여자들은 남자들에게 세상을 빼앗긴 대신 세상으로부터의 초연함을 얻었단다. 타인의 고통에 대해 진정으로 초연할 수 있는 우아함이야말로 여성의 표징이니, 그런데 이런, 어머니가 보매 우아하지 않은 그녀는 꿩도 매도 다 놓친, 세상도 초연함도 다 잃은, 열등하고 미달된 여성일 따름이었다.

그리하여 어머니는 어려서부터 그녀에게 가혹할 정도로 주변 사람들에게 잘 보여야 한다고 가르쳤다. 그녀의 집에 몰려드는 여인들은 물론이고, 가게 주인이나, 노인, 심지어 그녀보다 어린 아이들에게까지. 그게 우아의 기본이었다. 그녀가 그들을 어떻게 보는지는 중요하지 않았다. 그들이 그녀를 어떻게 보는지가 중요했다. 우아는 초연함에서 온다는데 어찌된 일인지 그녀는 노심초사 그들의 마음속에 비친 자신의 모습을 알아내기 위해 시시각각 분투해야 했다. 그들의 비위를 거슬러서는 안되고 그들의 마음에 들도록 그녀의 잘못을 교정해야 했다. 그렇지. 그래야지. 그러지 않으면 그들이 언제 그녀에 관해 어머니에게 고자질할지 몰랐다. 그들, 그들, 어머니를 대신하는 변덕스럽고 무자비하고 수다스러운 새떼들. 그들의 부리가 쪼는 곳은 어김없이 그녀의 헌데였고 염탐하는 그들의 눈빛 속에서 그녀는 항상 아프고 수치스러웠다. 그녀는 장 속에 박힌 장아찌처럼 되도록 남의 눈에 띄지 않고 죽은 듯 살아가기를, 아니 차라리 삭아가기를 원했다.

그렇다면 과연 어머니는 그녀를 전혀 사랑하지 않았던가. 철이 들고부터 그녀가 수백, 수천 번 곱씹었던 의문이었다. 답은 아니다였다. 그녀는 태어나기 직전에 사고로 아버지를 잃어 유복자라는 슬픈 명명까지 받은 바 있는, 어머니의 친딸이자 외동딸이었다. 어머니가 하나밖에 없는 혈육인 그녀를 사랑하지 않을 까닭이 없었다. 그래서 그녀는 계속 궁금했고 아직도 궁금한 것이

16

다. 사람들은 어찌 감히 사랑 같은 것을 갈망할 수 있는가. 모녀 간에마저도 피할 수 없었던 저 사랑을 망치는 사랑을, 사랑이라는 베일 뒤에 가려진 저 살아 꿈틀거리는 해초의 흡반을, 뜨거운 용액이 목구멍에 들이부어지는 저 우아하기 짝이 없는 고문을.

물정이나 소문에 어둡듯 그녀는 사랑에도 어두웠다. 그녀는 안토니우스와 클레오파트라의 사랑에 대해서 전혀, 아무 감흥도 느끼지 못했다. 따라서 그녀가 개작한 만화 「안토니우스와 클레오파트라」는 전혀, 조금도 재미있지 않았다. 그녀는 주제 파악 능력이 부족하다는 이유로 출판사에서 잘렸고, 편집장의 말을 곧이곧대로 전하는 수고를 아끼지 않은 지도교수 전령사의 목구멍에 본의아니게 쓴디쓴 침을 따라붓게 된 셈이었다.

*

조교를 통해 건네받은 돈은 한 달 반여의 작업량에 비해 너무도 보잘것없는 액수였다. 그 때문은 아니었지만 그녀는 학교에서 시장을 가로질러 돌아오는 길에 발목이 접질려 뜨거운 콘크리트 바닥에 쓰러졌다. 입자가 고르지 않은 울렁울렁한 유리가 그녀에게 덮어씌우는 듯했다. 쓰러진 몸 위로 이글이글 노란 햇볕이 사정없이 내리쪼였고 사방이 막힌 듯 조밀한 대기가 그녀를 가두었다. 순간 그녀는 자신이 왜 이제껏 매일 시장통을 헤매었는지를 번개같이 깨달은 느낌이었다.

여름 한낮의 시장 거리는 처연하도록 아름다웠다. 그녀가 길

바닥에 쓰러져 너울거리는 공기 너머로 본 것은 뜨거움과 조잡함
이 우윳빛으로 뒤엉긴, 이를테면 순댓국 같은 풍경이었다. 발목
이 녹아내리는 듯한 고통 속에서도 그녀의 오감은 극도로 민감해
졌다. 타는 햇볕과 눅눅한 습기, 지글거리는 화인(火印)이 가려
운 부위에 선명히 찍히는 듯한 고통과 희열, 매운 고추 향과 찌르
르한 매미 소리, 집요한 열정과 짜증스러운 절망, 정지한 바람과
짙은 녹음, 자장을 볶는 냄새와 앓는 아기의 울음소리 같은 것들
이 한데 몸을 맞대고 춤을 추는 듯한, 무어라 형용하기 힘든 기묘
한 느낌이 그녀를 덮쳤다. 뺨에 닿은 씨멘트가 따뜻했다. 불가사
의하게도 그녀는 이 여름의 언젠가부터 자신이 이 순간을 절실히
기다려왔다는 것을 알았다.

　그녀가 아주 잠깐 실신했다 깨어났을 때 한 남자가 그녀의 팔
과 어깨를 붙들어 자꾸만 고꾸라지려는 그녀를 지탱하고 있었다.
그녀가 몸을 조금 움직이자 남자가 물었다.

　괜찮아? 일어날 수 있겠어?

　일어나보려고 애썼지만 그녀는 일어나지 못했다. 남자가 그녀
를 업고 가까운 정형외과로 데려다주었다. 부은 발목에 침을 맞
으면서 그녀는 날카로운 비명을 질렀다. 비명을 지르고 나서야
그녀는 오래전부터 몹시 비명이 지르고 싶었다는 것을 알았다.
좀더 일찍, 함정에 빠지듯 시장통 한가운데 푸욱 무너졌을 때 질
렀으면 좋았을 비명이었다. 그녀가 치료를 끝내고 나왔을 때 남
자는 가고 없었다. 접수대에서 계산을 하려다 그녀는 지갑을 잃
어버렸다는 것을, 한 달 반여의 수고비가 한순간에 사라져버렸다

는 것을 알았다. 앎이나 깨달음은 늘 그렇게, 한발짝 늦게 그녀를 찾아왔다. 똑같은 거리가 등하교 때마다 오분가량 차이나듯, 그녀가 아무리 아등바등 따라잡으려 해도 삶과 그녀의 박자도 그렇게 어긋났다.

*

그녀가 막 낮잠이 들려는 찰나 초인종이 울렸다. 그녀는 베개로 양 귀를 감싸고 벽 쪽으로 돌아누웠다. 문밖에서 그녀를 기다리는 소식이 설사 어머니의 부음이라 해도 몸을 일으키지 못할 만큼 피로했다. 초인종 소리가 그치는가 싶더니 이번에는 발로 옥탑방의 문을 툭툭 차는 소리가 들렸다. 아직도 하루치 불운이 다 끝나지 않았나보다. 그녀는 울먹이며 외쳤다.

누구세요?

무어라 중얼거리는 대꾸가 들려왔다. 그녀는 자리에서 일어나 병원에서 구매한 발목지지대를 차고 절름거리며 현관으로 나가 안전고리를 채운 문을 빠끔 열었다. 틈새로 그녀를 병원까지 업어다준 남자의 얼굴이 보였다. 남자는 문틈으로 불쑥 무언가를 들이밀었다. 그녀라면 혹시 절 아시겠냐고, 조금전 이러저러한 상황에서 만나뵀던 사람이라고 상대가 자신을 알아보는지부터 확인했을 테지만 남자는 그녀가 자기를 기억할 것을 확신하는 태도였다. 그런 단도직입적인 태도는 남자의 대단히 잘생긴 외모에서 비롯된 듯했다.

혹시 그쪽 지갑 맞나 해서.

남자가 내민 것은 과연 그녀의 지갑이었다. 짧막한 감탄이 그녀의 입에서 흘러나왔다. 그녀는 어디 무턱대고 감사기도라도 올리고 싶은 심정이었다. 불운치고는 군더더기 없는 깔끔한 불운이었다.

잠깐만요.

그녀는 문을 닫고 안전고리를 푼 후 다시 문을 활짝 열었다. 그러나 남자는 들어올 생각이 없는 듯했다. 그녀가 남자에게서 지갑을 건네받아 살짝 열어보려는데 남자가 느릿느릿한 저음으로 덧붙였다.

돈은 없더라고.

돈은 과연 없었다. 그녀는 한쪽 발에 하중을 실은 기우뚱한 자세로 남자를 망연히 올려다보았다. 볼을 한번 쓱 문지르는 남자의 손톱에 까맣게 때가 끼어 있었다.

카드는 있어.

카드는 과연 있었다.

병원에서 내려오는데 어떤 아줌마가, 왜 시장에서 리어카 밀고 다니면서 개미약 바퀴약 같은 거 파는 아줌마 있지?

그녀는 고개를 끄덕였다.

알지, 그 아줌마?

아니, 그녀는 고개를 저었다. 직접 아는 건 아니고······

그러니까 보긴 봤지?

그녀는 다시 고개를 끄덕였다.

그 아줌마가 이거 그쪽 지갑 같다고 나더러 갖다주라고 하더라고. 닭집 쓰레기통 옆에서 주웠다나. 근데 돈은 누가 빼갔나보다고. 내가 딱 카드 보니까 그쪽 맞길래, 왜 카드에 사진 하나 붙어 있잖아?

대출금 이자를 갚는 학생증 겸용 은행 카드에는 그녀의 사진이 자그맣게 붙어 있었다.

딴 뜻 없어. 맞나 확인하느라고 열어본 거지.

그녀는 이해한다는 투로 깊이 고개를 끄덕였지만 신경은 온통 실물보다 못 나온 사진과 잃어버린 돈의 액수 사이에서 갈팡질팡하고 있었다.

병원 갔더니 벌써 집에 갔다 그러길래 간호사한테 주소 가르쳐달래서 온 거야.

아.

그녀는 주소만으로 자신의 옥탑방을 찾아온 남자의 능력에 감탄했다.

카드 잃어버리면 귀찮잖아?

네.

남자는 뭔가 더 말을 하려다 뚝 끊고 그녀를 내려다보았다. 그녀가 그럼 이만, 하며 문을 닫으려 하자 남자가 큰 덩치로 막아섰다.

아니, 잠깐!

그녀의 표정이 순식간에 방어적으로 굳자 남자가 씩 웃었다.

그쪽이 밥 한번 사야 되는 거 아냐? 이 더위에 병원까지 업고 가고 이 꼭대기까지 올라와서 지갑도 찾아주고 했는데.

그녀는 왠지 온몸에 음울한 불안감이 번져가는 가운데서도 남자의 짙고 숱 많은 속눈썹에서 눈을 뗄 수가 없었다. 그녀가 실신 상태에서 깨어났을 때 언뜻 본 땀에 젖어 축축하던 그 속눈썹. 마치 비를 피할 좁은 처마 같은, 그 밑에서 부채질을 하며 국수나 냉면, 쌈밥 같은 것을 먹을 수 있는 차양 같은.

아닌가?

남자가 중얼거렸다.

어떤 음식 좋아하시는데요?

그녀의 물음에 남자는 또 한번 볼을 쓱 문지르더니 어린애처럼 간단히 대답했다.

김치볶음밥!

*

햇반과 김치를 사온 남자는 1미터 남짓밖에 안되는 그녀의 짧은 씽크대 앞에 서서 붙박이 찬장의 위아래 문을 모두 열어보더니, 거의 아무것도 해먹지를 않는 부엌이구만, 하고 중얼거렸다. 그녀는 열린 방문 안쪽에 앉아 집게손가락으로 이마와 미간 언저리를 긁작이며 남자를 올려다보았다. 남자는 우주의 어떤 공간도 순식간에 제집 부엌처럼 만들 수 있는 조왕신 같았다.

아니, 무슨 사람 사는 집에 프라이팬 하나가 없어? 진짜 없어?

네.

그녀는 겨우 입술만 달싹거려 대답했다. 접질린 발목만이 아니라 넘어질 때 힘을 준 온몸의 근육이 단단히 뭉치면서 뿌듯이 부어오르고 있었다. 남자는 프라이팬 대신 하나밖에 없는 라면용 편수 냄비를 찾아내 가스버너 위에 올렸다.

기름 없어, 기름?

네.

참기름 들기름 식용유 다 없어?

네.

남자는 할 수 없다는 듯 달군 냄비에 그대로 김치를 쏟아붓다가 손목에 살짝 스냅을 주어 김치 봉지를 꺾었다.

내가 왜 김치를 다 안 넣는지 알아?

아뇨.

남자는 이유를 말하는 대신 냄비에 햇반 두 그릇을 넣고 일회용 숟가락으로 꾹꾹 누르며, 이건 뭐 김치볶음밥이 아니라 김치찜밥이 되겠네, 라고 투덜거렸다. 떡처럼 켜를 이룬 밥 밑에서 김치가 지글거리며 타는 냄새를 풍겼다. 경이로운 냄새였다.

김 없지?

네.

이쯤에서 딱 김을 구워줘야 되는데.

남자는 남은 김치를 냄비에 다 쏟고는 편수 손잡이를 바투 쥐고 심호흡을 했다. 남자는 휘기 쉬운 일회용 숟가락을 요령있게 휘둘러 내용물이 잘 섞이도록 저었다.

깨도 없지?

네.

계란도 없고, 응?

계속되는 남자의 유혹적인 요구에 부정적으로만 답변해야 하는 것이 그녀로서는 죄스러웠다.

냉장고가 없어서……

남자가 코웃음을 쳤다.

흥! 겨울이면 있었을까?

남자의 가벼운 코웃음이라니. 집에 남자 없이 자란 그녀가 일찍이 들어본 적조차 없는 경이로운 소리였다. 남자가 가스버너의 불을 껐다. 그녀는 팔로 방바닥을 짚고 일어나려 했다.

가만있어. 다리도 아픈데.

남자는 현관 앞에 쌓인 지역정보지 몇장을 가져와 겹쳐 깔고 그 위에 냄비를 얹었다. 그들은 한 평짜리 방 안에 일회용 숟가락 두 개가 꽂힌 냄비 하나를 사이에 두고 마주앉았다. 남자가 빈 햇반 용기에 수돗물을 받아 왔다.

보리차가 있었으면 보리차를 끓여서 국 삼는 건데.

남자가 나눠 먹을 그릇을 가져오지 않은 걸 알고 그녀는 조금이나마 자신감을 회복했다.

일회용 그릇은 많아요.

그녀가 다시 방바닥을 짚고 일어나려 하자 남자가 만류하는 손짓을 하며 타이르듯 말했다.

아니, 뭘 모르시네. 김치볶음밥은 원래 이렇게 통째로 놓고 다 같이 먹는 거야.

그들은 그릇에 나누지 않고 한냄비의 밥을 함께 먹었다. 남자가 숟가락질을 할 때마다 남자의 겨드랑이에서 톡 쏘는 듯한 시큼한 땀냄새가 났다. 김치볶음밥은 경이로운 맛이었다. 누군가 앓는 그녀를 위해 밥숟가락 위에 구운 고기나 가시 바른 생선 한 점을 사뿐히 얹어준다면 이런 맛일까. 남자가 한입 가득 밥을 문 채 물었다.

쩔깃한 놈도 있고 아삭한 놈도 있으니까 더 맛있지?

그녀는 처음엔 무슨 말인지 몰라 당황하여 네? 하고 물었다.

김치를 한꺼번에 다 안 넣는 거, 그게 비법이야 비법.

그제야 알아듣고 그녀는 아, 네, 네, 하고 대답했다.

매우면 물 떠먹고.

아, 네.

그녀는 수돗물도 남자와 한그릇에 놓고 함께 떠먹었다. 숟가락을 쪽 빨고 떠먹는데도 물에는 이내 밥알 찌끼가 돌고 고운 고춧가루가 한들거리며 흰 용기 바닥에 가라앉았다.

벌써 다 먹었어?

네.

그녀는 더 먹고 싶었지만 양이 모자랄 것 같아 참았다. 남자는 그녀가 숟가락을 내려놓자마자 가차없이 편수 손잡이를 움켜쥐고 냄비를 제 쪽으로 기울였다. 남자는 일회용 숟가락으로 바닥에 눌어붙은 데글데글한 밥찌꺼기와 탄 김치까지 깨끗이 긁어 먹은 후 남은 수돗물로 입을 우적우적 헹구었다.

한대 피웁시다.

남자가 훌쩍 뒤로 물러앉으며 주머니에서 담배를 꺼냈다. 복학생이 피우던 담배와는 종류가 다른 싸구려였다. 한대 피웁시다라니, 그저 자기 혼자 한대 피우겠다는 뜻인지, 함께 한대씩 피우자는 말인지 그녀가 남자의 말뜻을 속으로 따지고 있을 때 남자가 담배 한개비를 꺼내더니 망설임 없이 그녀 쪽으로 내밀었다. 둘은 말없이 담배를 피웠다. 그녀는 스물일곱 해 인생에 남자와 이토록 정답게 같이 앉아 있어본 적이 없는 듯했다. 도대체 어떤 남자가 그녀에게 한대 피웁시다라든가, 통째로 놓고 다같이 먹는 거야라든가, 매우면 물 떠먹고 같은 경이로운 말들을 할까.

남자는 담배꽁초를 햇반 그릇에 눌러 끄며 지갑을 내밀 때처럼 불쑥 이렇게 물었다.

그쪽은 뭐 좋아해? 이름은 어떻게 되고?

*

그녀는 햇배추로 끓인 된장국을 좋아했다. 남자도 햇배추로 끓인 된장국을 좋아한다고 했다. 그녀가 남자를 데리고 어머니를 보러 간 것도 고랭지 배추가 출하되기 시작한 늦여름, 그러니까 가을학기가 시작되기 직전이었다.

그녀의 어머니는 K전문대에서 40킬로미터쯤 떨어진 서남쪽 인근 도시의 자그마한 변두리 교회에서 살고 있었다. 하는 일마다 야금야금 손해를 보아 유산을 거의 바닥낸 어머니는 한꺼번에 모든 걸 만회하려고 납골당 분양사업에 뛰어들었다가 그마저 실패했다. 그러니까 한적한 변두리 교회는, 집까지 날리고 빚 때문에 몇년을 은신하던 중년 여인이 정착하기에 딱 알맞은 곳이었다. 어머니는 교회에 딸린 곁방에서 먹고 자고 목사 부부의 밥도 해주고 교회 청소도 하고 선교도 다니고 급할 때면 목사 대신 임종 기도도 해주러 간다고 했다. 이를테면 교회의 신도이자 가정부이자 자원봉사자인 셈이었다.

전철을 두 번 갈아타고 마을버스를 타고 어머니에게 가는 길은 제법 멀었다. 두번째로 갈아탄 전철에서 남자는 생각에 잠긴 표정으로 눈을 내리깔고 있었다. 도려내어 품고 싶을 만큼 멋진 옆얼굴이었다.

그녀는 잘생긴 남자들이 승환이라든가 용택이라는 식의 지극히 평범하고 딱딱한 이름을 가진 것을 이상하게 여겼다. 태어났을 때 그들이 대단히 귀여운 아기였을 것은 의심의 여지가 없는데, 어찌 그들의 부모나 조부모는 그 어여쁜 갓난아기에게 철우라든가 형직이라는 망측한 이름을 붙일 생각이 들었을까. 성이 흔히 김씨 이씨 박씨이거나, 혹은 흔치않아 더욱 감당하기 힘든 계씨 또는 곽씨인 것은 어쩔 수 없다 치더라도 말이다. 남자 역시 굳은 소금처럼 딱딱하게 각진 이름을 갖고 있었다.

그러나 더욱 이상한 것은 어찌 그녀의 어머니가 그녀같이 미간이 넓고 온통 흐릿하게만 생긴 아기에게 그토록 조롱적일 만큼 낭만적인 명명을 할 생각이 들었을까 하는 점이었다. 그녀는 철든 이후로 이름과 외모의 현격한 낙차 속에 갇혀 살아왔다. 갇혔을 때 누군가는 필사적이 되지만 누군가는 있는 그대로 받아들인다. 그녀가 만사에 필사적인 쪽이라면 남자는 그 반대였다. 그리고 이때 점점 더 갇히고 마는 쪽은 필사적인 쪽이었다.

문득 찻간의 고요를 깨고 맞은편 자리에 앉은 여자애의 휴대폰 통화내용이 쨍쨍 울렸다.

엄마가 뭔데 남의 편지를 읽어?

여자애는 정신없이 화가 나 있어 주변 승객들의 시선이 일제히 자신에게 쏠린 것도 알아차리지 못한 듯했다.

그렇다고 남의 편지를 읽어?

여자애의 목청은 점점 높아졌다.

아 짜증나게 왜 남의 편지를 읽냐고? 엄마가 뭔데? 엄마가 뭔데?

편지를, 그것도 남의 편지를, 그것도 허락 없이 몰래 훔쳐 읽는 행위에 대한 여자애의 단말마적 추궁이 계속되면서 그녀는 뭔가 제자리에서 끝없이 맴을 도는 듯한 어지럼증을 느꼈다. 그것은 윤회의 덫에 빠져 씻지 못할 죄를 반복하는 누군가의 운명을 엿듣는 아찔한 쾌감이기도 했다.

그녀는 전철의 움직임에 흔들리며 쇠봉에 머리를 기댄 채 어머니가 끓이고 있을 배춧국을 생각했다. 어머니는 교회에 자리를 잡고 그녀와 연락을 재개한 뒤로 매년 가을이면 그녀를 불러 소위 문고리 붙들고 먹는다는 가을 배춧국을 끓여 먹이곤 했다. 텃밭에서 갓 뽑아낸 햇배추를 빗금 치듯 툭툭 칼로 내리쳐 된장 푼 쌀뜨물에 살캉하게 끓여 먹는 그 맛. 마늘 한쪽이나 멸치 한마리도 불필요할 따름인, 그 순하고 깊고 구수하고 달큰한 맛. 그 맛을 혀끝에 떠올리는 순간 불현듯 그녀의 가슴 깊은 곳에선 무슨 산해진미나 차려놓은 듯 가을이면 배춧국을 먹으러 오라고 우아한 초청을 해대는 어머니에 대한 맹렬한 증오가 솟구쳐올랐다. 그게 무슨 뻔뻔스러운 속죄의 방식이란 말인가. 남의 편지를 훔쳐 읽는 것보다 더 큰 죄를 지은 주제에, 남의 돈과 남의 인생을 몽땅 훔쳐가 탕진한 주제에 그따위, 그따위, 그따위 배춧국이 대수인가. 남자가 얕게 코를 고는 소리가 들려왔다. 그녀는 잠든 남자의 얼굴을 물끄러미 바라보았다. 문득 그녀는 이렇듯 특혜를 부여받은 외모는 어떤 운명을 사는지 궁금했다.

남자의 코고는 소리에 귀를 기울이고 있자니 그녀는 치솟았던 분노가 조금씩 가라앉는 것을 느꼈다. 목에 칼이 들어와도 단정한 입매를 조금도 흐뜨리지 않을 듯한 남자가 바로 곁에 있는데 그따위…… 그따위…… 배춧국쯤이야……

*

남자는 교회 뒤뜰에 들어서자마자 동물처럼 혼자 경중대며 기뻐했다. 어머니 방에 들어선 남자는 벽에 걸린 십자가 위에 얹힌 감나무 가지를 보자 오, 하면서 신기한 것을 본 어린애처럼 손가락으로 감나무 가지를 가리켜 보였다.

근처에 사는 꼬맹이가 아침에 가져왔더라고요. 아직 익지도 않은 걸 따가지고.

어머니가 남자에게 말했다. Y자형으로 갈라진 나뭇가지에는 작고 푸른 땡감 두 개와 싱싱한 초록색 감잎이 매달려 있었다. 남자는 어머니 방의 풍경이 자아내는 고즈넉하고 무욕한, 호수의 동심원 같은 삶에 몹시 감동한 듯했다. 남자 또한 어머니에게 깜빡 속아넘어가는 사람들 중 하나일 뿐이라고 생각하자 그녀는 온몸에서 기운이 스멀스멀 빠져나가는 것 같았다. 저 집요한 여자.

물론 그녀의 어머니는 결코 집요한 여자처럼 보이지 않았다. 그렇다고 그녀처럼 흐리멍덩하게 생긴 건 아니지만 초식동물처럼 아슴아슴하고 차분한 인상이었다. 잇몸 같다고나 할까. 그만큼 분홍빛이고 말랑해 보이는 어머니. 그러나 그녀는 집요라는 말만큼 어머니에게 어울리는 단어를 알지 못했다. 국어사전에 따르면, 집요란 고집스럽게 끈질김, 성가시게 따라붙어 떨어지지 않음,이라고 풀이되어 있었다. 놀라운 집중력과 인내심을 품은 단어였다. 한자를 직접 풀면 꽉 잡고〔執〕꺾어버리거나 비틀어버린다〔拗〕는 뜻도 있으니 무시무시한 파괴충동까지 내장한 단어였다.

잇몸 같은 어머니는 실은 날간처럼 싱싱하고 붉었고, 미역처럼 미끄럽고 천덩거렸다. 어머니는 집요라는 말보다 더 집요했다. 그녀는 어머니만큼 놀라운 집중력과 인내심을 품은 여자를, 어머니만큼 복수심과 파괴충동이 드높은 여자를 클레오파트라 이전엔 일찍이 안 적이 없었다. 그것도 자신이 낳은 딸에 대해서만. 그녀는 언제나 자신을 어머니의 집요한 발톱 앞에 놓인 하나의 희생물로 여겼다.

차린 건 없어도 많이 들어요. 태석이라고 했나?

남자 쪽을 보며 말하던 어머니가 은근히 말을 놓으며 살풋 내리깐 눈길을 그녀에게 돌렸다. 그렇지. 네가 말해주렴. 그러나 그녀가 말없이 배춧국에 만 밥을 숟가락으로 꾹꾹 눌러 끄고만 있자 어머니는 다소곳한 체념의 눈길로 남자를 보았고 남자는 볼을 한번 쓱 문지르더니, 네, 박태석입니다, 라고 대답했다. 배춧국의 노란 속대는 고소했고 콩과 흑미를 섞어 지은 밥은 차졌다. 얼갈이김치는 새콤히 익었고 된장에 무친 시래기는 슴슴했다. 그리고 남자는 그녀와 어머니의 딱 중간쯤 되는 나이였다.

내가 이렇게 간소하게 없이 살다보니.

어머니는 남자 앞에서 무욕을 연기하고 있었다. 이불장과 삼단 서랍장, 책상 겸 밥상으로 쓰는 상 하나에 방석 두어 개뿐인 이 작은 방은 어머니가 무욕을 연기하기에 안성맞춤인 무대였다. 집요의 저편 같지만 또다른 탐욕의 일종인 무욕.

뭐 좋은데요.

남자가 이렇게 선선히 대꾸한 순간 그녀는 이 밥상을 둘러싼 희한한 트라이앵글의 연주봉이 다름아닌 어머니의 우아한 손에 들려 있다는 것을, 그리고 그녀 자신은 언제나 그렇듯 제 음을 내지 못하는 고장난 한 변일 따름이라는 것을 깨달았다.

엄마는 왜 이렇게 나를 못나게 낳았어?

밥상을 뒤엎듯 갑작스레 내지른 그녀의 말에 남자와 어머니가 동시에 놀란 눈으로 그녀를 쳐다보았다. 시선을 의식한 그녀의 얼굴이 삽시간에 울긋불긋 달아올랐다.

우리 로라가 왜 못났어? 엄마 눈엔 우리 로라가 제일 예뻐 보이는데. 살만 조금 빠지면 좋겠다. 예전엔 생선 가시처럼 말라 걱정이더니 나이 들면서 자꾸 붙나봐. 우리 로라가. 그래도 가만 보면 정말 귀여운 얼굴인데. 안 그래요?

남자가 음식을 입에 가득 담은 채 고개를 끄덕였다. 그녀는 어머니가 마음에도 없는 말을 더 뭐라고 새살대기 전에 격한 숨을 들이쉰 후 빠르게 중얼거렸다.

곰보면 째보나 아니든지 째보면 곰보나 아니든지.

얘는 원, 니가 어디가 곰보고 어디가 째보라고.

어머니가 남자를 바라보며 손으로 입을 가리고 웃었다. 늙어도 변하지 않아서 추한 것들이 한둘이겠는가만, 어머니의 변함없는 애교나 새침, 우아 같은 것을 그녀는 참을 수가 없었다.

못났으면 건강이라도 하란 말이지. 병신이 육갑한다고 꼭 못생긴 것들이 약골이라니까. 엄마가 알레르기가 어떤 건지나 알아? 내가 어쩌다가 치료법도 없는 그런 더러운 병에 걸려가지고.

흥분한 그녀의 입에서 씹던 내용물이 흘러내렸다. 으깨진 밥알과 국건더기가 가래침처럼 국그릇에 주룩 떨어졌다. 남자는 먹는 데만 열중하여 그들 모녀의 대화를 듣는 둥 마는 둥 하고 있었다. 마치 모르는 외국어를 듣는 듯, 외부의 소음을 딱 차단한 귀의 표정이었다.

너는 그래 멀쩡히 다니던 직장 관두고 이제 와 무슨 그런 학플들어갔어?

남자가 잠시 화장실에 간 사이 그녀의 어머니가 샐쭉하여 따져 물었다.

엄마가 뭔데 남의 일에 상관이야?

차라리 공부나 더해서 좋은 사년제 대학에 갔더라면 남 보기에도 좋을 것을.

그녀는 울컥했다.

아 짜증나게 엄마가 왜 남의 인생에 간섭하냐고? 엄마가 뭔데? 나한테 뭘 해줬다고? 엄마가 뭔데?

그녀의 격한 반응에 어머니는 조금 놀란 모양이었다.

그래 엄마가 죄인이다. 너 재수할 때 학원비도 못 대주고. 지금도 그 생각만 하면 엄마 마음이 너무 짠해.

학원비 같은 소리 하고 있네. 아, 됐어.

그때 손에 쥔 돈이나 있었어야 엄마가 뭘 어째보지. 빚쟁이들은 밀어닥치는데 그럼 엄마가 어떡하니? 너도 다 알면서 왜 그래?

알긴 뭘 알아 내가? 온다 간다 말도 없이 혼자 도망간 주제에.

화장실에 갔던 남자가 교회당 뒷문으로 나오는 것이 보였다.

그래도 엄마 생각에는, 이라고 말부리를 따려는 어머니에게 그녀는, 됐다니까, 엄마가 뭔 상관이야? 하고 자르며 일어섰다. 어머니가 그녀의 손을 살며시 붙들었다. 예나 지금이나 어머니의 손은 무척 따뜻했다.

엄마가 왜 상관이 없어 로라야?

어머니는 그녀의 손을 붙들고 그녀를 올려다보며 눈을 천천히 깜빡였다.

로라하고 엄마하고 남이야? 세상에 피붙이라고는 우리 모녀 둘뿐인데 우리 로라 일에 엄마가 왜 상관이 없어? 응?

어머니의 따뜻한 손은 섬뜩한 발톱처럼 그녀를 옥죄었다. 그녀는 잡힌 손을 빼냈다.

말로 해서 어떻게 엄마를 이겨? 됐어.

그녀는 일단 분을 삭이고 대화를 마무리지으려 했다. 남자가 성큼성큼 걸어오고 있었다. 순간 그녀는 어머니의 차분한 얼굴에 미역같이 매끄러운 어떤 우아의 냉기가 감돌고 있음을 알아챘다. 어머니는 그녀보다 먼저 교회당 뒷문에서 나오는 남자를 보았음에 틀림없었다.

말로만 이러는 거 아니야 로라야. 엄마는 새벽마다 일어나서 우리 로라를 위해 기도해.

어머니가 기도하듯 두 손을 모으는 순간 그녀는 온몸의 붉은 피란 붉은 피가 죄다 목구멍으로 역류해 분수처럼 정수리로 솟구쳐오르는 것을 느꼈다. 어머니의 연극적인 몸짓은 남자를 위한 공연이었다.

엄마가 우리 로라한테 못해준 거 하느님께서 대신 로라에게

은혜 베풀어주시라고, 죄는 엄마가 다 받을 테니 우리 로라에게는 축복만 내려주시라고. 하늘에 계신 로라 아빠께도 내가 다 죄인이라고……

남자가 그들 모녀 곁으로 다가왔을 때 그녀는 온몸을 파들파들 떨며 한손으로 목을 움켜쥐고 나머지 손으로 이마와 뺨을 닥치는 대로 문지르며 바락바락 소리를 질러댔다.

엄마같이 평생을 지 멋대로 살아온 사람이 무슨 기도를 해? 무슨 날 위해서 새벽마다 기도를 해? 엄마 같은 인간이 무슨 기도를 해? 정말 기도 안 차는 소리 하고 자빠졌어.

그녀는 스스로 내뱉은 말에 도취되었다. 어머니의 고상한 기도에 대한 조롱이 이보다 절묘할 수는 없다고 생각했다.

엄마 같은 인간이 무슨 기도를 하냐고! 기도 안 차는 소리하고 자빠졌다고!

마지막 쐐기를 박은 뒤 그녀는 어머니가 누군가에게 목격되기를 바라며 그토록 즐겨온 모녀간의 애절한 작별 포옹도 없이 급히 절름거리며 뒤뜰을 가로질러 교회를 빠져나갔다.

*

그녀의 접질린 발은 아직 완치되지 않았다. 그러나 남자는 교회에서 나온 후로 그녀를 부축하는 대신 줄곧 그녀 뒤에서 몇걸음 간격을 두고 따라왔다. 전철역까지 운행하는 마을버스 정류장에서도 남자는 여전히 그녀와 좀 떨어져 선 채로 혼자 담배를 피웠다.

실망했어요?

남자는 흘낏 그녀를 돌아보았다. 그녀는 남자의 표정을 읽을
수 없었다.

실망한 거 맞죠?

남자는 괴상한 표정을 지은 뒤 다시 고개를 돌렸다. 뭐? 그래
서 어쩌라고? 하는 투였다. 그녀의 얼룩덜룩한 이마와 미간이 점
점 주름져 좁아졌다.

실망했구나.

그녀는 고개를 떨어뜨렸다. 담배를 간절히 피우고 싶었지만
남자에게 담배 한개비만 달라고 말할 용기가 없었다. 어려서부터
그녀는 무엇을 달라고 떼를 쓰거나 어리광을 부려본 적이 없었
다. 로라에게 필요한 모든 것은 어머니가 대신 결정했다. 그녀는
손톱으로 미간에 돋은 고름 잡힌 발진을 쥐어뜯으며 더듬더듬 중
얼거렸다.

미안해요. 우리 엄마가 좀 그래요.

남자가 피식 웃는 소리가 들렸다. 그녀는 고개를 들었다. 남자
의 웃음에 그녀는 기운이 났다.

우리 엄마는요 끝까지 자기만 옳다고 우겨요. 자기가 틀렸다
는 걸 인정하질 않아요.

그녀의 말이 빨라졌다.

저 여자 언제까지 저러고 사나 내가 두고 볼 거예요. 내가 자
기보단 오래 살 거니까.

너……

남자가 엄지와 검지로 담뱃불을 톡 팅겨내며 말했다.

참 이상한 생각을 하면서 사는 애구나.

뭐가요?

왜 그래? 엄마한테 왜 그렇게 함부로 해?

남자의 말이 끝나기도 전에 그녀는 차갑게 외면을 했다.

됐어요.

그러지 마라.

남자가 발로 담뱃불을 비벼 껐다. 남자는 어머니를 모른다.

됐다니까요.

살면 얼마나 사신다고……

그녀 외엔 아무도 어머니의 실체를 꿰뚫지 못한다.

아 됐다니깐! 됐다니깐! 됐다니깐!

*

전철을 바꿔 타는 환승역에서 남자는 성큼 그녀를 앞질렀다. 남자가 계단 모퉁이를 돌았을 때 잔뜩 취한 사내가 아슬아슬한 걸음으로 계단 꼭대기에서 내려오고 있었다. 엉망으로 취한 사내는 갈지자로 비틀거리며 남자를 스칠 듯 지나쳤다. 지나가던 사람들이 모두 취한 사내를 슬금슬금 피해갔다. 잠시 후 남자가 어떤 기척을 느끼고 퍼뜩 고개를 돌렸을 때 막 계단 모퉁이를 돈 그녀가 절름거리며 계단을 오르고 있었다. 아차 하는 순간 그녀는 술 취한 사내와 정면으로 맞닥뜨렸다. 취한 사내는 어어 하는 괴성을 지르며 균형을 잃고 그녀를 벽 쪽으로 세차게 밀어붙였다. 뜻하지 않은 공격에 그녀는 어지간히 놀란 모양이었다. 그녀는 그 자리에 주저앉아 양손으로 목을 움켜쥐었다. 남자는 계단을 뛰어 내려갔다.

왜 그래? 많이 놀랐어?

그녀는 번들거리는 눈빛으로 취한 사내가 비틀거리며 사라진 모퉁이를 노려보며 앉아 있었다.

가자.

남자가 그녀의 팔을 잡아 일으키려 했다. 그녀는 남자의 손을 뿌리쳤다. 그녀의 목에서는 꺽꺽 쉰 소리가 났고 두 눈에서는 비오듯 눈물이 쏟아졌다. 열이 오른 이마에서 배어난 진물이 불빛에 반짝거렸다.

왜 이렇게 사람 진을 빼?

남자가 다시 그녀를 일으켜 세우려 했지만 그녀는 주저앉은 채 헐떡거리며 작은 소리로 주문을 외듯 뇌까렸다.

저런 술주정뱅이 새끼들은…… 술 한방울만 먹어도…… 살이 다 썩어들어가는 병에 걸려야 돼. 죽지는 않고…… 살만 다 썩어들어가는…… 그런 더러운 병에 걸려야 된다고. 미친 새끼…… 미친 새끼…… 미친 새끼들!

남자는 잡았던 그녀의 팔을 놓았다.

너 진짜 못됐고 집요하다.

집요라는 말에 그녀가 손으로 바닥을 치고 용수철처럼 자리에서 발딱 튕겨 일어났다. 잔뜩 독이 올라 상혈이 된 그녀의 얼굴은 흡사 붉은 도깨비탈을 쓴 형국이었다. 그녀는 남자를 향해 집게 손가락을 치켜들어 삿대질을 하며 사나운 외침을 쏟아냈다.

당신이 뭔데 남의 지갑을 뒤져?

남자가 뭐라고 대꾸하기도 전에 그녀는 속사포처럼 외쳤다.

당신이 뭔데 남의 지갑을 뒤지냐고? 아 짜증나게 왜 남의 지갑을 뒤지냐고? 당신이 뭔데? 당신이 뭔데?

볼을 한번 쓱 문지르는 남자의 표정에는 아무 변화가 없었다. 순간 그녀는 알았다. 비록 일개 노숙자에 불과해 보이지만 목에 끓는 황금액이 부어져도 단정한 입매를 조금도 흐뜨리지 않을 듯한 이 남자 또한 우아한 종족이라는 걸. 불현듯 그녀는 자신의 지갑에서 돈을 빼내간 사람이 바로 이 남자일 거라는 확신이 들었다. 왠지 첫인상에도 남자는 어떤 댓가 없이 친절을 베풀 스타일로는 보이지 않았다. 우아한 것들은 늘 그녀에게서 몰래 무언가를 빼내갈 궁리만 했다. 그리고 이번에도 그녀의 깨달음은 한발 늦었다.

당신이 훔쳐갔지?

남자의 짙은 속눈썹이 바르르 떨렸다.

내 돈 당신이 훔쳐갔지? 다 알아. 다 알아. 난 다 알고 있었어.

남자가 눈가를 실룩거리더니 등을 돌렸다.

학을 떼겠네.

남자의 이 말을 듣는 순간 그녀는 자신의 스물일곱 해 인생이 남자를 이만큼이라도 미동시키기 위해 존재해온 것만 같은, 미칠 듯한 쾌감을 느꼈다.

*

남자가 떠난 후에도 전철이 몇대 더 지나갔다. 그녀는 혼자 승강장 의자에 앉아 있었다. K전문대행 막차 시간이 다가오고 있었지만 그녀는 조금만 더 앉아 있어보기로 했다. 이번 한번만 전철을 떠나보내기로 했다. 마지막으로 조금만 더 증오를 불태워보기로 했다. 아등바등 발버둥쳐봐야 어차피 늦었다. 그녀는 또 한번 제대로 버려졌고 그리하여 모든 것은 제자리를 찾았다. 황금이 녹아 끓을 만큼의 시간이 흘렀다. 세상을 천국으로 만드는 가장 좋은 방법은 그녀 내부를 불지옥으로 만드는 것이었다. 지옥의 눈으로 보면 세상은 그지없이 평온하고 아름다웠다.

이마와 뺨에서 터져 흐른 진물이 꾸덕꾸덕 마르고 있었다. 알레르기가 가라앉는 걸 보니 가을이 오는 모양이었다. 계절의 도래는 남들보다 늘 뒤늦은 그녀가 유일하게 남들보다 한발 먼저 몸으로 깨닫는 앎이었다. 끓는 황금액이 식도를 타고 내려가 단단히 굳어 내장을 파열시킬 만큼의 시간이 또 흘렀다. 천천히 펼쳐지는 부챗살처럼 그녀의 미간이 펴졌다. 핏기가 가신 그녀의 넓은 미간 사이로 진물이 굳은 발진 서너 개가 부채 속 단풍그림처럼 선명히 돋을새김되었다. 그녀는 아픈 발목을 주무르며 조금만 더 기다려보기로 했다. 떠난 남자를, 끊어진 막차를, 등록도 못한 가을학기를, 그녀에게는 결코 주어지지 않을 여대생 기숙사

입주권을, 상상의 전령사가 보내올 또다른 가공할 소식을, 조금
만 더, 조금만 더.

분홍 리본의
시절

스물아홉 늦봄에 나는 서울을 떠났다. 그리고 신도시의 오피스텔에서 정확히 일년을 살고 서른살 늦봄, 장마가 시작되기 직전에 서울로 돌아왔다. 서울을 떠날 당시 나는 아무 일도 하지 않았고 아무도 만나지 않았다. 만나지 않았다기보다 만날 사람이 별로 없었다는 말이 더 맞다. 아무 일도 하지 않았다는 말보다 아무 일도 내게 주어지지 않았다는 말이 더 진실이듯. 아무튼 나는 서울을 떠나면서 어떤 선택이나 결정도 할 필요가 없는, 간명하고 고립된 삶을 살고자 했던 것 같다.

나는 벗을 고르는 데 까다로운 편이다. 물론 내가 남들의 까다로운 기준을 충족시킬 만한 좋은 벗이 못 된다는 것도 알고 있다. 그러나 내 덕목이랄 수 있는 것은, 별 볼일 없는 인간들과 사귀느니 차라리 혼자 있는 게 낫다고 자위할 줄 아는 능력에 있다. 눈은 다락같이 높으나 몸이 따라주지 않는 자의 외로움을 견딜 줄 안다는 뜻이다. 그렇듯 하는 일 없이 만나는 사람 없이 빳빳하고 투명한 삶을 살았는데도 내 서른 즈음이 그녀들과의 만남을 피하지 못했다는 건 차라리 경이롭다. 그녀들, 나의 그녀들.

*

새로 옮겨 앉은 신도시의 오피스텔에 내가 들여놓은 짐이라고는 비디오리코더가 내장된 20인치 텔레비전과 컴퓨터, 옷장 하나, 그리고 흰색 아크릴 책장 다섯 개가 전부였다. 벽면이 좁아 책장을 어수선하게 배치한 탓에 현관에 들어서면 좁은 통로밖에 보이지 않았다.

이사한 후 나는 걸어서 오분 거리에 있는 대형 할인마트에 매료되었다. 커다란 매대와 넓은 통로로 이루어진 그 거대한 공간은 내 오피스텔을 바로크적으로 뻥튀긴 형상이었다. 나는 쇼핑을 하기 위해서가 아니라 좁은 직사각형의 오피스텔에 길들어가는 나의 가엾은 육신에 심원한 야망을 심어주기 위해 거의 매일 밤 쇼핑카트를 몰고 마트 안을 질주했다. 오피스텔로 돌아오는 내 손에는 양파 한망, 계란 한줄, 때로는 폐장 직전에 반액 쎄일하는 생물 가자미 한팩이 들려 있었다.

흰 횡선으로 구획된 책장과 매대 사이를 하루도 빠짐없이 한 달쯤 왕복한 어느 저녁 무렵이었다. 추적추적 내리던 장맛비가 잠시 그친 사이 구름이 얇아지면서 노을에 물든 불그레한 하늘빛이 드러났다. 순간 나는 뱃속의 기름기가 죄다 빠져나가버린 듯한 강력한 소증을 느꼈다. 후덥지근한 무더위에도 불구하고 나는 양지와 사골을 폭 곤 뜨겁고 진한 고기국물을 훌훌 마시고 싶은 욕구에 성급히 장바구니를 챙겼다.

책장으로 치면 백과사전 전용칸으로 적합할 네 칸짜리 높이의 매대인 정육코너를 어슬렁거리던 나는 저렴한 양지육 가격표를 일단 눈으로 점찍은 후 더 싼 물건이 없나 둘러보고 있었다. 그때 낯선 손이 내가 점찍은 고기 위에 드리웠다. 순간 나는 재빨리 포장육을 낚아채 내 쇼핑카트에 던져넣었다. 나의 경쟁자는 별로 당황하는 기색도 없이 다른 포장육을 고르려고 수수한 반지를 낀 마디 굵은 손으로 찬찬히 매대의 허공을 훑고 있었다. 허리를 깊이 구부린 그 여자의 두드러진 어깨 골격 뒤로 놀랍게도 주선배의 발랄한 삼각형 얼굴이 나타났다.

"철수선배!"

"오, 연희!"

주선배는 내가 자기 아내와 고기다툼을 벌인 사이인 줄도 모르고 나를 아주 반갑게 대했다. 예전에 내게 결별을 선언했을 때 그가 취한 매정한 태도를 생각하면 참으로 뜻밖이었다. 두어 마디도 나누지 않아 우리는 서로가 큰길 하나를 사이에 두고 사는 이웃이라는 걸 알고 감격했다.

*

선배는 직장을 옮기기 위해 잠시 쉬는 중이었고 그보다 연상으로 보이는 선배의 아내는 건장한 체구와 달리 몸이 안 좋아 교수직을 휴직한 상태라 했다. 우리 셋은 자주 만나 술을 마셨다. 선배네 부부는 결혼한 지 삼년이 넘었지만 아직 아이가 없었다. 내게 남자친구가 있다는 말에 선배의 아내는 기뻐했다. 그 친구가 지금 몽골에 가 있다고 하자 그녀는 몹시 골똘한 표정으로, 몽골, 몽골이군요 하필, 하고 말했다. 몽골에 누구 아는 사람이 있느냐고 물으려는데 선배가 얕게 코웃음을 쳤다.

"흐응."

선배는 좋은 생각이 났다는 듯 눈을 빛내며 말했다.

"말 나온 김에 몽골 냄비에 샤브샤브나 끓여 먹으러 갈까. 나 이드니까 맛없는 걸 먹고 나면 화가 나."

이미 동네 음식점을 두루 섭렵한 바 있는 그들 부부는 신참인 나를 데리고 소문난 맛집 몇군데를 돌아다녔다. 먹으러 다닐 만한 음식점이 동이 난 후 그들 부부는 나를 자신들의 아파트로 초대했다. 그후부터 나는 그 집의 단골 술손님이 되었다.

선배의 아내는 내가 아무리 말을 놓아달라고 간청해도 듣지 않았다. 복슬강아지에게 밥을 줄 때도 말을 놓지 않을 것 같은 여자였다. 그녀가 유일하게 말을 놓는 상대는 선배뿐이었다. 그것도 똑떨어진 반말은 아니고 말을 눙쳐 끝을 흐리는 식이었다.

그녀는 잔소리가 없는 여자였다. 다만 선배가 담배를 끝까지 마디게 피우는 버릇에 대해서만은 종종 주의를 주곤 했다. 그리고 스스로 담배를 반 넘게 태우지 않는 모범을 보였다. 그녀는 선배의 아내라기보다 지혜로운 수호신 같았다.

무엇보다 그녀는 생선요리에 뛰어난 솜씨를 보였다. 그녀가 만든 생선요리 중에 내가 가장 좋아한 것은 구이도 탕도 아닌 조림이었다. 들기름과 식초와 고추장을 어찌어찌 배합하여 기본 양념장을 만든다는데 어떤 종류의 생선이든 기가 막히게 조려냈다. 반면 내가 슬슬 손맛을 들여가고 있는 야채 쪽은 젬병이었다. 육류는 선배가 별로 즐기지를 않는다며 가끔씩만 요리했는데 맛은 특별할 것이 없었다.

우리는 소주로 몇번 경을 친 후 우아하게 와인으로 주종을 선회했다. 그래서 나는 선배네 갈 때면 할인마트에서 화이트와인을 한병 사 가지고 갔고 선배의 아내는 주로 생선요리를 내놓았다. 게다가 그 집 냉장고에는 언제나 갖가지 과일이 풍족하게 들어 있어 나는 따로 값비싼 과일을 사먹을 필요가 없었다. 그들 부부는 중산층처럼 식사 후에 반드시 과일이나 케이크, 쿠키 같은 것을 먹었다.

여름 내내 그들은 나를 애완동물처럼 보살피고 살찌우려 했고 나는 기꺼이 그들의 복슬강아지가 되었다. 복슬강아지에게조차 말을 놓지 않을 것 같은 선배 아내의 존댓말이 간혹 불편하긴 했지만 말이다. 그녀는 깍듯한 존댓말로 몽골에 가 있는 남자친구의 안부를 꼬박꼬박 묻곤 했다. 앙증맞은 여성적 애틋함을 결여한 여자들이 흔히 그렇듯, 그녀와 나는 시종일관 서로에게 예절

바른 거리감각을 유지했다.

*

　선배네 부부를 만나면서 호사를 누린 내 혀는 이제까지의 금욕적인 식단을 거부하고 점차 제 나름의 무엄한 요구를 해왔다. 생선과 과일은 충분히 맛보았으니 육류를 맛볼 기회를 달라는 식이었다. 그럴 때면 나는 할인마트에서 손바닥 크기의 등심이나 안심을 사서 스테이크를 만들어 먹기도 하고 삼겹살이나 목살을 구워 먹기도 했다. 고기를 구울 때만큼은 혼자 술 마시기가 아쉬운 법이지만 선배네 부부가 육류를 즐기지 않는다니 하는 수 없었다. 어느날 내게서 이런 사연을 전해 들은 선배의 아내는 대단히 서운해했다.

　"이 사람이나 그렇지 나는 먹는걸요. 다음엔 나만이라도 불러줘요, 연희씨."

　선배가 덧붙였다.

　"나도 먹어. 즐기지 않는다뿐이지."

　예의상 그랬으려니 싶으면서도 나는 안심을 사서 찹스테이크를 만든 날 그들 부부를 내 오피스텔로 초대했다. 재료만 신선하면 찹스테이크만큼 만들기 쉬운 요리도 없었다. 뜨겁게 달군 프라이팬에 고기와 야채를 숭덩숭덩 가위로 잘라 넣고 센불로 굽다가 마지막에 스테이크 쏘스를 한바퀴 뿌리면 그만이었다. 그들 부부는 내가 당근마저 가위로 자르는 묘기에 감탄했으며 뜻밖에도 완성된 요리를 잘 먹어주었다. 고추장 양념을 한 돼지불고기를 볶았을 때도 왕성한 식욕을 보였고 내가 큰마음 먹고 소갈비찜에 도전했을 때는 거의 과식을 감내하는 수준이었다. 그런데도 선배는 여전히 육류를 즐기지 않는 편이라고 주장했고, 선배의 아내는 그래도 자기가 남편보다는 잘 먹는 편이라고 조심스레 거들었다. 그들 부부에게 육류를 즐긴다 함은 거의 매끼 고기를 먹지 않으면 돌아버리는 지경을 의미하는 듯했다. 나는 그들과 교제하는 내내 그들이 나보다 육류를 덜 즐기는 증거를 찾지 못했다. 중산층의 표지는 육류를 즐기지 않는 데 있다기보다 육류를 즐기지 않는다고 말하는 데 있는 모양이었다.

그들과 함께 술을 먹지 않는 날이면 나는 10층 오피스텔 창가에 앉아 길 건너편 그들 아파트의 복도를 비추는 노란 불빛과 복도로 면한 조그만 직사각형 창문에서 흘러나오는 흰 형광등 불빛을 바라보며 담배를 피웠다. 물론 나는 개츠비의 흉내를 내고 있었다.

어느 새벽에는 흰 사각의 형광등 불빛이 탁 꺼지는 순간을 목도하기도 했다. 그 방은 선배가 서재로 쓰는 방이었다. 나는 선배의 손가락이 스위치를 눌러 끄는 감촉과 아내가 있는 안방으로 건너가기 위해 그의 맨발이 나뭇결 무늬의 마룻바닥을 내딛는 감촉을 상상했다. 문득 허공을 사뿐히 건너가 그들 부부의 어두운 침실에 몰래 숨어들고 싶은 욕망을 느꼈다. 그리고 얼른 회개하듯, 있지도 않은 남자친구가 어서 몽골에서 돌아왔으면 좋겠다고, 경건한 러시아 농부처럼 마음의 성호를 그었다.

*

더이상 주선배네 아파트에서 술을 마시지 않고 동네 술집을 전전하게 된 것은 가을학기에 선배의 아내가 복직하면서부터, 다시 말해 음주의 판이 달리 짜여지면서부터였다. 그녀가 생선요리에서 손을 떼자 이상하게 나도 고기요리를 할 기분이 들지 않았다. 그녀는 오로지 바쁘기 때문에 요리를 그만두었지만 나는 아무것도 하지 않는 게으른 관성으로 요리를 그만두었다. 오히려 뭔가를 자분자분 만들어 먹기 시작한 쪽은 혼자 식사를 해결해야 하는 날이 많아진 선배였다.

그 가을, 선배는 종종 내게 전화를 했다. 전화벨이 울리고 부재중을 알리는 여자 목소리의 자동응답이 나가면 어김없이, 이 아줌마 멘트 좀 바꾸지,라고 빈정대는 선배의 목소리를 들을 수 있었다.

"네, 선배. 저예요."

──오전에 장을 봤는데 물가가 많이 올랐더라.

"우울한 소식이네요."

──퀴즈 하나! 이건 생각보다 안 비싸더군. 중국음식에 감초처럼 들어가는 야채의 일종.

"양파는 아닐 테고 버섯?"

──점심에 볶아 먹었어.

"은행?"

──내가 은행을 좋아하긴 하는데 은행이 중국음식에 그렇게

많이 들어가나? 이건 치즈 빛깔 나는……

"혹시 죽순?"

—축!

"이왕이면 중국잡채를 만들지 그랬어요?"

—귀찮아서 죽순만 볶아 먹었어. 그래도 맛이 담백한 게 괜찮더군. 퀴즈 하나 더! 내가 되고 싶은 직업이야.

선배는 새로운 퀴즈를 내고 나서 흐응, 하고 나지막이 웃었다.

—요즘엔 이것 디자이너도 있대.

"……"

—디자이너는 디자이넌데 이 옷을 디자인하려면 아주 종합적인 능력이 필요해. 옷은 모양이 제일 중요하잖아. 요즘엔 향기 나는 실로 짠 옷도 있다지만 신맛 단맛 나는 옷은 없지? 이건 모양, 향기, 촉감에다 맛까지 신경 써야 하는 옷의 일종이야. 늘 입는 건 아니고 결정적일 때만 입는 남성복.

내가 설마 하는데 선배가 웃었다.

—그래. 콘돔이야.

"콘돔 디자이너가 되고 싶은 거예요?"

—내 불만은 말이지, 콘돔이 왜 과일 맛이나 바닐라 맛 따위만 있냐는 거야. 우리가 애들이야? 갓 구운 마늘빵 맛이라든가 조개 넣고 끓인 시원한 된장국 맛이라든가 새우튀김이나 게찜 맛 전복죽 맛. 이런 콘돔 진짜 죽이지 않겠어? 화끈하게 매운 맛도 좋겠지만 아무래도 민감한 부위니까 피하는 게 좋겠지. 하여간 고소한 맛 계열로 승부수를 던져야 돼. 몸서리치게 고소한 계열로.

"선배는 대단한 페미니스트야. 여자들 입맛까지 그렇게 신경 쓰는 걸 보면."

——따지고 보면 마초지. 여자들 매운 맛에 환장하는 거 알면서도 뺐잖아? 난 고추보호주의자야.

"고추도 환경의 일부니까 에코 페미니스트로 가죠."

——그럴까? 날씨도 선선한데 에코 페미니스트랑 정종 한잔 어 떠신가?

"좋죠."

*

늦가을 저녁 따뜻한 정종을 한잔할 양으로 만났을 때 선배는 나를 이끌고 다짜고짜 축협 매장으로 향했다. 육류를 즐기지 않는다는 양반이 어쩐 일인가 했더니 역시 우유를 사려는 것이었다.

"아내가 내일 아침에 먹게 좀 사다달래."

"언니 집에 있으면 같이 나오지."

"아니. 학교에서 전화로 주문하데. 순 원격조정이야. 술 먹고 잊어버리기 전에 미리 사두려고."

선배는 양말 한켤레를 살 때도 비교적 꼼꼼히 고르는 편이었다. 십여분 동안 냉장고에서 온갖 우유를 꺼내 성분과 가격을 비교하여 매대 여인의 신경을 곤두서게 해놓은 끝에야 그는 가까스로 마음에 드는 우유 한팩을 골라 유효기간을 확인한 다음 값을 치렀다. 봉투값이 이십원이라는 말에 그는 단호히 거절하고 우유를 가방에 집어넣었다.

쓰는 물건을 좀처럼 바꾸지 않는 선배는 예전부터 들고 다니던 검은 직사각형의 가죽가방을 메고 있었다. 소위 짭새가방이라 불리던, 지퍼를 열지 않고도 앞뒤에 뭔가를 잔뜩 넣을 수 있는 주머니가 달려 있어 거기서 짭새가 사과탄이나 접힌 곤봉 따위를 쉽사리 꺼내들던 바로 그 가방이었다. 그 가방을 보자 내가 한때 그를 흠모하며 스크럼 속에서 애타게 그의 뒤통수를 찾던 시절의 설렘과, 그가 내게 결별을 선언하던 순간의 막막함이 함께 떠올랐다.

선배는 술집에 가기 전에 마지막으로 서점에 들렀다. 책을 들었다 놓았다 하며 내용의 오분의 일 정도는 통독을 하고 나서야 그는 마침내 도서카드를 꺼내 누적된 포인트를 상품권으로 환산한 후 잔액을 치르고 하드커버로 된 이론서 한권을 구입했다.

*

우리는 조촐한 일식집에서 정종과 꼬치구이를 시켰다. 은행꼬치를 집어들며 선배는 옛날 고향집 마당가 아름드리 은행나무에서 매년 예닐곱 가마니의 은행을 수확하곤 했다는 얘기를 했다. 그런데 그의 아버지가 돌아가신 후 큰집 사촌들과 그의 형제들 사이에 재산싸움이 났고 명의가 복잡하게 되어 있던 그의 고향집은 큰집 사촌들의 수중에 넘어갔다는 것이다. 사촌들도 낯짝이 있었던지 바로 그의 고향집에 짓쳐들어오지는 않고, 그렇다고 때려부수지도 않은 채 한동안 집을 폐가로 비워놓았다 한다. 때는 바야흐로 지금처럼 가을, 마을 사람들이 빈집에 와서 은행을 마구 따가는 걸 본 큰집 둘째 사촌은 기상천외한 짓을 저지르고 말았다.

선배는 정종을 마시고 바로 고향집 그 은행나무에서 수확한 것인 양 소중하게 꼬치에서 은행 한알을 뽑아먹었다.

마을에는 흉흉한 소문이 돌았다. 소문인즉 어찌 작은아버지가 수십년 살던 집을 돌아가시자마자 큰집 조카녀석들이 빼앗을 수가 있느냐는 내용이었다. 자기네 명의의 집이 그런 적대적인 의견을 품은 마을 사람들의 손을 탄다는 사실에 극도로 민감해진 큰집 둘째 사촌은 도끼로 은행나무를 반 넘게 찍어버리는 만행을 저질렀다. 둥치를 다 찍어버리기가 힘에 부쳐 그랬는지, 그만하면 충분히 분풀이를 했다 싶었는지, 하여간 완전히 찍혀 넘어가지 않은 고향집 은행나무는 그렇게 흉물스러운 불구의 포즈로 서서히 죽어갔다. 은행나무의 안단테적 고사에서 고향집의 깊은 상(喪)을 체험한 선배는 무한한 감회에 젖어 연푸른 은행 한알을 또 한번 상징처럼 뽑아 먹었다.

은행나무가 찍혀 넘어간 연도를 들으니, 출감한 선배가 정체불명의 시 계간지를 내는 출판사의 직원으로 일하고 있을 즈음이었다. 그때 선배가 얼마나 사납고 무례한 인간이었는지를 나는 선명히 기억하고 있었다. 출판사 건물 지하다방에서 그를 만났을 때 그는 내게 완전한 무관심을 나타냈다. 내게뿐만이 아니었을 것이다. 당시 그는 세상 어떤 일에도 관심을 보이지 않았고 과거와 연루된 일일 경우 더욱 냉랭했다.

"돌아보면 잡히는 게 없어, 잡히는 게."

만나는 내내 선배는 이 말만 맥빠지게 되풀이했고 헤어질 무렵엔 나를 다시는 보고 싶지 않다는 의지를, 완전한 결별의 뉘앙스를 조금도 숨기지 않았다. 생각해보니 그때 그도 스물아홉의 가을을 지나고 있었다.

*

은행에서 촉발되어 매우 감상적이 된 선배는 새삼스레 옛날 얘기를 나른히 늘어놓았다. 나는 웃기도 하고 혀를 차기도 하면서, 때로는 분개하기도 하고 아는 대목에서는 말을 보태기도 하면서 정종과 꼬치구이를 먹었다.

불온을 자처하는 친구들이 사복의 눈을 피해 교정 한귀퉁이 고즈넉한 곳에서야 비로소 동지를 알은척하는 첩보놀이에 목숨을 걸던 시절이었다. 그들 수첩에는 만나야 할 사람과 시간, 장소가 언제나 암호문 같은 약자와 숫자로 빽빽이 적혀 있다 이내 뜯겨나가곤 했다. 자투리 면에는 금강이나 오적을 모방한 시 몇행이 목멘 필체로 쓰여 있기도 했다. 그러나 교정의 나머지 곳들은 언제나 참으로 교정다웠다. 어느 시절이나 교정의 잔디는 푸르렀고 건물 그늘은 짙었고 청춘들은 여위고 착하고 부지런했다. 학생식당으로 향하는 돌계단, 때로 몇걸음 지나쳐버린 지인들과 뒤늦은 인사를 하느라 돌아볼 때 불규칙하게 박힌 돌에 세게 부딪

히던 단화 밑바닥의 기억. 예술대학 건물 뒤편 벤치에 앉아 있던 십여분, 물감으로 얼룩진 앞치마를 입은 여학생들이 긴 생머리를 날리며 풀벌레가 튀는 잔디밭을 가로질러가고, 간간이 들려오는 악기 소리. 한 음계씩 우아하게 즈려밟으며 점차 고조되던 여학생의 쏘프라노. 위로 올라갈수록 좁고 가팔라지는 사다리를 타는 듯한 불안과 매혹. 때로 공대 앞 잔디밭의 적요. 가끔 터져나오는 사내녀석들의 우악스러운 외침. 그래, 저 친구들을 사랑해야 해. 거두절미한 생각에 감동하여 담배를 급히 빨던 서늘한 치기……

볕이 드는 식당의 창가, 아니면 건물이 각을 만드는 마름모꼴의 잔디밭에서 카드놀이를 하던 학생들. 어린애들이 어른의 눈에 띄지 않고 놀 때 보이는 조용함, 그 집요하고 순수한 즐김은 어쩐지 부럽고도 마음 아팠다. 교내 시위로 사복들이 출동하거나 교문 싸움으로 전경부대가 진입하여 색색의 사과탄이 터지고 무시무시한 지랄탄 폭음이 진동할 때면 그들은 카드를 접고 일어나 카드를 펼쳤던 손으로 모난 돌을 찾아 쥐기도 했다.

십여년 전만 해도 학교 근처에 늘비하던 방석집. 몇 안되던 룸바형 술집에서 시비가 붙어 어처구니없이 치르거나 받아낸 보상금들. 문제학생으로 지목된 후 얼굴도 본 척하지 않던 지도교수가 시골에 사는 부모님과 손잡고 교도소로 면회 온 얘기. 그 교수의 추천으로 들어간 출판사에서 편집위원과 한판 붙었던 얘기. 그 편집위원에게서 들었다는 엽기적인 곰발바닥 요리 얘기.

언젠가 한번 들어본 듯도 하고 아닌 듯도 한 얘기들이 선배의 입에서 끊임없이 흘러나왔다. 한판 붙은 편집위원과 한 사무실을 쓰던 그 무렵에만 해도 시큰둥하게 이 말만 되풀이하던 그가.

"돌아보면 잡히는 게 없어, 잡히는 게."

＊

헤어질 무렵 선배는 고개를 젖히고 아청빛 밤하늘을 올려다보았다. 나는 그의 목뼈가 만드는 날카로운 꼭지각을 쳐다보았다.

"저 빛깔을 그냥 두고 가기 그렇지? 담배나 한대 피우고 가자, 연희야."

선배와 나는 서로 갈라서야 할 횡단보도 앞 포도에 잠시 쭈그리고 앉아 담배를 피웠다.

"잘못 살고 있다는 생각은 안 들어. 그런데 이렇게 사는 게 문득 공포스러워."

"어떨 때 그래요?"

선배는 멀뚱히 날 바라보았다.

"어떨 때가 따로 있는 게 아냐. 내 삶의 스타일, 내 기질 자체가 두렵게 느껴지는 거야. 내 인생이 언제 결정났나, 뭐가 기결이고 뭐가 미결인가, 그런 게 알고 싶어져서 며칠 전에 A4 일곱 장 정도로 정리를 해봤는데 아주 일찍 결정났다는 결론이야. 대학 들어와서 결정된 게 아니더라고. 고등학교 때도 아니고 중학교 때도 아냐. 내가 생각이란 걸 하게 되면서부터 이미 결정이 나 있었던 거야. 어쩌면 태어날 때부터. 더 올라가면 수태되던 그 순간부터. 태초에 기질이 있었던 거지."

"운명론자 철수네요."

선배는 흐응, 코웃음을 치며 담배를 비벼 껐다.

"그만 찢어지자. 너무 하염없다."

그는 하늘을 한번 더 올려다보더니 가방을 메고 일어섰다. 순간 나는 경악하여 그의 가방을 손가락으로 가리켰다.

"선배! 왜 그래요, 가방이?"

검은 가죽가방의 절반가량이 희끗희끗했다. 그가 웬 호들갑이냐는 얼굴로 가방을 돌려대자 가방에서 희뿌연 액이 뚝뚝 떨어졌다. 우유였다. 그가 길에 앉을 때 무심코 가방을 깔고 앉는 바람에 우유팩이 터진 모양이었다. 칼슘이 다량 함유되어 두 배는 비싼 우유액은 그가 그토록 엄중선정하여 구입한 하드커버의 이론서를 떡이 되게 적셔놓았다. 대책없이 나를 바라보는 선배 앞에서 나는 웃음을 참을 수 없었다.

그 이후에도 내가 자주 목도한바, 아내를 동반하지 않은 선배는 촘촘하고 완벽한 듯 보이는 자신의 울타리 안에 아내가 없을 때에만 출몰하는 실수투성이 괴물을 기르고 있었다. 나는 그의 인생이 언제 결정났나 하는 문제보다 이 작고 어수룩한 요괴가 언제부터 그의 울타리 안에 자리잡게 되었나 하는 것이 더 궁금했다. 공원 잔디밭에 잠깐 앉았다 일어나면 반드시 열쇠를 빠뜨려 총알같이 달려와 또 잃어버리셨네요, 하고 문을 따주는 단골 열쇠수리공을 불러야 했다. 안경도 잘 잃어버렸는데 그 까닭은 선배 스스로 안경을 잘 잃어버린다는 사실에 긴박되어 항상 여벌로 안경을 구비해 다니기 때문이었다. 언젠가 신문에서 지하철

유실물 쎈터에 가면 도저히 잃어버리기 힘든 온갖 물건이 보관돼 있다는 기사를 읽은 적이 있다. 심지어 틀니까지 잃어버린 사람이 있다는 대목에서 나는 고개를 끄덕였다. 틀림없이 선배처럼 물건을 잘 잃어버리는 누군가가 여벌 틀니를 갖고 다니다 놓고 내린 것이려니 싶었다.

새로 이사간 신도시에서의 가을은 그렇게 안온하고 미묘한 분위기 속에서 지나갔다. 그해 가을을 회고하면서 내가 품는 의문은 이것이다. 수림도 선배가 저지른 그 많은 실수 중 하나였던가? 그리고 나도? 선배의 아내는 이 모든 사태를 훤히 알고 있었던가? 선배는 아내가 알고 있다는 것을 알았던가?

*

새해가 된 후 나는 일월 한달 내내 서른이라는 새로운 나이에 대해 생각하고 있었다. 담배를 많이 피웠고 매일 새벽 혼자 술을 마셨다. 안주는 프라이팬에 구운 생선이었다. 선배의 아내가 만들었던 여름날의 생선조림이 그리웠지만 내 솜씨로는 어림없었다. 나는 할인마트에서 싸게 산 세 두름의 조기 예순 마리를 한달 동안 먹어치웠다. 눈감고도 프라이팬 위의 조기를 언제 뒤집어야 할지 알게 되고, 믿기 힘들 만큼 짧은 시간에 잔가시까지 빈틈없이 발라내는 솜씨가 되었지만 내보여 자랑할 데도 없었다. 어느 날인가는 조기 대가리 아랫부분에 박힌 비린 살점의 맛에 감격하여 오랜만에 열렬한 시를 쓰기도 했다. 사람으로 치면 턱에 해당

하는 그 부분에는 삼각형 모양의 검붉은 살점 한쌍이 박혀 있었다. 능숙한 젓가락질로 그 살을 뽑아낼 때면 마치 조기의 혀를 뽑는 듯한 느낌이 들곤 했다.

오피스텔 구석구석에 눅진한 생선비린내와 담뱃진 냄새가 배어 취하지 않고 잠든다는 것은 생각조차 할 수 없었다. 해가 중천에 뜨도록 베갯머리에 쪼그리고 앉아 구역질을 하며 잠 못 이루는 날도 많았다. 이 모든 불건전한 조건 탓인지 서른이라는 나이에 관한 내 사고는 별 진전 없이 같은 자리만 맴돌았다. 모든 자연수가 그렇듯, 내가 겪어온 모든 나이들, 그리고 내가 겪어갈 모든 나이들이 각각의 고유성을 갖고 있었다. 삼십대의 첫번째 나이가 십대의 여덟번째 나이나 오십대의 세번째 나이보다 더 의미심장할 까닭이 없었다. 서른이 특별한 것은 모든 숫자가 특별하다는 바로 그 평범한 진리에서일 따름이었다. 그러나 앞서거니 뒤서거니 그녀들을 만난 내 서른 즈음은 지금에 와서도 특별했다고밖에 달리 생각할 수가 없다.

가끔 나는 할인마트 정육 코너에서 주선배 부부를 우연히 만나지 않았더라면, 하고 생각해본다. 우연에 대해서는 후회해봐야 부질없지만 부질없다고 해서 후회가 안 생기는 건 아니다. 그리하여 부질없다는 말을 되뇌다보면 내 머릿속에는 서른살의 일월 내내 파먹었던, 조기 대가리 속 예순 쌍의 작은 혀 모양의 붉은 살점이 떠오른다. 혀가 한쌍이라면 우리는 더 부질없을지도 모르지만 혹 덜 부질없을지도 모르지 않을까. 왜 그런지 모르겠지만 혀가 둘이었다면 내 삶은 지금과 아주 많이 달랐을 것만 같은 생각이 든다. 선배의 아내와 수림, 그녀들은 어쩌면 오래전에 퇴화하여 내 혀뿌리에 흔적으로만 남아 있는 한쌍의 혀였는지도 모른다.

*

줄창 조기 두 마리씩을 구워 예순 마리의 조기를 다 해치우자 어느덧 일월 삼십일일이 되었다. 언제부턴가 나는 저녁식사 즈음이면 전화기를 바라보는 버릇이 생겼다. 그리고 언제부턴가 선배에게서 전화가 걸려오지 않았다. 그날 밤 나는 텔레비전을 보며 늦은 저녁을 먹었다. 더이상 구울 조기가 남아 있지 않다는 사실에 나는 안도하면서도 불안했다. 밥상을 치울 때쯤 전화벨이 울렸다.

—오연희입니다. 지금은 전화를 받을 수 없으니 메씨지를 남겨주세요.

선배의 주문대로 기계음을 지우고 공들여 녹음한 나의 육성이었다.

—어, 이 아줌마 멘트 바뀌었네.

녹음한 내 목소리를 처음 듣는다니 선배는 도대체 얼마나 오랫동안 전화하지 않은 건가. 나는 팔을 뻗어 무선전화기를 집어들었다.

"네, 선배. 저예요."

—목소리가 왜 그래? 어디 아파?

"아뇨."

——저녁 안 먹었지?

"아뇨."

——벌써 먹었어?

그가 놀란 듯 물었지만 시간은 벌써 열시를 지나고 있었다.

"네."

——오피스텔 앞인데 저녁 먹으면서 술이나 한잔하려고.

"저녁, 먹었어요."

——그럼 술이나 한잔하게 나와.

내가 아무 말도 하지 않자 선배가 확실한 미끼를 던졌다.

——나와봐. 소개해줄 친구도 있고.

"친구 누구?"

——나와보면 알아.

"거기가 어딘데요?"

선배는 내가 아는 건물 2층에 있는 해물탕집의 상호를 댔다. 전화를 끊고 달력을 보면서 나는 기껏 한살 더 먹은 나이를 놓고 내가 그 나이의 8퍼센트가 넘는 시간을 소모해버렸음을 알고 까닭없이 억울했다.

*

해물탕집 현관에는 긴 여성용 부츠가 비스듬히 세워져 있었다. 선배와 마주앉은 여자는 물에서 막 건져낸 듯 까만 머리칼을

찰싹 붙여 머리통 윤곽이 고스란히 드러나는 머리모양을 하고 있었다. 그녀는 어쩐지 내 눈에 선배의 아내와 닮아 보였지만, 몸집도 나이도 그 반밖에 안되게 앳되었다.

"내가 언젠가 말한 적 있지? 김수림이라고."

아니, 나는 선배에게서 그녀에 관한 말을 들은 적이 없었다. 그녀는 선배가 한때 재직했던 출판사의 직원이었으며 서른에 미혼이라고 했다. 그녀를 소개하는 선배의 이마에는 그녀를 노자의 요술당나귀처럼 착착 접어 호주머니에 넣고 다니고 싶은 심정이 절절이 새겨져 있었다.

"어려 보이지?"

선배는 그것이 마치 자기 노력의 결실인 양 득의만면하여 물었다. 내가 뭐라고 대답을 하기도 전에 그녀가 말했다.

"이 친구도 어려 보이는데요 뭘."

이 친구? 내 눈꼬리가 저절로 치켜떠졌다.

"난 별로 어려 보이는 편 아닌데요."

"말 놔."

그녀의 당돌한 대꾸에 나는 선배를 바라보았다.

"그래, 동갑인데 말 놓으면 좋지."

선배는 내 눈치가 수상하자 얼른 이렇게 덧붙였다.

"처음이라 선뜻 놓기는 좀 그렇겠지만."

"처음에 안 놓으면 영영 못 놓죠, 편집장님."

그녀의 야물딱진 말에 선배는 실없이 웃었다.

"그건 그렇지. 항상 초기화가 중요하지. 내가 옛날에 어떤 교수한테 들은 얘긴데 말이야, 니들 곰발바닥 요리 어떻게 하는지 모르지?"

아니, 나는 그 얘기를 이미 두 번이나 들은 적이 있었다. 선배는 내게, 하지도 않은 얘기는 했다고 우기고 이미 한 얘기는 하지 않은 척하고 있었다. 뜨겁게 달군 철판 위에 곰을 올려놓으면 뜨거워서 곰이 펄쩍펄쩍 뛴다. 충분히 뛰었다 싶으면 곰을 철판에서 내려놓고 철판 바닥에 붙은 곰의 발바닥 살점을 먹는다. 다친 곰은 잘 치료해서 발바닥에 새살이 돋으면 다시 철판 위에 올린다. 이런 내용의 얘기를 선배는 들뜨고 허둥대는 어조로 늘어놓았다. 그의 아내와 내가 돌연 양손을 오그리고 서로의 머리끄덩이를 움켜쥔들 그를 이처럼 불안정하게 만들지는 못했을 거라는 생각이 들었다.

"에이. 설마."

그때 선배의 아내는 웃었다. 내 반응도 비슷하게 회의적이자 선배는 열을 올렸다.

"진짜라니까. 곰발바닥 요리를 한다고 곰을 한마리씩 잡으면 그 비용이 얼마야? 살려놓고 그렇게 하는 거야. 곰 쓸개에 빨대를 꽂아서 웅담즙 빨아 먹는 거하고 똑같은 이치지."

그럴 거야. 사람이라면 충분히 그런 잔인한 지혜를 낼 수 있어. 우리의 표정이 그쪽으로 기울자 선배는 크게 만족했다. 그 만족감 때문이었는지 선배는 나와 단둘이 술 마실 때 또 한번 그 얘기를 한 적이 있었다. 뜨거운 철판 위의 춤, 치료, 다시 춤, 치료, 철판에 붙은 살의 점, 점 들⋯⋯.

선배의 수다를 듣는 내내 수림은 작은 머리를 꼿꼿이 세운 채 침착한 표정으로 앉아 있었다. 세번째로 되풀이되는 선배의 이야기를 들으면서 나는 그런 고통을 죽을 때까지 반복해야 하는 곰의 운명에 대해 생각하지 않을 수 없었다. 만일 삶이 끝날 때까지 그렇게 규칙적인 고통의 순환 속에 갇혀 살아야 한다면 인간은 미치거나 목을 매지 않을까. 죽음을 몰라 죽음을 향해 치달려가지도 못하는 곰의 황폐한 절망감을 생각하자 나는 자살을 할 줄 안다는 게 얼마나 큰 은총인지를 절감했다. 나는 곰발바닥에 경건하게 입을 맞추고 싶었다. 그러자면 곰발바닥 요리를 꼭 한번 먹어보는 수밖에 없었지만 선배가 육류를 즐기지 않는다니 하는 수 없었다.

*

몸에 꽉 달라붙는 검정 가죽재킷에 스판바지를 입고 롱부츠를 신은 수림의 몸은 놀랍도록 민첩해 보였다. 그녀는 가로수 밑에서 부츠 앞부리로 흙을 툭툭 파고 있었는데, 쩡쩡한 겨울 추위 속에 던져진 하나의 사물처럼 견고하고 응축된 모습이었다. 선배가 담배를 물고 어슬렁거리며 내게 다가와 그녀를 오피스텔에서 재워줄 것을 부탁했다. 그녀는 무엇이든 직접 하지 않고 누군가를 시키는 사역의 여왕이었다.

"우리 집에 갔으면 좋겠지만 아내가 재를 좀 싫어해."

"왜요?"

수림이 가까이 오는 바람에 나는 대답을 들을 기회를 놓쳤다. 그녀는 내 오피스텔로 가는 것에 아무 이의가 없었다. 그녀는 내가 자기를 재워줄 것을 확신하여 아예 우리 집에 갈 때 어떤 술과 안주를 사가면 좋을지 의논을 붙이는 지경이었다.

우리는 편의점에서 와인을 몇병 사고 육포와 잣을 샀다. 선배처럼 육류를 즐기지 않는 수림도 유일하게 육포는 먹는다고 했다. 오피스텔 문을 열고 들어섰을 때 그들은 코를 심하게 찡긋거렸다. 선배는 내 오피스텔에서, 반나절쯤 수협 공판장에서 어정거리고 반나절쯤 국립도서관의 밀폐된 흡연실에서 줄담배를 피운 다음 밤안개를 잔뜩 맞으며 걸어온 노숙자의 냄새가 난다고 했다.

내가 즉석 북엇국을 끓여오는 동안 수림은 테이블 쎄팅을 끝내놓았다. 선배는 좀 피곤한지 구석에서 졸고 있다가 술자리가 시작되자 합류했다. 무엇 때문인지 몰라도 갑자기 신바람이 난 수림이 분주하게 씨디를 바꿔 틀고 와인을 홀짝거리고 쉴 새 없이 담배를 피워댔다. 그러다 어느 순간 선배의 얼굴을 빤히 들여다보더니 탁구공만한 주먹으로 그를 때리며 웃기 시작했다.

"왜, 왜?"

선배는 즐거워 어쩔 줄을 몰랐다.

"난 가짜 이빨 해박은 사람이 제일 싫어요, 편집장님!"

그녀의 편집장님은 윗니 의치가 보이지 않게 흐응, 하고 코웃음을 쳤다. 감옥에서 부러진 이빨이었다. 그것도 고문의 영광이 아니라 부주의하게 뒷짐을 지고 걷다 살얼음이 낀 바닥에서 미끄러진 때문이라고 들었다. 선배가 기분이 좋거나 멋진 생각이 떠올랐을 때 입을 벌리지 않고 흐응, 하고 얕게 코웃음을 치는 버릇도 어쩌면 의치를 싫어하는 수림 때문에 생긴 버릇인지 몰랐다.

수림이 고개를 까딱거리며 무슨 시를 외운 걸 계기로 내 서가에 꽂힌 시집이란 시집은 모조리 술자리로 불려나와 수청을 들지 않으면 안되었다. 날이 이미 훤하게 밝아오기 시작했을 때에야 선배는 큰길 건너편 자신의 아파트로 돌아갔고 수림은 인사불성이 되어 내 이불 위로 쓰러졌다. 이불 홑청 한가운데 웅크린 그녀는 현란한 색종이 위에 찍힌 까만 콤마 같았다. 고양이처럼 작은 그녀의 두개골은 그녀가 지닌 해괴한 정체성의 상징처럼 여겨졌다. 나는 그녀가 변덕스럽고 질이 안 좋은 여자라는 인상을 지울 수가 없었다. 내가 술이 조금만 더 취했더라면 그녀의 두 발을 한 손에 모아 쥐고 빙빙 돌려 10층 오피스텔 밖으로 내던졌을 것이다.

*

내가 담요 한장만 덮은 채 추위에 떨다 깨어났을 때 수림은 가고 없었다. 나는 비어 있는 이불 속으로 기어들어갔다. 이불에서는 여전히 풍찬노숙의 냄새가 났지만 베개에서는 짙은 과일향이 풍겼다. 수림의 머리카락에 진액처럼 발려 있던 무스 냄새였다. 나는 얼른 베개를 뒤집어 베고 다시 잠들었다. 자는 동안 나는 어떤 기척을 느꼈다. 분명 누군가 실내에서 살금살금 움직여 다니는 소리였다. 나는 벌떡 일어났다. 그제야 내 급격한 움직임에 따른 공기의 변동으로 고소한 음식 냄새가 풍겨왔다.

"일어났어?"

작은 검정 도깨비 같은 것이 책장 사이 통로에서 튀어나오는 바람에 나는 기겁을 했다.

"아직 안 갔어요?"

"말 놓으라니까. 잠깐 할인마트에 다녀왔어. 뭐 좀 먹을래?"

"아직 뭘 먹기는 힘들겠는데."

"그럼 더 자, 연희."

나는 난감했다. 저애는 왜 집에 돌아갈 생각을 하지 않는 걸까. 나는 숙취의 힘을 빌려 다시 잠들었다. 어느 순간 수림이 나를 흔들어 깨웠다.

"더 자면 속 쓰려서 위에 안 좋아. 한숟갈이라도 먹어."

나는 마지못해 일어났다. 새벽까지 난장으로 어질러져 있던 오피스텔을 그녀는 꽤 말끔하게 치워놓았다. 새벽까지만 해도 술상이었던 밥상 위에는 깨와 김가루를 뿌린 죽과 잘게 썬 김치가 놓여 있었다. 뜻밖에 수저는 한벌뿐이었다.

"같이 안 먹어요?"

"말 놓으라니까. 난 못 먹어."

"그럼 나 때문에 만든 건가?"

나는 어정쩡한 말투로 물었다.

"그건 아냐. 내가 고기를 안 좋아해서 야채죽으로 끓인걸. 생각해보니 안 먹는 게 좋겠어서 그래."

"나도 개운한 속은 아닌데 한숟갈이라도 먹으라면서? 웬만하면 같이 먹지."

"아니. 난 속은 멀쩡해."

"그럼?"

"먹지 못할 사정이 있어."

수림은 깊은 사연을 품은 듯한 미소를 지었는데, 툭하면 신비한 체하려는 여자들의 못된 습성 중 하나인 것 같았다. 막 씻고 난 후인지 그녀의 머리칼 끝이 조금 젖어 있었다. 내가 억지로 죽 한공기를 비우자 그녀가 커피를 끓여올까 물었다. 나는 그만두라고 했다. 그녀가 언제 가려는지 막막했다. 내가 물을 한잔 마시고 담배를 피워 물자 그녀가 입술을 쫑긋거리더니 뜬금없이 이렇게 말했다.

"돈 삼십만원만 빌려줘, 연희."

"삼십만원? 나 지금…… 돈 없는데."

"은행에 가서 카드로 찾아서 빌려주면 되잖아."

그녀의 당당한 요구에 나는 아찔해졌다. 죽 한그릇에 삼십만 원이라니.

"아까 할인마트 가면서 약국에 들렀어. 집에 와서 테스트를 해보니까 예상대로야. 난 정말 왜 이렇게 재수가 없나 몰라. 따져보니 8주쯤 된 것 같아."

이토록 작고 마른 그녀의 몸속에 무언가 다른 생명체가 숨쉬며 자라고 있다는 사실이 나로서는 믿기지 않았다.

"더 고민하기 싫어서 지금 바로 수술받으려고. 그래서 아무것도 못 먹고 있는 거야. 그 사람한테서 받는 대로 곧 갚을게. 전화

해봤는데 안 받아."

*

나는 수림에게 돈만 빌려준 게 아니라 병원에도 같이 가야 했고 수술 받은 뒤에 오피스텔에 데려와 낮잠도 재워야 했고 잠에서 깬 그녀가 눈물을 흘리며 쏟아놓는, 애를 두자릿수로 떼기까지의 그간의 찬란한 연애 이력도 들어야 했다. 원하지도 않는 비밀을 덜컥 공유하게 된 탓에 나는 저녁 아홉시까지 뭉개는 그녀를 참아야 했다.

"술 먹으면 안되겠지? 염증 생기니까. 그런데 되게 먹고 싶어, 연희. 나 그 사람 미워 안해. 내가 콘돔에 거부반응이 있어서 그런 거지 편집장님 잘못 아니야. 알고보면 그 사람도 불쌍한 사람이야 진짜. 연희도 그건 알아야 돼."

수림이 현관문을 나서며 의연히 이렇게 말했을 때 나는 그녀가 가주는 것만 기특해서 그 불쌍한 사람이 다름아닌 콘돔 디자이너를 꿈꾸는 주선배라는 걸 의식하고 놀랄 틈도 없었다. 그저 있는 힘껏 고개를 끄덕여 동의했을 따름이다. 그녀를 보낸 후 나는 오피스텔 안을 서성이다 굳이 그럴 필요가 없음에도 불구하고 코트를 걸치고, 구족화가들이 보낸, 한달이나 지난 연하장 묶음에 '수취 거부'라고 써서 우체통에 넣으러 나갔다. 무언가 야박한 짓을 하지 않고는 견딜 수 없었다. 우체통에 연하장 묶음을 던져넣고 돌아오는 길에 북적북적한 맥줏집에 들러 안주 없이 1000cc

를 시켜 서너 모금에 나눠 마셨다. 나는 부러 비틀거리고 콧노래를 부르며 거리를 헤매다 협소하고 난잡한 내 영혼의 은유 같은 오피스텔로 돌아왔다. 현관문을 열자 책장들 사이에 여전히 참기 힘든 비린내가 배어 있었다. 그때 하나의 신호처럼 전화벨이 울렸다.

— 아, 나 죽는 줄 알았다. 하루종일 잤어. 조금전에 일어나서 퇴근한 아내랑 전복죽 먹고 들어왔네. 너는 뭐 좀 먹었냐? 그래, 수림이는 아침에 갔지? 걔가 어디 남의 집에서는 통 잠을 못 자는 애거든. 얼마나 신경이 예민한 앤지 몰라. 어때, 애가? 재밌고 괜찮지?

나는 흐응, 얕게 코웃음을 쳤다. 어쩐지 질이 안 좋은 여자다 싶더니 알고보니 정말 질 상태가 아주 좋지 않은 여자였노라고 선배 특유의 말투를 흉내내 비아냥거리고 싶은 심정이었다. 전화를 끊고 나는 수림이 정돈을 한답시고 엉망으로 꽂아놓은 시집을 죄다 뽑아 내 관념의 질서에 맞게 차근차근 다시 꽂았다. 마지막 시집을 꽂으면서 문득 나는 나 자신이 부도덕하다고 느꼈다. 그 느낌은 선배가 자신의 기질 자체가 공포스럽게 느껴진다고 하던 때의 느낌과 비슷할지도 몰랐다. 순간 툭 하고 뭔가 나를 치고 지나갔다. 아니 내가 그것을 툭 쳤는지도 모른다. 곪은 부위처럼 민감한 그것, 오래 전에 단념했다고 믿었던 그것, 그러나 어느 틈에 농익어 진물을 흘리는 그것, 입안에 다소 끈끈하고 신 침을 고이게 하고 미간을 오그라들게 하는 그것, 툭 건드려진 뒤부터 움찔 움찔 움직이며 몸을 비트는 그것. 나는 책장의 흰 가로장에 이마

를 대고 울었다. 울면서, 내가 내 뒤통수를 내려찍는 이런 상쾌함
이 없다면 나란 존재는 과연 무엇이겠는가, 무엇이겠는가, 생각
했다.

*

나비였던가.

선배의 아내가 나를 찾아왔을 때 나는 목장갑을 끼고 책 박스
를 꼭꼭 노끈으로 죄어 리본형 매듭을 지은 후 가위로 자르고 있
었다. 흰색 아크릴 책장이 칸칸 비어갔다. 신도시를 떠나기 전 마
지막으로 할인마트의 거대한 매대와 통로를 거닐어보고 싶다는
생각을 하던 참이었다.

"이사가는 거예요? 소리소문도 없이?"

선배의 아내는 크게 놀라거나 힐난하는 기색도 없이 나를 바
라보며 물었다. 아직 주방용품은 묶어놓지 않아 주전자에 물을
끓여 커피를 마실 수 있었다.

"그 사람 불쌍한 사람인 거 나도 알아요. 그런데……"

나는 선배의 아내가 무슨 말을 하려는지 직감적으로 알아차렸
다. 이런 종류의 말을 수림에게서도 들은 기억이 났다. 마침내 도
장을 찍듯 그녀가 말했다.

"이혼하기로 했어요. 그 사람이 원해요."

나는 체념한 표정을 지었다. 그들 부부의 결심을 바꿀 수 없으
리라는 생각이 들었다. 아직은 선배의 아내인, 나이든 그녀를 향

해 나는 말없이 고개를 끄덕였다. 그녀의 이마에 해질녘 무사의 피로와 같은 잿빛 그늘이 드리워 있었다. 그녀는 반 넘게 태우지 않은 담배를 재떨이에 눌러 끄며 또박또박 물었다.

"연희씨 약혼자는 아직도 몽골에 있나요?"

나는 그녀의 의도를 몰라 표정이 굳었다.

"인도로 간다나봐요."

나는 무뚝뚝하게, 상상의 애인을 인도로 보내버렸다.

"인도, 인도군요, 하필."

그녀는 이번에도 하필이라는 모호한 말을 덧붙였다. 하지만 나는 그녀에게 인도에 누구 아는 사람이 있느냐고 묻지 않았다. 우리는 잠시 침묵을 지키며 앉아 있었다. 그때 갑자기 내 머리에 어떤 발작적인 호기심이 차올랐다.

"언니! 그 생선조림요!"

"네?"

"혹시 카레가루 넣지 않았어요?"

"카레가루요?"

그녀가 입끝을 올리며 수상쩍게 웃었다.

"카레가루는 아니에요."

그녀는 생선조림의 비법을 내게 말해주고 싶은 눈치가 아니었다. 그녀답지 않은 인색함이었다. 어쩌면 그것은 전해 여름과 가을, 겨울 그리고 그해 초봄에 일어난 일들에 대해 모조리 괄호를 치고 싶은 마음이었는지도 모른다. 나 역시 그러했다. 그토록 완전한 무위도식과 정적과 비린내의 시절은 한번이면 족했다. 아무튼 카레가루는 아니란다. 그럼 뭘까. 통후추? 월계수잎? 그러나 더는 물을 수 없었다.

커피를 다 마시고 일어서는 그녀의 눈빛이 불안하게 흔들렸다. 현관에서 어수선하게 흩어진 노끈들을 구두 앞부리로 밀어놓던 그녀가 고개를 들고 처음으로 내게 똑 떨어지는 반말을 했다.

"내가 그렇게 만만했니, 니들?"

나는 무슨 변명인가를 하려 했지만 목구멍이 긴장으로 딱딱하게 조여들면서 혀뿌리가 갈라지는 듯한 통증 때문에 아무 말도 하지 못했다. 마침내 혀뿌리가 고치처럼 툭 터지면서 팔랑거리는 두 개의 날개가 돋아났다. 두 혀는 서로 얽혀들고 리본처럼 꼬였다. 그녀에게서 터져나온 말인지 내게서 터져나온 말인지 알 수 없는 말들이 쏟아져나왔다. 미칠 듯 펄떡이는 심장 때문에 빗장뼈가 들썩거렸다. 자지보지를 처음 배워 속으로만 수없이 되뇌던 유년의 어느날처럼 말들이 싱싱하고 낭자하게 튀었다.

나쁜 것. 천한 년. 밤이나 낮이나 그것 생각밖에 안하는 새대가리. 남자하고는 그것밖에 할 줄 모르고 여자하고는 그것 얘기밖에 할 줄 모르는, 위아래 입이 죄다 싸기 짝이 없는 파렴치한 계집. 네가 진정 가슴을 치고 울어본 적이 있느냐. 남자나 실연 때문이 아니라 네 하찮음, 네 우열함, 네 교정되지 않는 악마성 때문에 입술이 새파래지도록 삶을 저주해본 적이 있느냐. 밑바닥까지 가라앉아 죽음밖에, 그 무서운 백지의 차원밖에 남지 않았음을 절감해본 적이 있느냐. 하루하루 아침에 눈을 뜨는 것이 지옥인 시체의 삶을 살아본 적이 있느냐. 그것 없이는 살 수도 없고 죽을 수도 없는 단장의 관념을 가져본 적이 있느냐. 없겠지. 있을 리가 없지. 그저 그 잘난 구멍 하나와 그 구멍을 둘러싼 껍질만을 신주처럼 모시는 네가, 포주처럼 제 몸뚱이 하나 잘 건사해서 사내에게 먹이로 던져줄 줄밖에 모르는 네가, 시를 읽고 쓰는 것도, 재즈를 듣고 우는 것도, 곶감 빼먹듯 대학시절 추억을 되새기며 술을 마시는 것도, 고기나 생선을 꺼리고 좋아하는 취향까지도 오직 남자에게 특별히 각인되기 위해서인 네가, 한번만! 한번만! 안 아달라고 위로 뻗던 아이적 팔짓을 한번만! 한번만! 해달라고 위로 뻗는 가랑이짓으로 대체한 네가, 네가, 네가 그럴 리가 없지.

선배의 아내가 떠난 후 나는 창가에 앉아 담배를 피웠다. 옅은 물안개 때문에 건너편 그들 부부의 아파트는 선명하게 보이지 않았다. 나비였던가. 눈앞에 무엇인가 팔랑거리며 지나갔다. 나는 창을 열고 고개를 창밖으로 내밀었다. 희고 팔랑거리는 물체는 어디에도 보이지 않았다. 10층에서 내려다본 오피스텔 주차장 화단에는 무성한 진초록 잎사귀 위에 붉은 장미들이 찔린 상처처럼 박혀 있었다. 툭. 빗방울이 콧등에 떨어졌다. 열변을 토하던 주 선배에게서 불시에 튀던 침의 크기 정도였다. 그때처럼 나는 웃으며 손으로 콧등을 문지르다 움찔했다. 온통 붉게 페인트칠된 목장갑의 손바닥에 빗물이 피처럼 묻어났다. 나는 내가 기다린 것이 몽골의 남자친구가 아니라 모종의 극단적인 파국이었음을 알고 있다. 언니라고 살갑게 부르면서 선배의 아내를 기망한 나. 호시탐탐 선배에게 가랑이짓을 한 나. 쎅스광인 수림을 한없이 혐오하면서도 온 정력을 다해 질투한 나. 모든 정보를 모른 척 누설한 나. 고립이란 명분 뒤에서 늘 추잡한 연루를 꿈꾸어온 나.

다시 이삿짐을 쌀 때쯤 내 혀는 원래대로 곱게 접착되어 있었다. 현실은 한 입 속에 두 혀를 갖지 않는다. 나는 노끈을 리본 모양으로 단단히 묶으면서, 그래도 혀가 한쌍이었다면, 비록 고통 속에서라도 철판 위의 곰을 춤추는 듯 보이게 하는 한쌍의 곰발바닥처럼 내 혀가 번갈아 내디딜 수 있는 찰나의 유예를 허락하는 한쌍의 분기하는 욕망이었다면, 내 삶은 지금과 아주 많이 달랐을 거라는 생각을 했다. 서른살의 반이 지나가고 반이 남아 있는 갈림길에서였다.

*

몇년 후 나는 아는 사람에게서 주선배 부부가 이혼하지 않았다는 얘기를 들었다. 무슨 볼일이었는지 그들 부부는 고사한 은행나무가 있는 선배네 고향집에 다녀오는 길이었다 한다. 상징적 의례를 중요시하는 선배의 성정으로 보아, 아마 이혼하기로 한 사실을 아버님 산소에 고하러 간 길이었는지도 모른다. 돌아오는 고속도로에서 지프 뒷바퀴가 빠지면서 차체가 중앙선을 넘어 한바퀴 핑그르르 돌고 옆으로 쓰러졌다. 이상한 일이었다. 운전을 하던 선배의 팔이 비틀렸고 조수석에 앉아 있던 선배의 아내가 잠깐 기절했다 깨어난 것뿐이었다. 견인하러 온 기사와 구급대원들조차 그들 부부의 경미한 부상에 약간 속은 얼굴이 되었다고 한다. 그들은 병원 두 군데에서 정밀검사를 받았지만 선배의 팔에 미세한 금이 간 것 말고는 아무 이상이 없었다. 그 후 그들은 계속 신도시에서 함께 살고 있고 아직도 아이는 없다고 했다. 매우 잘된 일이라고, 천만다행한 일이라고, 차분한 내 혀는 거듭 중얼거렸다.

약콩이 끓는
동안

1

여우들은 영험하게도 죽을 때를 찾아든다고, 처음에 윤서영은
그렇게 알아들었다. 이 말을 그녀에게 해준 사람은 아마도 그녀
의 할머니나 고모 또는 숙모들 중 하나였을 것이다. 이 말을 해
준 사람이 남자가 아니라 여자라는 것, 그것도 그녀보다 한참 나
이가 많은 여자라는 건 분명했다. 더욱 분명한 건 이 말을 해주었
을 나이 많은 여자가 결코 김교수네 가정부 여자는 아니라는 것
이었다.

죽을 데를 죽을 때로 잘못 알아들은 걸 깨달은 후에도 그녀는
줄곧 '죽을 때를 찾아든다'는 오해된 의미의 매혹에서 벗어나지
못했다. 오해의 포인트는 장소가 아니라 시간이었다. 그것도 곧

도래할 제 죽음의 시간을 찾아든다는 점이었다. 그날밤 잔디밭에서 정신을 잃었다 깨어났을 때에도 난데없이 그녀의 머릿속엔 과연 그쯤은 되어야 진정 여우답지 않겠나 하는 생각이 떠올랐다. 그리고 이 말을 해주지 않은 것이 분명한 김교수네 가정부 여자의 걸걸한 목소리와 사투리와 어법으로 이 문장이 발음되는 것을 그녀는 귓가에 생생히 느꼈다.

*

서영이 처음 김교수의 아파트를 방문한 날은 바람이 아직 매섭지만 햇살 또한 따갑던 봄날이었다. 그녀는 비스듬한 그림자를 거느린 낮은 회색 건물들이 끝도 없이 늘어서 있는 아파트단지 안을 걸어가는 내내 지나다니는 사람을 하나도 만나지 못했다. 바람이 심하게 부는데도 나부끼는 것이 별로 없었다. 그녀는 오래전 햇살이 쨍쨍한 어느 오후쯤에도 이렇게 적요한 직선으로 가득한 아파트단지 안을 홀로 걸어갔던 듯한 느낌이 들었다. 그녀는 어려서부터 친척집을 전전하며 지냈고 혼자 짐을 꾸려 종이쪽지에 적힌 주소만 들고 친척집을 찾아간 적도 여러번 있었다. 하지만 그녀의 친척들 중 누구도 이런 대단지 아파트에 산 적은 없었다.

올려다본 3층 베란다의 길이로 미루어 짐작은 했지만 김교수의 아파트는 호당 두 대의 주차공간이 주어지는 매우 넓은 평형의 아파트였다. 주차장에 반듯하게 그어진 금 안에 세자릿수의 노란 숫자들이 두 개씩 연달아 칠해져 있었다. 김교수의 아파트 호수인 302라는 숫자 위에는 차가 한대도 없었다. 다른 숫자들보다 노란색이 선명한 것으로 보아 두 개의 302라는 숫자는 바퀴에 의해 마모될 기회가 별로 없었던 듯했다. 가정부 여자와 단둘이 산다고 했으니 차를 몰 사람이 없을 것이다. 임용을 기다리는 제자들이 추천서를 얻기 위해서, 혹은 임용된 제자들이 감사 인사를 드리기 위해서 방문했을 때 차를 잠깐 세워두는 정도일 터였다. 그녀는 주차선 안에 칠해진 한쌍씩의 노란 숫자들을 내려다보면서 이대로 돌아가 박조교에게 이 일을 맡지 않겠다고 하면 어떨까 하는 생각을 했다.

정확하지는 않지만 아마 대학 졸업을 앞둔 가을 즈음부터였을 것이다. 그녀는 주변 사람들과 사이좋게 지내는 일이 점점 힘들다는 걸 느꼈다. 그들이 하는 말을 제대로 이해할 수 없었고 고개를 끄덕여 동감을 표하거나 최소한의 사교적인 대응을 하는 데도 노력이 필요했다. 그녀는 대학을 졸업한 후 취업이나 결혼 대신 대학원에 진학하는 길을 택했다. 그러니 그녀가 억지로 낯설고 새로운 관계를 맺어야 할 필요는 없었다. 모든 걸 하던 대로 지속하기만 하면 충분했다. 그러나 대학원을 수료하고 주위를 돌아본 그녀는 예전엔 비교적 가깝다고 생각했던 동년배나 선후배 들이 그녀와 아무 상관없는 삶을 살고 있다는 것을, 그리고 그녀 스스로도 그들과 아무 관계도 맺지 않고 완벽한 혼자만의 삶을 살고 있다는 것을 깨달았다.

그녀와 세상을 이어주는 유일한 통로라면 대학원 업무를 전담

하고 있는 박조교 정도였다. 얼마전 박조교가 그녀에게 논문이 쉽게 통과되는 데 긍정적인 역할을 할 일거리 하나를 제안해왔다. 김교수와 연관된 그 일은 그저 평범하다면 평범한 일거리에 불과했지만 굳이 삐딱하게 본다면 영악하고 약삭빠르게도 보일 수 있는 일이었다. 대학원생 중에는 때마다 박조교에게 제과점 쿠키나 화장품 쎄트, 중저가 액세서리 따위를 선물하는 축들이 있었다. 그런데 박조교가 하필 그녀를 따로 불러 이 일을 맡아달라고 제안했을 때 그녀는 호의로 포장된 일거리 속에 무언가 치명적인 함정이 도사리고 있지나 않나 하는 두려움을 느꼈다. 이런 과도한 예민함이 아마 그녀가 주변 사람들과 멀어진 이유이며 삶과도 멀어진 이유일지 몰랐다. 그녀는 마지못해 낯을 붉히며 박조교의 제안을 수락했다.

그녀는 건물의 그림자와 같은 방향으로 기울어진 자신의 그림자를 어떻게든 다른 방향으로 바꿔보려고 하릴없이 몸을 조금씩 돌렸다. 바람의 방향은 계속 바뀌었지만 그림자는 바닥에 쏟아부어진 치명적인 기름얼룩처럼 선명하게 고여 있었다. 그녀는 언젠가도 이렇게 방문하지 않으면 안될 어느 집 안으로 들어가는 시간을 늦추기 위해 햇살 가득한 주차장 한가운데 서서 무익한 맴을 돌았던 느낌이 들었다. 친척들 중 가장 잘사는 그녀의 큰고모마저도 이런 널찍한 주차장을 소유한 적이 없었는데 말이다.

*

문을 열어준 가정부 여자에게서는 독특한 냄새가 났다. 음식 냄새에 섞인 옅은 세제 냄새와 분비물 냄새는 그 여자가 비단 가정부일 뿐 아니라 간병인이기도 하다는 사실을 알려주었다. 그렇게 보아 그런지 가정부 여자의 몸은 나이에 비해 다부져 보였고 걷은 소매 아래로 드러난 팔뚝은 유난히 굵고 튼튼했다. 가정부 여자는 친숙한 방문객을 맞듯 그녀를 허물없이 대했다.

"학생이 온다더니 음마, 여학생이네. 저짝이여. 선생님 시방 저짝 방에 기셔."

가정부 여자가 각진 턱과 굵은 손가락으로 서재를 가리켰다. 그녀는 그때 가정부 여자의 목소리를 처음 들었지만 어쩐지 배냇적부터 그 목소리로 말해진 많은 말들을 들으며 살아온 느낌이었다. 그녀는 가정부 여자가 가리킨 쪽으로 걸어갔다. 돌아보니 가정부 여자가 거기가 맞다는 의미로 고개를 끄덕여주었다.

그녀는 서재 문을 두드리고 잠시 기다렸다. 가운뎃손가락 마디에 나무의 촉감이 닿는 순간 그녀의 마음은 차분히 가라앉았다. 목재 문에서 울린 작은 노크 소리는 그녀가 이미 돌이킬 수 없는 지점까지 왔음을 알려주었다. 안에서는 아무 응답이 없었다. 그녀는 문손잡이를 돌렸다. 자줏빛 벨벳을 씌운 길쭉한 손잡이는 지나치게 보드라워 이물스러웠다.

책상 앞에 웅크린 김교수는 인사는커녕 고개도 들지 않았다. 그녀는 학부와 대학원 시절에 김교수의 강의를 들은 적이 있었고 신년회나 공식 행사 때 몇번 먼발치에서 김교수를 본 적이 있었지만 이런 독대는 처음이었다. 삼사분의 시간이 흐르도록 김교수는 아무 움직임도 보이지 않았다. 김교수는 그녀가 당황하는 걸 즐기고 있는지도 몰랐다. 평생 사람을 골탕 먹이는 재미로 살아온 사람이 불가피하게 사람들과 떨어져 은거하다가 어느날 다시 그런 귀한 기회를 잡았을 때 그 만끽의 시간을 어떻게든 연장하려고 갖은 꼼수를 쓰는 경우를 그녀는 살아오면서 많이 보아왔다. 김교수가 그런 부류의 사람이 아니라고 단정할 만한 근거가 그녀에겐 없었다. 설령 그러면 그럴수록 그녀는 더욱 태연해야 한다고 생각했다. 침착하게 침묵의 시간을 견뎌냄으로써 오히려 궁금증을 공처럼 상대편에 넘겨버려야 했다. 그녀는 그림자처럼 한자리에 꼼짝도 안하고 서 있었다. 부모 없이 유년을 보낸 그녀가 터득한 유일한 처세술이었지만 그 실천은 언제나 고통스러웠다. 마침내 고개를 들어 벽시계를 올려다보자 들어온 지 이미 십오분이 지나 있었다.

"시키실 일이 없으면 오늘은 이만 가보겠습니다."

그녀는 꾸벅 인사를 하고 몇초쯤 기다렸다가 돌아서서 서재를 나왔다. 가정부 여자가 식당 쪽에서 무쇠처럼 투박한 손을 흔들며 어서 이리 오라는 손짓을 했다. 무엇을 끓이는지 김이 솟는 솥에서 구수한 여물 냄새가 풍겼다. 그녀가 다가가자 가정부 여자는 그녀의 팔꿈치를 덥석 잡아끌었다. 예상대로 거센 악력이었다.

"오늘따라 꼬챙이셔, 꼬챙이. 뭐라시던가?"

"아무 말씀도 안하시는데요."

그녀의 대답에 가정부 여자는 김교수 서재 쪽을 잠시 바라보더니 낮고 굵은 소리로 중얼거렸다.

"내가 저분을 입으로 빨아서 그려."

저분을 입으로 빨다니? 말뜻을 잘 알아듣지 못한 그녀의 얼굴이 순식간에 붉게 달아올랐다.

"조막굴은 주름이 많아서 양념을 많이 먹어야. 어리굴젓 무치던 저분에 양념이 묻어설래매 내가 암 생각 없이 저분을 입으로 훑었네. 그랬더니만 선생님이 언제 나와서 요하니 보고 기셨던가 왜 저분을 드럽게 입으로 쪽쪽 빠냐고, 내가 그 저분으로 다부 굴을 무친 것도 아닌데, 왜 저분을 쪽쪽 빨고 그러냐고 느닷없이 화를 니시네."

"아아!"

'저분'을 '저 분'으로, 젓가락을 김교수로 잘못 알아들었다는 걸 깨달은 후에도 그녀는 줄곧 가정부 여자가 '저 분'을 빠는, 그것도 서재 문에 매달린 길쭉한 벨벳 손잡이처럼 생겼을 '저 분'의 특정 신체부위를 입으로 쪽쪽 빠는 환상에서 벗어나지 못했다. 물론 그 환상 속에서 김교수는 왜 드럽게 자기의 특정 신체부위를 쪽쪽 빠느냐고 가정부 여자에게 느닷없이 화를 내며 즐기고 있었다. 그것은 끔찍하면서도 통쾌한 환상이었다.

그녀는 회색 건물의 짙은 그림자와 쨍쨍한 햇살 속을 끊임없이 번갈아 통과하며 아파트단지 안을 빠져나왔다. 이번에도 차 몇 대가 지나가는 것은 보았지만 걸어다니는 사람은 하나도 만나지 못했다. 건물과 그림자는 각각 견고해, 아무리 용을 써도 꿈적 않는 상대 앞에서 격해서 더 부질없는 열정처럼 바람만 울컥 불다 멎곤 했다.

*

어쩌면 말을 잘못 알아들었다는 공통점 때문이었는지 모른다. 아니면 자신의 환상적 복수에 죄 없는 가정부 여자를 동원했다는 가책 때문이었는지 모른다. 여우들은 영험하게도 죽을 때를 찾아든다는 말을 김교수네 가정부 여자가 해준 것이 아님에도 불구하고 그녀는 밤새 축축한 잔디밭에 누워 정신이 오락가락하는 와중에도 그 말을 해준 사람이 여전히 가정부 여자인 것으로만 여겼다. 그리고 여우들이 영험한 것은 죽을 데, 죽을 자리를 찾아드는 데 있는 것이 아니라 죽을 때, 죽을 타임을 찾아드는 데 있는 것만 같았다. 그리하여 마침내 그녀 자신 속의 영험한 무엇이, 그 말이 발설된 기원의 장소로, 아니 그 말이 발설된 최초의 시간으로 그녀를 이끌어와 보란 듯이 끝장을 내준 것만 같았다.

2

두 아들이 이삿짐까지 꾸려 김교수의 아파트로 들이닥친 순서는 유감스럽게도 욱이, 섭이 순이었다. 명분이야 몸이 불편한 아버지를 혼자 계시게 할 수 없다는 번지르르한 것이었지만 그건 그야말로 뻔한 핑계라는 걸 김교수는 알고도 남음이 있었다. 그는 사고를 당한 후로 결코 혼자 있어본 적이 없었다. 혼자 있고 싶어도 혼자 있을 수 없게 된 몸 탓도 있었지만, 어찌된 일인지 그는 사고가 난 이후 자신이 결정해야 할 모든 일들이 슬그머니 그의 손을 떠나 어딘가 알 수 없는 기관이나 주체에게로 넘어가버린 듯한 몹쓸 기분에 휩싸였다. 명예퇴임문제만 해도 그랬고 아들들 또한 매사에 그런 식이었다.

대학측에서는 논문지도특강이라는 가공의 업무를 만들어 그도 모르는 새에 그에게 일년간 그 업무를 할당하기로 결정해버렸다. 퇴임을 불과 일년여 앞두고 사고를 당한 걸 안타깝게 여긴 후배 교수들이 정상적으로 명예퇴임할 수 있도록 꾀를 낸 모양이었으나 결벽한 그는 즉각 퇴임의사를 밝혔다. 그러나 그의 의사는 무시되었고 그 대신에 여자 대학원생 하나를 연락조교로 임명해 정기적으로 보낼 테니 명단에 있는 수강생들의 논문을 이러저러하게 지도했다는 내용의 간단한 업무보고서만 작성해서 보내달라는 통보가 왔다. 그것도 위선적인 자비심으로 작당하여 그따위 얼토당토않은 결정을 내렸을 후배 교수들에게서가 아니라 달랑 박조교에게서였다.

이렇게 하여 아들들이 물색한 그의 몸을 돌봐줄 붙박이 가정부 순천댁과 대학측이 물색한 그의 업무를 돌봐줄 여자 대학원생 윤양, 이렇게 두 여자가 졸지에 그의 일상에 달라붙어 평온을 교란하게 되었다. 이 둘만도 감당이 안되어 자칫 방심하다간 생활의 질서라든가 감정의 균형 같은 게 흐트러지기 쉬운 판국에 마흔을 앞둔 아들 둘이 대학측 후배 교수들처럼 작당이나 한 듯 일주일 간격으로 착착 들어와 방 두 개를 꿰차버린 것이다. 둘 중 누구도 반갑지 않았지만 굳이 꼬집어 말하라면 그는 맏이인 섭이보다 둘째인 욱이가 더 깔끄럽고 괘씸했다. 불효막심하기로는 둘이 비슷했지만, 섭이가 형식적으로나마 안부전화를 챙기고 마지못해서라도 그의 얘기를 묵묵히 들어주는 편인 데 비해, 욱이는 그에게 먼저 전화를 건 적이 한번도 없었을뿐더러 심지어 러시아로 유학인지 유람인지를 떠날 때나 돌아왔을 때나 이렇다 할 의논이나 보고가 없었고, 그가 동분서주하여 지방에 자리를 물색해 모모한 교수들에게 인사를 가보라고 명했을 때도 가타부타 말이 없더니 나중에 확인해보니 인사는커녕 지원서도 접수시키지 않았다고 했다. 그런 놈이니 애당초 기대할 것도 없었지만 왜 형까지 들쑤셔 그의 아파트로 불러들였는지 알다가도 모를 노릇이었다.

유산 때문이라면 김교수는 이미 못박아 놓은 바가 있었다. 내가 살아생전에 다 쓰고 가겠지만 부득이 남는 것은 대학에 기증하겠노라고. 다 쓰고 가겠다는 말은 진심이었지만 대학에 기증하겠다는 말은 허언이었다. 아무튼 그는 섭이가 아파트로 들어온 것이 분명 욱이의 사주라고 믿고 있었다. 섭이 스스로는 그런 과감한 결단을 할 위인이 못되었다. 그리고 무엇보다 그는 두 아들이 태어난 순서를 바꿔 들어왔다는 사실 자체가 마음에 들지 않았다. 기왕 들어올 양이면 순리대로 섭이, 욱이 순이었으면 그나마 견딜 만했을 것을, 이놈들은 하여튼 뭐든 거역하기 좋아하는 성정으로 낙지(落地)한 순서를 거슬러 욱이, 섭이 순으로 입성한 것이다. 그는 이 역행이 왠지 불길하고 꺼림칙했다.

김교수의 무시와 구박에도 두 아들은 꽤 잘 버티어나갔다. 그
들은 협동심은 부족했지만 그보다 더 효과적인 경쟁심으로 하루
하루를 견뎠다. 그의 짐작에 두 아들의 경쟁 대상은, 그 스스로
자칫 방심했다간 생활의 질서라든가 감정의 균형 같은 게 흐트러
질세라 항시 경계하며 거리를 취하기를 게을리 하지 않는 두 여
자 중 하나였다. 쉰이 넘은 순천댁은 물론 아니었고 일주일에 한
번씩 그의 아파트를 방문해 연구일을 돕고 논문지도를 받는다는
미명하에 대학측에 첨부할 보고서를 챙겨가는 스물아홉 먹은 윤
양이 틀림없었다. 과정을 수료한 지 몇년이 지나도록 논문을 쓰
지 못하고 있는 윤양은 석사는 차치하고 학부과정이나마 어떻게
마쳤을까 의심스러울 만큼 작곡이나 음악이론에 소질이 부족한
여학생이었다. 혹시 소질이 있다면 두 아들놈 사이에 있는 우애
의 양 정도일까? 그래서 두 아들놈이 무턱대고 윤양에게 친근감
을 느끼는지도 몰랐다.

*

김교수는 휠체어를 문 가까이 밀고 가 문을 살짝 열고 거실 쪽
을 내다보았다. 아들 둘은 거실 오른편 탁자에 앉아 술을 마시고
있었다. 매주 금요일 저녁이면 두 놈은 그렇게 마주앉아, 그가 제
자들로부터 받아 모아두었으나 이제는 입에 댈 수 없게 된 어여
쁜 위스키 병을 강간하듯 하나씩 따서 마시며 여자 대학원생 윤

양을 기다리곤 했다. 그는 문을 조금 열어놓은 채 눈을 반쯤 감았다. 섭이 녀석이 김유동이라는 고교 동창에 대해 쓸데없는 얘기를 늘어놓고 있었다.

"나하고 고등학교 이학년때 같은 반이었는데 공부도 그럭저럭 하고 운동도 그럭저럭 하고, 뭐 하나 빼어나지도 않지만 빠지지도 않는 친구였어. 대학도 그럭저럭 가고 결혼도 아마 그럭저럭 했을걸. 상욱이 너도 유동이를 알아. 옛날에 몇번 본 적이 있어."

욱이 거참 뜻밖이라는 듯, 내가 김유동이를 안다고? 하고 말을 자르는 소리가 들렸다. 뭐든 저렇게 툭툭 자르고 끼어들길 좋아하는 녀석이었다. 그날도 욱은 연락도 없이 그의 서재로 들이닥쳐 다짜고짜 당분간 저 방에서 지내겠습니다, 라는 간단한 인사만 하고 제멋대로 짐을 부려버린 후 아무 하는 일 없이 노상 술만 퍼마시며 그의 아파트에 빌붙어버렸다. 그런 성정이었다. 아무 데고 당분간 빌붙겠다는 식으로 만사형통인 녀석이었다. 김교수는 자신이 왜 그런 놈을 그대로 내버려두었는지, 왜 아직도 그대로 내버려두고 있는지 알 수가 없었다.

"그럼, 너도 유동이를 알지. 알 거야. 그런데 중요한 건 유동이가 아니고 말이야, 유동이가 오늘 오후에 전화해서 그러는데 공 누구라나 하는 놈이 또 우리 동창이라는 거야."

"성이 공씨야?"

"성이 공씨지. 공 뭐랬는데 이름을 잊었어."

"공 누구도 내가 아는 사람이야?"

"아니. 그 친구는 네가 모를걸. 나도 잘 모르는데."

"형도 잘 모른다고?"

"응."

짤막한 응대였지만 김교수는 단음절의 응, 속에서 자꾸 끼어들어 말을 끊는 동생에 대한 섭이의 짜증을 읽을 수 있었다. 섭이는 어려서부터 사내녀석답지 않게 신경질이 많았다. 저렇게 걸핏하면 삐치는 장기로 죽네 사네 남부끄러운 소동까지 피워 맏며느리로서는 가당찮은 해괴한 차림새의 젊은 여자애와 결혼하더니 결국 그 여자애가 바람이 나서 캐나다로 도망치게 만든 못나디못난 녀석이었다. 며느리가 캐나다로 공부하러 떠났다는 새빨간 거짓말을 그는 애당초 믿지 않았다.

"그런데 그 공 뭐라는 친구가 얼마전에 불알 양쪽을 다 떼어내는 수술을 받았다는 거야."

"불알을?"

김교수는 흠칫 놀라 문 틈새에 귀를 갖다댔다.

"그래. 아무리 생각해도 전혀 얼굴이 생각나지 않는 친군데 그 얘길 전해 듣는 순간 아이쿠, 그 친구가 불알을 한쪽도 아니고 양쪽 다 떼어냈구나 싶은 게 가슴이 철렁 내려앉는 거야. 너무 안됐고 불쌍하기도 하고. 절대 모르겠는 친구인데도 말이야."

"절대 모르겠는 친구인데도?"

"응."

"하긴 절대 모를수록에 더 그런 법이야."

"아니 왜?"

"형이 그렇다며? 절대 모르는 친군데도 가슴이 아프다며?"

92

"그러니까 그게 왜 그런 거냐고?"

"그걸 내가 어떻게 알아? 형 마음이야 형이 알겠지."

"난 절대 모르겠는데."

"또 절대 모른다고? 옛날부터 형은 일절 생각이란 걸 안하고 툭하면 절대 모른다고 단정하는 게 문제야."

잠시 침묵이 흐르는가 싶더니 스트레이트 잔 바닥이 탁자 유리에 쨍하고 내려앉는 소리와 함께 섭이 내지르는 고함 소리가 들렸다.

"너는 나한테 뭘 시원스레 대답도 안해주면서 매번 그 무슨 지랄맞은 잘난척이냐?"

대화는 거기서 끊겼다. 김교수는 잠시 귀를 기울이다 더이상 아무 소리도 들려오지 않자 문을 닫았다. 두 아들은 아무리 한심한 내용의 대화 속에서도 신통하게 충돌할 거리를 찾아내는 위인들이었다. 그나마 오늘은 불알 떼어낸 놈 얘기가 흥미로웠기에 그는 기분이 아주 나쁘진 않았다. 그는 휠체어 바퀴를 지팡이 손잡이로 톡톡 두드리며 생각에 잠겼다. 그런데 왜 저 두 놈은 태어난 순서를 바꿔 들이닥친 걸까? 왜 인간들은 나를 가만히 내버려두지 못하는 걸까? 이젠 아주 순천댁마저 제가 무슨 이 집의 안주인이나 된 듯 행세하려 드는 판국이었다. 새벽마다 관장기를 들고 침실로 걸어들어오는 여자의 폼이 점점 당당해지고 허물없어지는 게 그로서는 참기 어려웠다. 일전에 호된 변비로 항문이 막혀 순천댁이 그를 기억자로 누이고 딱딱하게 굳은 변을 은제 티스푼으로 긁어내준 적이 있었는데 그 후로 여자는 제멋대로 그의 몸을 관리하고 통제하려 들었다. 처음엔 무뚝뚝하긴 해도 수줍음이 남아 있던 여자의 손길이 이젠 여간 곰살궂고 능글맞게 변한 게 아니었다.

그가 조는 듯 마는 듯 생각에 빠져 있는 중에 날카로운 초인종 소리가 울렸다. 윤양이 왔다는 그 신호음에, 그는 찌르는 듯한 전기자극이 벼락처럼 내리꽂혀 하반신의 마비된 신경줄까지 곧바로 관통하는 듯한 강한 쇼크를 느꼈다. 그는 억쿠인지 벅쿠인지 모를 신음을 내지르며 스크루 양편에 지렛대가 달린 와인 따개처럼 양팔을 화들짝 들었다 내렸다. 그 바람에 지팡이가 원목 바닥에 꼿꼿이 쓰러졌다. 그는 떨리는 손으로 휠체어의 팔걸이를 단단히 붙잡았다. 잠시라도 방심하면 생활의 질서라든가 감정의 균형 같은 것은 물론이거니와 자신의 몸에 단단히 붙어 있다고 매일 두 눈으로 확인하는 살과 뼈마저도 순식간에 산산이 흩어지고 마는 판국이었다.

3

김교수는 복사물을 펼쳐 집게손가락으로 종이를 넘겼다. 책상 오른쪽쯤에 놓여 있어야 할 젖은 스펀지가 담긴 물컵이 어디로 갔는지 보이지 않았다. 종이가 손에 붙지 않아 그는 가느다란 집게손가락에 초조하게 침을 묻히며 속으로 순천댁 욕을 했다. 간신히 접힌 표시면을 찾아낸 그는 연민을 불러일으키는 집게손가락으로 아래쪽에 인쇄된 문장을 가리켰다.

"여기 네가 언젠가 밑줄 쳐놓은 대목을 좀 봐라."

서영은 고개를 숙여, 자신이 언젠가 밑줄을 쳐놓았다고 김교수가 주장하는 문장을 들여다보았다. 밑에서 네번째줄에 주홍빛 형광펜으로 밑줄이 그어진 문장은 이러했다.

금(琴)의 경우는 가까이에서 들으면 그 소리가 아주 맑고 고요하고, 멀리서 들으면 더욱 낭랑하니, 그로써 악기의 우열을 정할 만하다고 하겠다.

"이게 뭐냐?"

서영은 문장을 뚫어지게 들여다보았다. 자신이 밑줄을 그은 것은 확실했지만 문장의 출처가 기억나지 않았다.

"아, 이게…… 이 문장이……"

김교수는 눈을 홉뜨고 서영을 올려다보았다. 심통맞은 그 표정에 서영은 가느랗게 한숨을 쉬었다.

"밑줄을 치려면 제대로 쳐야지!"

김교수는 목소리를 애써 눅이고 예의 가련한 집게손가락을 달달 떨면서 문장을 찬찬히 짚었다.

"좀 봐라. 밑줄을 치려면, 금의 경우는 가까이에서 들으면 그 소리가 아주 맑고 고요하고 멀리서 들으면 더욱 낭랑하니, 여기까지 치든지, 아니면 내친김에 그로써 악기의 우열을 정할 만하다까지 치든지, 뭐, 고 하겠다 같은 말은 뺀다 쳐도 말이지. 그런데 네가 밑줄 친 꼴을 봐라. 그로써 악기의 우열을까지다. 그로써 악기의 우열을!"

"아, 그거요?"

서영은 그제야 말귀를 알아듣고 가볍게 미소를 지었다. 이것이 결정적으로 좋지 않았다. 김교수는 격노했다.

"밑줄을 어디에다 쳤는지는 중요하지 않아! 어떻게 쳤느냐가 중요하지! 너는 예전에 이 문장을 읽고 네 멋대로 오해를 하고 갑자기 밑줄을 치고 싶은 마음이 들었겠지. 그런 건 의미가 없어. 아주 작은 의미는 있겠지만 별로 대단하게 큰 의미는 없단 말이야. 중요한 건 네가 오래전부터 이런 식으로 밑줄을 치면서 살아왔다는 사실이야. 그로써 악기의 우열을? 쳇! 그로써 악기의 우열을? 이런 식으로 말이야."

김교수는 복사물을 덮어 서영 쪽으로 밀쳤다. 서영이 복사물을 집어들자 김교수는 안경을 벗고 코웃음을 쳤다.

"내가 언젠가 말했지 않니? 너는 뭐든 제대로 해내는 게 없다고. 늘 중도반단이라고. 알겠니? 그렇게 생기다 만 주제에 금의 경우는 가까이에서 들으면 어떻고 멀리서 들으면 어떻고 하는 문장에 밑줄이나 치면서 살아온 거야. 그것도 아주 괴상망측한 색깔로 괴상망측하게 치다 말면서 말이지."

김교수는 분을 삭이려는 듯 잠시 눈을 감고 있더니 그만 나가보라고 말했다. 서영이 복사물을 품에 안고 서재에서 나가려 할 때 김교수가 다시 불러들였다.

"그래 뭐하고 있더냐?"

서영이 네? 하고 묻자 김교수는 빙그레 웃었다.

"그러니까 그 뭐냐, 발정난 당나귀 두 놈 말이다."

서영의 얼굴이 붉어졌다.

"저놈들도 내핍하고 있지. 나름대로 내핍하고 있어."

김교수는 자기 말을 곱씹듯 천천히 고개를 끄덕이다 말고 동작을 뚝 그쳤다. 탁상시계 뒤에 반쯤 가려진 물컵이 눈에 띄었다. 물컵에는 촉촉이 젖은 분홍 스펀지가 담겨 있었다. 그는 멍하니 생각에 잠겼다. 신경이 느슨해져 눈꺼풀이 점점 눈을 덮어왔다. 이미 눈은 절반 이상 눈꺼풀에 덮인 상태였다. 한참 만에 그는 꿈에서 깬 듯 중얼거렸다.

"내가 지금 무슨 얘기를 하고 있었더라?"

"내핍에 관한 말씀이요."

서재에 아무도 없는 줄 알았던 김교수는 서영의 개입에 조금 놀라고 당황했다.

"그래. 내핍! 내핍!"

아무리 치켜뜨려 해도 눈꺼풀이 위로 올라가주지 않았다. 눈꺼풀이 눈을 덮는 탓에 시야가 점점 좁아져 코앞에 있는 물건도 쉽게 찾을 수가 없었다. 물컵을 발견 못 한 것도, 서재에 아무도 없는 줄 알았던 것도 다 그 때문이었다. 세상 모든 인간이며 사물이 제자리에 있지 않다가 어느 순간 천연덕스럽게 다시 그 자리에 출현해 자신의 맹점을 비웃는 통에 그는 종종 억울하고 약이 바짝 올랐다.

"넌 내핍이 뭔지 아니? 악기 중에도 내핍하는 악기가 있고 냅다 내지르는 악기가 있단 말이야. 다음주까지 내픕하는 악기에 대해 생각해 와. 그리고 그만 나가봐. 공연히 꾸물거리지 말고 곧장 집으로 가는 거야. 네가 저놈들의 대관절, 대관절⋯⋯"

김교수는 지팡이로 거실 쪽 허공을 쿡쿡 찌르다 말고 이렇게 말을 이었다.

"그래, 네가 대관절 저놈들의 종교라고 생각하는 거니, 뭐니? 건방지게시리."

서영은 입을 약간 벌리고 놀란 눈으로 김교수를 내려다보았다. 김교수는 봉사처럼 눈을 게슴츠레하게 반쯤 감은 채 휠체어를 땅땅 치며 심술궂게 소리쳤다.

"옛날 같으면 네가 지금 아랫도리를 입고 있게 내버려두지도 않았다. 내버려두지도 않았어. 왜 날 가만히 내버려두지 않는 거니? 헐벗은 나무처럼 발가벗겨 벌을 세울 테다. 뭘 기다리고 있니? 그만 나가보라니까. 그만 나가봐."

*

슬리퍼를 신고 황급히 계단을 뛰어내려가 주차장을 가로지르는 여자 대학원생을 절박하게 불러 세운 순간 상욱은 아무 할 말이 없음을 깨달았다. 상욱은 얼결에 중얼거리듯 물었다.

"거 참 안됐지 않습니까?"

"네?"

여학생이 눈가에서 손을 떼며 물었다.

"불알 양쪽이요."

"무슨 말씀하시는 거예요?"

여학생의 목소리에 날이 섰다. 주차장 근처는 어둡고 조용했다.

"이보세요, 서영씨, 울지 마세요. 그게 말입니다, 저도 오늘 아침에 작취미성의 상태에서 책을 읽다 눈물을 좀 흘렸습니다. 곰곰이 생각하다 서영씨를 만나 어떤 얘기든 해봐야겠다고 결정을 한 겁니다. 그런데 이렇게 서영씨가 우니 막상 무슨 얘길 합니까?"

여학생은 말없이 서 있었다.

"조금전에 술을 마시는데 형이 그래요. 자기 친구가 불알 양쪽을 다 떼어내는 수술을 받았다고, 너무 안됐다고. 그 얘길 듣는데 어쩐지 그 친구라는 사람보다 불알 양쪽이 더 안됐다는 생각이 든 겁니다. 떼어내서 기껏 버렸을 거 아닙니까?"

상욱은 취기가 오르면서 이가 돋는 잇몸처럼 온몸이 근질거려 가만히 입을 다물고 있을 수가 없었다.

"인정합니다. 저 취했습니다. 어제 과음을 했고 지금도 위스키를 제법 마신 상태입니다. 필름이 타도록 마시고 하루종일 앓아누운 지 닷새 만이고, 또 당분간 술을 끊겠다고 다짐한 지 이틀 만이죠. 하지만 서영씨! 어제는 어제고 오늘은 오늘 아닙니까? 당신도 일상을 견뎌내고 있으니 알겠지요? 떼내버린 불알처럼 취소할 수도 있습니다. 취소할까요? 네? 취소할까요, 서영씨?"

서영이 마지못해 물었다.

"뭘요?"

"서영씨를 좋아하는 마음이 됐든 뭐가 됐든."

"무슨 말씀 하시는지 모르겠어요. 그만 가보겠습니다."

"이보세요! 이보세요! 서영씨는 늘 그렇게 사람 말을 잘 못 알아들으십니까? 좋습니다. 모든 게 거짓입니다. 그렇지만 취소는 안하겠습니다. 이제껏 살면서 늘어놓은 거짓말을 한번에 취소하기엔 제가 너무 교활하고 불온하니까 말입니다."

"그런 식으로…… 늘 말씀하세요?"

"늘 이렇게 참혹무쌍 계열은 아니고."

그녀는 가볍게 목례를 하고 몸을 돌렸다.

"안녕히 가십시오! 이깟 일로 절대 죽지는 마시라고 무릎 꿇고 애원하고 싶지만 안타깝게도 취기가 손톱만큼 모자라 그만두겠습니다. 용서해주세요! 우리 보보끄, 보보보끄를요!"

그녀는 상욱의 슬리퍼 끄는 소리가 사라질 때까지 어둠속에서 얼굴을 붉힌 채 서 있었다. 뜻 모를 상욱의 마지막 말이 지독한 조롱이나 욕설처럼 들렸다. 공교롭게도 그녀가 서 있는 곳은 302라고 칠해진 주차공간 위였다. 그녀는 몸을 홱 돌려 302호 베란다를 올려다보았다. 놀랍게도 베란다 오른편 서재 쪽에 기형적인 거인의 상체 같은 씰루엣이 떠올라 있었다. 손에 잡힐 듯 가까운 거리였다. 김교수는 각진 휠체어의 윤곽 속에 몸을 숨긴 채 자라처럼 고개만 내밀고 있었다. 가정부 여자에게 하듯 이제껏 쭉 그렇게 자신을 관찰하고 있었을 김교수의 집요한 시선을 의식하자 그녀는 몸 전체에 보이지 않는 전염균의 거미줄이 스멀스멀 내리는 듯한 느낌이었다.

그녀는 걷기 시작했다. 후텁지근한 초여름밤이었다. 바람이 조금도 불지 않아 무성한 나무들은 거대한 석상처럼 고요했다. 도로는 화살이 관통한 자리처럼 곧게 뻗어 있었다. 나무들의 그림자는 인도를 뒤덮고 비스듬히 차도 쪽으로 기울었다. 그녀는 어두운 나무 그늘과 가로등 불빛 속을 번갈아 통과하며 차도 위를 타박타박 걸었다. 걷는 내내 자신이 밑줄 그은 곳을 몇번씩이나 훑고 찌르던 김교수의 갈색 손가락과, 그 아들이 내지른 불알이나 성기에 얽힌 욕설처럼 들리던 외마디소리가 떠올랐다. 문득 주위를 돌아본 그녀는 이제껏 이 아파트단지를 오가면서 지나가는 차는 몇대 보았지만 지나다니는 사람은 하나도 만나지 못했다는 것을 깨달았다. 걷고 있는 사람은 완벽하게 그녀 혼자였다. 혼자인 그녀에게 세상의 모든 말들은 가혹했다. 벌떼처럼 잉잉대는 말들의 벌집을 통째로 불태우고 싶었다. 그녀는 양손으로 귀를 틀어막았다. 노력하는 그만큼 인생은 나빠졌다. 몸을 뒤틀수록, 발버둥을 칠수록 그녀는 점점 더 자신이 외면당하고 파손당하는 느낌을 받았다. 그녀는 내일 당장이라도 박조교에게 이 일을 그만두겠다고 말할 생각이었다. 논문도 쓰지 않을 생각이었다.

그녀는 귀를 막은 채 짙은 나무 그림자를 벗어나 환한 가로등 불빛 쪽으로 한발 내디뎠다. 이제 내뿜하는 악기에 대해서도, 냅다 내지르는 악기에 대해서도 생각할 필요가 없다는 걸 깨닫자 그녀의 입가에 작은 미소가 떠올랐다. 그녀의 앞니가 흰 버선코처럼 반짝 빛났다. 순간 어둠과 빛의 경계에 숨어 있던 날선 톱

같은 장치가 튀어올라 몸을 두 조각으로 쪼개는 듯한 극심한 통증이 그녀를 덮쳤다. 그녀는 공중으로 날아올랐고, 헐겁게 꾸려진 짐 무더기처럼 잔디밭 위에 덜그덕 부려졌다. 귀를 막았던 손등에 뾰족한 잔디의 감촉이 느껴졌다. 그제야 그녀는 검은 덩어리가 쏜살같이 사라지며 내는 낮은 굉음을 들을 수 있었다. 이번에도 세상의 말귀를 잘 못 알아들었거나 늦게 알아들은 댓가를 치러야 할 것 같았다.

4

집이 좁은 탓도 주차장이 좁은 탓도 아니라고, 다만 아버지의 늙어가는 마음이 좁은 탓이라고 상욱은 생각했다. 사고 이후 아버지는 어두운 숲처럼 부쩍 늙고 병들고 죽음의 냄새를 풍겼다. 그는 그런 아버지에게 마치 자신에게인 듯 일종의 염증과 함께 짙은 연민을 느꼈다.

죽음을 앞둔 사람이 곰곰이 자신의 인생을 반추하리라는 생각, 그 사람의 눈앞에 지나온 과거가 주마등처럼 스쳐가리라는 편견은 참으로 낭만적인 상상이었다. 살아갈 날이 충분할 때에만 무엇인가를 열심히 지키고 보존하는 일이 중요했다. 미래가 적은 사람들에게는 과거나 기억도 적었다. 상욱이 이제껏 지켜봐온 노인이나 폐인 들은 집요하게 현재적이었다. 죽음에 가까울수록 그들은 현재에만, 오직 찰나에만 집착했다. 그렇게 기억의 보따리가 지나치리만큼 가벼워져 거의 비인간에 가까워진 종족을 일컫는 이름을 상욱은 얼마전 책에서 발견했다. 그 이름은 보보끄 또는 보보보끄였다.

어느 러시아 작가는 자신의 작품에서 죽은 자들이 죽은 후에도 얼마간 삶을 지속한다는 흥미로운 주장을 펴고 있었다. 그 작가에 따르면 육체적 생명이 끊어진 후에도 정신적 생명은 마치 자신의 관성을 쉽게 그만두기 아쉽다는 듯 여분의 삶을 산다는 것이었다. 이를테면 무덤 속에 거의 완전히 부패된 시체가 있다고 하자. 육체는 썩었어도 죽은 자의 의식은 몇주일이나 몇달에 한번씩 깨어나 갑작스레 무슨 말인가를 내뱉는다는 것이다. 귀를 기울여보면 콩알이란 의미인지 뭐라는 의미인지 보보끄, 보보보끄라고 하는데, 물론 아무런 의미도 없는 말이었다.

상욱은 이 대목을 여러번 반복해 읽다 완전히 중독되고 말았다. 삶 너머에 있는, 아니 어쩌면 삶 내부에도 있을지 모를 그런 처절한 무의미의 빈터를 보보끄라고 부를 수 있다면, 상욱은 자신의 보보끄는 과연 무엇일지 궁금했다. 어쩌면 모든 사람들이 자기만의 보보끄를 알기 위해 지루한 삶을 끝까지 살아내고 있는지도 모른다는 생각이 들었다. 요즘 그는 거의 매일 새벽까지 술을 마시다 노래방에서 뻗어버리곤 했는데, 똑같은 식당에서 고기를 구워 먹고 똑같은 호프집에서 맥주를 마시고 똑같은 노래방에서 노래를 부르고 똑같은, 개체는 다를지 몰라도 계열은 똑같은 여자와 블루스를 출 때, 그리고 급기야는 노래방 한구석에 처박혀 똑같은, 산란하고 섬광처럼 짧은 잠을 잘 때 그는 문득 옹알인지 콩알인지 모를 무의미한 버벅거림이 반토막 난 벌레처럼 기어 나오다 마는 듯한 추잡한 희열을 느끼곤 했다. 그 잘리지 않은 온 토막이 그가 죽어 무덤에서 남김없이 썩은 후에 내뱉을 그만의 보보끄일 것이었다. 그가 쏘냐라고 부르는, 붉고 수줍은 석류 같은 여학생 윤양이 오는 성 금요일만이 그에게는 유일하게 의미로 충만한 하루였다.

*

오늘따라 여학생의 방문이 늦어지고 있었다.

"알찐 돈, 알찐 돈, 내 알찐 돈을 한푼두푼 알겨알겨 가설랑……"

또 누군가에게 돈을 뜯겼는지 며칠째 순천댁의 입에서는 변함없는 탄식소리가 흘러나오고 있었다. 유약하여 먼저 얘기를 꺼내던 상섭도 무슨 생각을 하는지 조용했다. 시간이 흐를수록 상욱은 까닭없이 불안해졌다.

"형, 내가 오늘 신문에서 봤는데 젊었을 때의 나는 내가 아니라는 주장을 담은 책이 나왔다는 거야. 그 책을 사야겠어. 그 책에 따르면 젊었을 때의 나는 내가 잘 아는 사람일 수는 있어도 나는 아니라는 거야. 형은 이 말이 이해가 돼?"

고개를 떨어뜨리고 있던 상섭이 고개를 들었다.

"그게 무슨 개소리야?"

"그러니까 그게 무슨 개소리냐 하면, 젊었을 때의 나를 지금의

104

나와 똑같은 사람이라고 생각하면 안된다는 거지. 전혀 다른 사람이라는 거야, 두 사람은. 저자가 어떤 근거에서 그런 주장을 펴는지 나도 궁금해."

둘 사이에 잠시 침묵이 흐르는 동안 식당 쪽에서 순천댁의 알찐 돈 타령이 들려왔다. 상욱은 아마도 순천댁의 보보끄는 알찐 알찐쯤 되리라고 생각했다. 상섭이 취한 눈을 번득이며 시비조로 물었다.

"도대체 무슨 이유로 그렇다는 거야? 어째서 젊었을 때의 나는 지금의 내가 아니라는 거야?"

상욱은 순수히 의미 없는 대화를 이어갈 셈으로 되물었다.

"그럼 젊었을 때의 걔하고 지금의 나하고 똑같은 사람이라는 법은 또 어딨어?"

"그럼 걔는 네가 아니고 누구였단 말이야?"

"내가 잘 아는 사람이었다니까."

"걔가 네가 아니고 네가 잘 아는 사람이라면 걔는 대체 어디로 사라진 거야?"

이 대목에서 상욱은 빙긋이 웃었다.

"자꾸 걔 걔 하지 마쇼, 형."

상섭은 동생의 실없는 웃음과 비틀린 말투에 비위가 상했다. 아니나 다를까 상욱은 뜬금없이 멍멍! 하고 개 짖는 소리를 냈다. 기껏 대화랍시고 나누다보면 동생은 늘 변덕스럽고 되지 못한 방식으로 대화를 비틀거나 끊어먹곤 했다. 매번 반복되는 일이었지만 상섭은 오늘따라 동생의 유치한 객기에 살인적인 분노마저 느졌다. 사람들은 자기가 아버지를 닮았다고들 하지만 그건 외형에 불과할 뿐 그 내부는 동생이 훨씬 더 아버지를 빼닮았다고 상섭은 생각해왔다. 아버지와 동생, 그들 부자는 돌연하고 발작적이었다. 그들이 급변하는 순간에는 상대를 마구잡이로 벼랑 끝까지 내모는 서늘한 채찍의 바람소리가 났다.

"멍멍! 왈왈!"

상욱은 양손을 턱에 받치고 본격적으로 개 짖는 흉내를 냈다.

"미친놈! 이제 별 지랄을 다 하네."

상섭이 머리칼을 쥐어뜯자 상욱이 히죽히죽 웃었다.

"미친놈 아니고 미친갠데, 형형! 그 개소리 같은 책 가라사대, 예전의 미친놈은 지금의 미친개가 아니니라. 왈왈!"

식당 쪽에서 순천댁이 양재기에 딱딱한 콩 같은 것을 따라붓는 소리가 들렸다. 상섭은 잔을 들어 재빨리 술을 들이켰다. 초인종 소리가 울렸다. 여자 대학원생이 왔다. 상욱은 언제 개 짖는 흉내를 냈느냐는 듯 두 손을 얌전히 탁자 위에 내려놓았다. 순천댁이 식당에서 썩썩 걸어나와 거실에 매달린 인터폰 수화기를 들고 응답 버튼을 딸깍 눌렀다.

"음마, 그 학생이 아니네."

순천댁의 놀라는 소리에 상섭과 상욱은 동시에 고개를 돌렸다. 인터폰 화면에는 부스스한 머리에 순박한 표정을 한 낯선 남학생의 얼굴이 떠올라 있었다. 아이 관만한 가야금궤를 비스듬히 안고 거실로 들어선 남학생이 물었다.

"교수님 어디 계십니까?"

"저짝 방에 기셔."

남학생은 가야금궤를 벽 쪽에 조심스레 세워놓고 순천댁이 가리킨 서재로 향했다.

*

한참 만에 서재에서 나온 남학생은 잠시 두리번거리더니 어정거리며 전화기 앞으로 걸어가 버튼을 눌렀다. 상섭과 상욱은 말없이 담배를 피웠다. 거실에는 남학생이 통화하는 소리만 낮게 울렸다.

"여보세요? 네, 사장님. 여기는 김종현 교수님 댁인데요."

거실의 침묵을 의식한 탓에 남학생의 목소리는 조금 작아졌다.

"김교수님이 다음달에 전주에서 열리는 연주회에 초청을 받으셨답니다. 네네, 다음달이요. 네, 그래서 보관대가 필요하시답니다, 사장님."

"골 때리네. 노인네가 지금 어딜 간다는 얘기야?"

상욱의 속삭임에 상섭은 조금전의 분노도 잊고 동감하는 고갯짓을 했다. 상대편에서 잘 안 들린다고 하는지 남학생의 목소리가 조금 커졌다.

"보관대가 필요하시다고요, 보관대가요. 아니, 스티로폼으로 짜맞춰놓은 건 있으시고요. 네, 사장님. 그런데 그렇게 비행기 태우면 악기가 상하신다고 하셔요. 전주까지는 괜찮다고요? 그러다 버리신 악기 여럿 보셨다는데요. 아, 얼마나 걸리시는데요?

네, 네, 사장님. 네, 사장님. 다시 전화 드리겠습니다. 사장님."

서재의 문이 열리고 김교수의 휠체어가 모습을 드러냈다. 통화를 마친 남학생이 김교수 쪽으로 다가갔다.

"교수님, 제가 지금 전화를 해봤는데 사장님 말씀이 제작에 보름쯤 걸리신답니다."

"무게는?"

"7, 8킬로쯤 나가신답니다, 교수님."

"보관대만?"

"아, 네, 아니, 그게 악기까지 포함하셔서 그러시답니다. 보관대만 치시면 4킬로밖에 안 나가신답니다, 교수님."

상욱의 킬킬대는 웃음소리에 김교수는 아들 둘이 앉아 있는 탁자 쪽으로 냉랭한 시선을 돌렸다.

"어떻게 할까요, 교수님?"

"됐어! 시간도 없는데 그걸로 주문해. 그쪽 통장번호 알아내서 적어놓고."

"네, 알겠습니다, 교수님."

김교수는 다시 아들 둘을 바라보더니 희미한 미소를 띠고 남학생에게 물었다.

"그래서 그애는 상태가 어떻다는 거야?"

"일단 물리치료를 오래 받는 수밖에 없답니다, 교수님."

"흥! 오래 받을 수밖에 없으면 오래 받아야지."

"네, 교수님."

"죽을 수밖에 없으면 죽어야 하고."

"네? 아…… 네, 교수님. 알겠습니다."

김교수는 상욱의 표정이 빚어놓은 진흙덩어리처럼 딱딱하게 굳어가는 것을 눈여겨보았다. 그는 조금전 자신이 받은 충격은 까맣게 잊고 저렇게 엄청난 욱이 놈의 표정을 본 것만으로도 윤 양이 제대로 사고를 쳤다는, 아니 제대로 사고를 당했다는 생각이 들었다.

5

나이대로라면 섭이, 욱이 순이어야 했지만 유감스럽게도 나갈 때마저 순서는 바뀌었다. 욱이 놈이 윤양의 사고소식을 듣자마자 일언반구도 없이 곧바로 짐을 싸서 뛰쳐나가버린 반면 섭이는 보름쯤 더 미적거리다 마지못해 문을 닫고 나갔다. 아무튼 순서 하나만 빼놓고는 대단히 만족스러운 결과였다. 두 여자와 두 남자에게 번갈아 시달리다 이제 여자 하나에 남자 하나로 인원이 줄었으니 김교수로서는 평화를 되찾은 셈이었다.

그래도 김교수에게 여전히 꺼림칙한 건 순서였다. 욱, 섭은 섭, 욱보다 어감부터가 안 좋았다. 이건 순 욱이 놈 탓이었다. 욱 하는 성격에 들어올 때도 순서를 안 지키고 들이닥치더니 나갈 때도 먼저 욱해서 나가버렸다. 그는 휠체어 바퀴를 지팡이 손잡이로 톡톡 두드리며 생각에 잠겼다. 왜 그 두 놈은 들어올 때나 나갈 때나 순서를 지키지 않은 걸까? 그날 윤양을 따라 나간 욱이 놈은 무슨 돼먹지 못한 소리를 지껄인 걸까? 윤양 생각을 하면 김교수는 마음이 다소 짠했다. 하지만 그 자신과 더불어 윤양 또한, 자기 앞에 남아 있는 반죽음의 시간을 어떻게든 살아내야 하는 공동의 운명을 짊어지게 되었다는 데서 오는 은밀한 위안이 더 컸다. 다만 윤양이 자신보다 안된 점은 그녀 앞에 남아 있는 반죽음의 시간이 그의 서너 배 혹은 네댓 배쯤 되리라는 정도였다.

그뿐이었다. 김교수로서는 윤양이 오든 박군이 오든 상관이 없었다. 오히려 실기 전공인 박군이 오면서 만사가 한결 수월해졌다고 할 수도 있었다. 박군은 윤양보다 서너 배쯤 멍청한 대신 서른 배쯤 수더분했다. 무턱대고 말끝에 교수님 소리를 붙이고 제 딴엔 존칭을 구사한답시고 아무 데나 '시'자를 집어넣는 말투가 가관이었지만 대함에 거리낌이 없어 물건이나 매한가지인 느낌을 주는 학생이었다. 이제 금요일 저녁이라고 해서 새삼 긴장할 일도 없었고 초인종 소리를 들어도 그는 화들짝 놀라지 않았다.

요즘 들어 부쩍 김교수의 신경을 거스르는 존재가 있다면 순천댁이었다. 천성이 영 뚜하고 고집스럽고 아둔패기인데다, 사내의 상체에 풍성한 여자의 하반신을 매달아놓은 듯한 몸매의 부조화가 볼수록 눈에 거슬리고 꼴불견이었다. 게다가 누구 속을 지를 염량인지, 죽어도 마다하는 검은 콩죽을 아침마다 그의 침실로 날라오질 않나, 대관절 그 무슨 애틋한 관계였다고 시도때도 없이 윤양 타령을 늘어놓질 않나. 아니, 그런 밉상이야 그런대로 참아 넘긴다손 치더라도 문제는 냄새였다. 입에서 입내가 나듯 순천댁이 하체를 들썩거릴 때면 점잖은 입으로 차마 발설하기 뭣한 그곳에서 시고 역한 갯내가 풍겼다. 늙건 젊건 여자들이 요물이었다.

가끔 김교수는 혼자 있을 때 코를 킁킁거리며 그 냄새의 감각을 되살려보곤 했다. 어느 순간 냄새가 역력히 살아나 그의 코끝을 스칠 때면 그는 불끈 거인의 팔뚝이 되어 지팡이로 순천댁의 입에서 사타구니까지를 단숨에 꼬치처럼 꿰어버리고 싶은 야만적인 충동에 새 새끼처럼 여윈 날갯죽지를 파닥거리다 지팡이를 서재 바닥에 내동댕이치곤 했다. 간신히 정신을 수습한 그는 기진맥진한 채 울먹거렸다. 왜 인간들은 나를 가만히 내버려두지 못하는 걸까?

*

순천댁은 약콩을 씻어 채반에 받쳐놓으며 혼잣말을 했다.

"으째 그랬으까?"

여학생이 사고를 당해 김교수 짝이 날지 모르게 돼버렸다는 얘기를 전해 듣고부터 순천댁의 혀끝엔 이 의문이 아교로 붙인 듯 딱 붙어버렸다. 서재에서는 아무 소리도 들려오지 않았다. 여학생이 오던 때는 한두 번씩 김교수의 격앙된 목소리가 파들파들 들려오곤 했는데 어찌된 일인지 남학생이 오고부터 조용했다.

순천댁은 약콩을 솥에 넣고 물을 부어 끓이기 시작했다. 김교수는 겉으로는 안정된 듯 보였고 그걸 과시하려는 듯 틈만 나면 이제야 좀 살 만해졌다는 식의 말을 부러 중얼거리곤 했다. 그러나 그녀는 알고 있었다. 여학생이 오지 않고 아들 둘이 차례로 나가버린 뒤로 김교수는 변비와 불면이 심해졌고, 지팡이로 휠체어 바퀴를 톡톡 두드리며 멍하니 베란다 밖을 내다보거나 우연히 손에 잡힌 작은 물건 꼬다리를 그게 뭔지도 모른 채 하염없이 만지작거리며 말없이 앉아 있는 때가 많아졌다. 그러다가 어느날은 누가 어쨌다고 갑자기 지팡이를 내동댕이치며 왜 나만 가지고 그러냐고, 왜 나를 가만 내버려두지 못하느냐고 미친 원숭이처럼 휠체어에서 나부대기도 했다.

순천댁은 날로 변덕스럽고 가혹해지는 촌장의 지배 아래 사는 마을 아낙처럼 전전긍긍했다. 같은 행위가 같은 처벌을 가져오지 않는다는 불확실성만큼 그녀를 불안하게 하는 것은 없었다. 그럴 때마다 그녀는 약콩을 달여 새벽 공복에 김교수에게 마시게 하는 걸로 위안을 삼았다. 머리꼭지까지 치솟은 심화를 가라앉히는 데는 약콩이 특효라고 그녀는 믿고 있었다. 예전에 시골에서 발정난 돼지에게 일명 쥐눈이콩이라 불리는 약콩을 사료에 갈아넣어 먹이는 걸 본 적이 있었다.

"사내들이사 그저 못생긴 짐승이거니 보듬어야 쓰제. 하나하나 대거리할 생각 말고. 말로다가만 아니라 맴으로다가도 대거리할 생각 말고. 그 무던도 못할 시엔 으째 여자 몸땡이로 남의 집일을 댕기겠나. 까탈맞어도 못쓰고 주책맞어도 못쓰고, 혀도 못쓰고 꺼머도 못쓰고. 쩍하면 천하에 못쓸 기집 소리, 밥 안 먹어도 배 부른게, 두레반으로 배 부른게."

순천댁은 버릇처럼 예전에 어머니가 읊던 말을 중얼거렸다.

서재 문이 열리고 남학생이 나와 거실 전화기 쪽으로 걸어갔다. 순천댁은 식당 입구에 서서 전화 내용에 귀를 기울였다.

"네, 사장님. 교수님이 다음주에 연주회에 가시잖습니까? 네, 그런데 신발이 없어지셨대요. 네, 네, 이백오십 밀리고요. 네? 색깔이요? 검정색에 흰 문양이 들어가신답니다. 신발 코빼기에 들어가 계신답니다. 딱딱한 건 아니고 갖신이랍니다. 갖신이 가죽 말씀하시는 거 아닙니까? 목 올라오는 게 아니고 그냥 단화 같습니다. 한복 입고 밑에 신으실 거니까요. 네, 그럼 주문하겠습니다. 돈은 지난번 그 통장으로 보내시면 됩니까? 네, 네. 안녕히 계십시오, 사장님."

남학생이 전화를 끊자 순천댁이 기다렸다는 듯 물었다.

"안 가신다더니 다부 가신다?"

"네. 가신다는데요."

"핫따, 저 빈덕을 누가 당혀. 평생을 지 맘대로 멋대로 살아온 저 빈덕을. 저 몸뗑이로 뭔 뱅기를 타고 뭔 가얘금을 탄다고."

"제가 잘 모셔야죠."

"따라댕길라문 고생문이 훤할 것이네."

순천댁이 도마를 씻고 행주를 집으려고 흘낏 뒤를 돌아보았을 때 남학생의 모습은 보이지 않았다. 바락바락 비벼 빤 행주를 건조대에 널던 그녀는 돌아간 줄 알았던 남학생이 옆방에서 톱을 들고 나오는 통에 기겁을 했다.

"음마, 뭣이여, 시방?"

부스스한 머리에 크고 작은 톱을 양손에 하나씩 든 청년은 꼭 젊은 도축업자 같았다.

"교수님 가야금 손 좀 보려고요. 교수님께서 쇳소리가 나신답니다, 뒤에 울리는 소리가."

남학생은 거실 한쪽 구석에 앉아 가야금을 무릎 위에 올려놓고 한 줄 한 줄 퉁겼다. 거실에 가야금 소리가 곡진하게 울렸다. 순천댁은 서재 쪽을 잠시 바라보다 혼잣말처럼 중얼거렸다.

"요즘따라 을매나 더 고약시러우신지 몰러. 밤만 되면 지팽이로 휠체를 땅땅 치며 우신다니께 무던히. 그 소리에 애먼 나만 잠을 못 자야."

남학생이 건성으로 고개를 끄덕였다.

"을매나 걸려, 학생?"

"한 시간 반에서 두 시간쯤 걸립니다. 줄도 갈고 안족도 손보려면."

"줄도 갈고 안쪽도 손 본다고이? 하이고, 징허네. 으째, 일 마치고 저녁 먹고 갈텨?"

"네. 주십시오."

순천댁은 퉁퉁 불은 약콩을 주걱으로 휘젓다 말고 잠시 멈칫했다. 볼 때마다 딸 같다 여기고 괴팍한 노인네 심부름 하느라 욕 본다 생각은 하면서도 여학생에게는 밥 먹고 가라고 한번 붙든 적이 없다는 사실을 깨달았다.

"으째 그랬으까?"

순천댁은 남학생이 쑥 내민 입을 연신 옴찔거리며 줄을 풀어

안족을 꺼내 작은 톱으로 조심조심 다듬는 모습을 지켜보았다. 어제 김교수가 무엇인가를 떼내려는지 집어넣으려는지 작은 꾸러미에 코를 박고 입을 쫑긋거리며 동물의 앞발처럼 주름진 손으로 만지작대던 모습과 찍어낸 듯 비슷했다. 사내들이란 늙으나 젊으나 다람쥐 새끼 한가지라고 생각하며 순천댁은 천천히 주걱을 휘저었다. 그리고 자기가 여학생에게 밥 먹고 가라고 붙들지 않았던 건 시커먼 사내 둘이 거실에 떡하니 버티고 앉았는데다 여학생마저 워낙 낯을 잘 붉히고 몸가짐이 톡톡 털게 깔끔스러워 그런 거였으려니 생각했다. 그런데도 마음이 영 개운치가 않았다.

"너머 깨끔을 떨어도 순편허게 안 살어진다등마, 그래 그랬으까?"

뺑소니 사고를 당한 여학생은 아침에 순찰을 도는 경비원에게 발견될 때까지 밤새 잔디밭에 누워 있었다고 했다. 척추를 다쳐 몸은 꼼짝 못했지만 의식은 또렷했다고 했다. 그 며칠 뒤 월요일 오후인가에 모범을 불러 타고 장을 보러 가던 순천댁은 단지 안 교차로 부근에 뺑소니 목격자를 찾는다는 현수막이 걸려 있는 것을 보았다. 그때는 사고 피해자가 여학생인 줄은 꿈에도 몰랐다. 목격자는 나타나지 않았지만 무인 감시카메라에 용의차량이 잡히면서 현수막은 철거되었다. 조회된 외제차량은 범퍼와 보닛을 교체한 상태였다. 사고를 낸 운전자는 고등학교에 다니는 사내녀석으로 약에 취한 상태에서 라이트도 켜지 않고 단지 안을 마구 내달렸다고 했다. 엄청 잘사는 집 막내아들이라 여학생의 병원비며 보상금은 걱정이 없다니 그나마 천행이라고, 순천댁은 약콩이 바닥에 눌어붙지 않도록 주걱을 아래에서 위로 저어올리며 고개를 주억거렸다.

약콩은 밤새 은근한 불로 푹 무르도록 삶아 새벽에 믹서에 갈아야 부드러웠다. 여학생이 사고를 당한 그날도 순천댁은 약콩을 삶았으리라. 약콩이 밤새 다 무르도록 여학생은 잔디밭에 누워 있었으리라. 초여름이라 얼어죽게 춥지야 않았겠지만 새벽녘 이슬이 내린 잔디밭은 꽤나 써늘했으리라. 딴은 한 인생보다 더 긴 시간이 흘러갔으리라. 살아오며 맺히고 응어리져 약콩처럼 딴딴해졌던 마음 고갱이가 다 물러터지고도 남을 시간이 흘렀으리라.

밥때를 못 기다리고 그예 조는가 싶게 기척이 없던 서재 쪽에서 딱! 하고 지팡이가 원목 바닥에 떨어져 울리는 소리가 났다. 순천댁은 흠칫 놀라 뒤를 돌아보았다. 불길하게도 거실 모퉁이에는 작은 관만한 가야금궤가 서 있었고, 남학생은 거실 바닥에 똑똑 분질러놓은 새다리 같은 안족을 늘비하게 줄 세워놓고 있었다. 솥에서 칙칙거리며 검은 콩물이 넘쳤다. 집안 가득 콩물 탄내가 퍼졌다. 순천댁은 허둥지둥 콩죽을 휘저으며 액 쫓는 주문을 외듯 중얼거렸다.

"영험시런 여우는 죽을 때가 들면 죽을 데를 딱 찾아든다등마, 그래 그랬으까, 으째 그랬으까?"

솔숲 사이로

1

사람이 다니지 않아 소나무숲에는 길의 흔적이 없었다. 그는 길 없는 소나무숲을 헤치고 걸었다. 길은 그의 발꿈치 뒤로 따라왔다. 둥치가 붉은 적송은 홍등 아래 여인들처럼 짙은 향기를 뿜었다. 그의 목에서는 가끔 갑작스러운 트림이 튀어나왔는데 트림에서 급히 마신 소주와 마른 북어 냄새가 났다. 바람이 불면 등과 겨드랑이에서 짙은 땀내가 풍겼다. 인적 없는 숲에서 그는 도망한 노예처럼 자유로웠다.

그는 숲의 꼭대기에 올라섰다. 드디어 올라섰다고 하기에는 그저 걷다보니 도착한 데 지나지 않았지만 그는 고삐를 당기듯 걸음을 멈추었다. 소나무들에 가려 아래쪽 전경은 보이지 않았다. 그는 조금 더 걸었다. 잠시 후 송전탑이 나타났고 송전탑 아래로는 완만한 내리막이었다. 역시 거기가 꼭대기였다고 그는 생각했다. 아니, 생각했다기보다 동물처럼 느꼈다. 그에게 대부분의 사물이나 사태는 생각을 거치지 않고 곧바로 그를 관통해 사라졌다.

　나무들이 드뭇한 송전탑 근처에서도 물결치는 솔잎의 바다 외에 다른 풍경은 볼 수 없었다. 꼭 그렇게 할 필요는 없었지만 그는 송전탑에 기대서서 담배를 피웠다. 조갈이 난 입에 담배가 달았다. 그늘에 떨어진 솔가지들은 눅눅했지만, 솔잎 틈새로 내리쬔 작은 고슴도치 모양의 햇살 아래 떨어진 솔가지들은 끝이 누렇게 타서 만지면 부서졌다. 그의 가슴에도 메마른 울음과 축축한 체념이 솔숲처럼 자리잡고 있었다. 그것은 정확히 고통은 아니었다. 그것은 그가 과거를 더듬어 기억하려 할 때, 뭔가 생각 비슷한 것을 하려 애쓰거나 그 생각을 말로 표현하려 할 때 찾아오는, 숨이 가빠지면서 한 호흡 속에 메마른 불길과 축축한 습기가 번갈아 섞여 나오는 듯한 만성적인 환각이었다. 흔들린 갈대가 균형을 잡듯 그는 담배를 피우며 호흡을 골랐다. 그는 담배를 끄고 국도 변으로 방향을 잡아 비탈을 내려왔다.

　솔숲 중간쯤에 이르자 눈앞이 트이면서 건물이 나타났다. 기와로 지붕을 올린 게 조그만 암자처럼 보였다. 그는 허리 높이의 돌담 축대에서 가볍게 뛰어내렸다. 건물 뒤편을 훑어보니 중앙에 법당처럼 생긴 큰 건물이 있고 양쪽에 날개처럼 두 채의 건물이 서 있었다. 한쪽 건물 뒤편에는 널찍한 연잎이 떠 있는 작은 호수가 있었고 다른 건물 뒤편에는 손질이 잘된 텃밭과 문이 반쯤 열린 컨테이너와 초록 그물을 씌운 닭장이 있었다. 닮은꼴인 두 건물은 절의 요사(寮舍)처럼 보였지만 닭을 키우는 걸 보면 절일 리는 없었다.

그는 간소한 절밥이나마 간절했다. 반나절 넘게 걸은 뒤라 몹시 배가 고팠다. 여름 해는 여전히 하늘 한가운데 떠서 이글거리고 있었다. 주위를 돌아보았지만 시간을 알려줄 만한 물체는 없었다. 솔숲 위로 전선을 매단 송전탑이 끈의 조종을 기다리는 작은 사마귀 인형처럼 정지자세로 떠 있었다. 시간이 멈춘 듯 고요했고 세상의 그림자가 짧았다.

2

늙은 원장은 사마귀처럼 마른 그의 체형이 마음에 들었다. 남자들이 말랐으면서 허약해 보이지 않기가 쉽지 않은데 그는 허약해 보이지 않으면서도 말라 있었다. 심지어는 단단한 장작처럼 말랐다고도 할 수 있었다.

"젊은이."

원장은 그를 이렇게 불렀다. 그는 대답 대신 굳은 표정으로 뒷짐을 진 채 서 있었다. 원장은 탁자 위에 놓인 펜을 집어들었다. 그녀의 손가락만큼이나 누렇고 가느다란 펜이었다.

"키가 제법 큰 것 같은데 몇인가?"

그는 백팔십육, 이라고 대답했다. 원장은 그의 나이와 주소, 이전 직업이나 결혼 여부에 대해서도 꼬치꼬치 묻고 싶었지만 호기심을 억누르는 힘으로 펜 뚜껑을 열었다.

"크긴 크구먼."

원장은 종이에 뭔가 적는 시늉을 했는데 그건 정말 시늉에 불과한 행위였다. 그는 처음부터 신분을 증명할 어떤 서류도 제출할 수 없다는 조건을 무슨 굉장한 이력이나처럼 떠듬떠듬 내걸고 들어왔다. 그걸 받아들인 이상 존중해야 했다.

원장은 우주의 무중력상태에서도 기록할 수 있다는 러시아제 순금 펜으로 종이 귀퉁이에 조그만 사각형을 그리고 그 둘레에 마름모를 그렸다. 그리고 마름모 둘레에 다시 사각형을 그리고 또 마름모를 그리고 하는 식으로 종이 위에 사각무늬를 늘려나갔다. 이 젊은이는 멍청이인가, 범죄자인가. 멍청이인가, 범죄자인가. 원장은 그렇게 하염없이 사고의 무중력상태에서 부유하다가 불현듯 치매 환자가 정신이 돌아올 때처럼 체머리를 흔들었다. 원장은 펜을 책상 위에 딱 내려놓으며 하나의 결심 위로 착지했다는 제스처를 취했는데 그건 마치 경기를 일으키듯 돌연했다.

"좋아, 젊은이. 여기서 우리하고 같이 지내보자고."

그는 채용을 통고받고도 전혀 기뻐하지 않았다. 자세에도 아무 변화가 없었다. 원장은 조금 실망했다. 원장은 실망의 힘으로 다시 펜을 들어올려 조금전에 그려놓은 엇갈린 사각무늬의 삼각면들을 바깥쪽부터 안쪽으로 까맣게 칠해 들어가기 시작했다. 체스판처럼 흑백의 삼각형이 엇갈리며 도드라졌다.

"여기 솔향기 식구들은……"

원장은 골똘한 생각에 잠겨 자신이 무슨 말을 하고 있는지 잊었다는 듯 말을 뚝 그쳤다. 그러나 그건 갈수록 점점 조그마해지는 삼각면을 떨리는 손으로 칠하느라 그런 것뿐이었다. 안쪽으로 갈수록 칠은 정교하지 못해 선을 넘었고 도형의 경계들은 파도처럼 범람했다. 그는 말없이 뒷짐진 손을 풀었다 다시 맞잡고 양발을 조금 더 벌리고 섰다.

"여기 식구들은 나를 포함해서 모두 여섯이야. 한 식구가 늘었으니 이제 일곱이 되었군."

이렇게 말하는 순간 원장의 머릿속에는 일곱 난쟁이니 일곱 빛깔 무지개니 하는 생각이 떠올랐다. 아무 의미도 없는 연상이었다. 요즘은 자꾸 이렇게 아무 의미도 없는 생각이 꼬리를 문다는 생각이 또 떠올랐다 사라졌다. 생각이 꼬리를 문다고는 하지만 계속 꼬리에 꼬리를 무는 건 아니고 두어 번 꼬리를 물었다 뚝 끊어지곤 했다. 원장은 혹시 이것이 치매의 전조가 아닐까 예상하고 있었다. 그녀도 이제 쉴 때가 된 것이다.

"이런저런 자세한 얘기는 총무부장한테 듣도록 하고. 언제부터 일할 수 있겠나?"

그는 오늘부터, 라고 대답했다. 원장은 그가 말하는 방식이 마음에 들지 않았다. 그는 백팔십육입니다, 라든가 오늘부터라도 괜찮습니다, 라고 말했으면 좋았을 것이다. 원장은 그의 학력이 궁금했지만 묻지 않았다. 보잘것없으리라고 짐작할 따름이었다. 그의 말투와 학력이 어떻든간에, 과거와 이력이 어떻든간에, 용접

이며 목공이며 전기수리며 운전이며 묻는 대로 다 할 줄 안다니 일단 지켜볼 일이었다. 원장은 펜 뚜껑을 힘겹게 눌러 닫고 루비가 박힌 펜의 꽂이부분이 밖으로 나오도록 상의 주머니에 꽂은 후 자리에서 일어섰다.

"오늘부터 바로 근무에 들어간다니 지리나 익히게 한번 돌아보세. 방도 배정 받아야 하고."

그는 원장의 뒤를 어슬렁거리며 따라왔다. 그림자도 없는데 원장은 그의 낯선 존재감이 뒤편에서 묵직하게 어룽거리는 것을 느꼈다. 문을 밀고 대청마루로 나오자 상의 주머니에 꽂아둔 펜 꽂이의 루비가 햇살을 받아 반짝 빛났다. 늙은 원장은 왼쪽 유두에 따끔한 불꽃이 튀는 듯한 이 순간을 어린애처럼 좋아했다. 한때는 러시아제 펜에 루비가 박혀 있는 게 어울리지 않는다고도 생각했지만 이렇게 햇볕에 튀는 루비의 불꽃을 느낄 때면 원장은 한번도 경험한 적이 없는 극지방의 백야가 떠올랐다. 원장은 오래전 자신에게 백야 이야기를 들려준 사람이 누구였던가 기억을 더듬었지만 생각나지 않았다. 아무래도 솔향기에 들어오기 전의 일인 것 같았다.

*

"내가 이 집을 짓는 걸 지켜봐서 잘 알아."

그는 원장이 손가락으로 가리키는 방향대로 고개를 돌렸다. 건물이 모두 나무, 황토, 돌, 기와 같은 옛날식 재료로만 지어졌다는 원장의 설명에도 그는 의례적이나마 감탄하는 기색을 보이지 않았다.

"가운데 건물을 짓는 데만 기둥이 서른 개나 들어갔어. 서까래도 거기서 두어 개 빠지는 수준이었고. 광목천으로 서까래를 들어올려 천장의 귀를 틀던 날은 아주 장관이었지."

원장은 중앙 건물의 줄줄이 세워진 원목 기둥과 서까래와 추녀의 곡선을 꿈꾸듯 바라보며 말했다.

"아래 귀를 틀고 마루청을 깔던 날도 생각나는군. 저기 누정 마루에서는 주로 이곳 손님들이 요가와 참선을 해. 요즘은 더워서 쉬고 있지만."

이렇게 말한 뒤 원장은 뒤로 한걸음 물러났다. 그도 한걸음 물러났다. 중앙 건물 양옆에 있는 두 채의 건물은 손님들과 식구들의 숙소였다. 원장은 손님들과 식구들의 숙소가 똑같아 보인다는 사실에 적지 않은 자부심을 갖고 있었다. 비록 식구들 숙소는 ㄱ자로 꺾여 뒤쪽에 식당, 세탁실, 헛간 같은 것이 딸려 있었지만 다른 설비나 모양은 손님들의 숙소와 똑같았다. 단순한 요양이나 휴식을 위해 들어온 손님은 물론이거니와 단식을 하는 손님들에게 소음과 음식 냄새는 독이었다. 처음 단식에 돌입하는 사람들은 신경이 예민하고 잠도 얕았다. 그러자니 식당이며 세탁실 같은 부속시설은 식구들 숙소 쪽에 있어야 했고 그게 식구들이 이용하기에도 편했다.

"어느 쪽이 우리 식구들 숙소 같은가?"

원장이 돌아보자 그는 마주보이는 왼쪽을 턱짓으로 가리켰다.

원장은 고개를 이쪽저쪽으로 돌려 두 채의 건물을 살펴보았다. 정면에서 보면 맹세코 다른 점이라곤 찾아볼 수 없었다. 방이 세 살문인 것이나 방에 딸린 욕실의 유리창이 격자무늬인 것이나 좌우 끝 방의 반침이 튀어나온 부분에 비가 들이치지 않도록 꼬마 기와지붕을 얹은 것도 똑같았다.

"어떻게 알았나?"

원장이 놀라서 묻자 그는 그럴 것 같아서, 라고 대답했다.

"그저 짐작이로구먼."

원장의 중얼거림에 그는 고개를 저었다.

"진짜 그런 줄 알고 있었어요."

거짓말 같지는 않았다. 원장은 대관절 이 젊은이가 어떻게 척 보기만 하고 손님과 식구들의 숙소를 구별했는지 궁금했지만 이번에도 역시 묻지 않았다. 원장은 식구들 숙소 쪽으로 발걸음을 옮겼다. 소리도 냄새도 없었지만 그가 뒤에서 어슬렁거리며 따라오는 기척이 느껴졌다. 기분 나쁜 존재감은 아니었다. 원장은, 진짜 그런 줄 알고 있었어요, 라는 그의 말을 되씹어보았다. 대화를 나눈 이래 그가 말을 제대로 맺은 것은, 그것도 존댓말로 맺은 것은 처음이었다. 원장은 마치 업어 키운 손자녀석이 첫입이라도 뗀 듯 감격했고 감격을 삭이기 위해 가볍게 혀를 들어 입천장을 찼다. 그러자 문득 사람의 신체기관 중에 가장 루비를 닮은 부분은 혀일 거라는 생각이 반짝 떠올랐다 사라졌다. 어쩌면 심장일지도 모르겠다는 생각도 들었다. 뭔가 다른 생각이 꼬리를 물 듯 말 듯한 순간에 그가 업힌 아이처럼 등 뒤에서 뭐라고 끙끙거리는 소리가 들렸다.

"뭐라 했나?"

원장이 성가신 얼굴로 돌아보자 그는 배가 좀 고픈데,라고 말했다. 원장의 눈에 그의 등허리 근육 안쪽의 복부가 활처럼 휘어 있는 게 보였다. 허둥지둥 식당 쪽으로 급히 내딛던 원장의 왼발이 얕은 돌부리에 걸렸다. 나머지 오른발이 허공에서 헛놀았다. 원장이 휘청하며 고꾸라지려는 순간 그가 뒤에서 먹이를 낚아채는 솔개처럼 날쌔게 원장의 양 팔꿈치를 휘어잡았다. 원장은 가까스로 균형을 잡았다. 그가 꽉 잡았다 놓은 팔꿈치 언저리가 전기를 탄 듯 얼얼하고 저릿했다. 원장은 감격하여 혀를 격렬하게 쯧쯧 찼다.

"배가 고팠구먼, 젊은이. 젊으니 배가 고프지."

*

솔향기의 영양사는 자신이 그를 처음 본 순간 느낀 감정이, 막내가 그를 처음 본 순간 느낀 감정과 동일하다는 것을 처음에는 인정하기 어려웠다.

"그는 꼭 동물의 새끼 같아요."

막내의 말에 영양사는 별소릴 다 듣겠다는 표정을 지어 보였다. 그러나 한편으로는 그 별소리가 어느정도 그의 본질에 적중했다는 거역할 수 없는 느낌을 받았다. 어리석으면서도 자연스럽고 이기적이면서도 순수하고 민첩하고 우아한 동물의 새끼.

막내는 남은 떡조각을 입에 집어넣고 씹는 둥 마는 둥 후루룩 삼켰다. 막내는 어떤 음식이든 후루룩 삼키는 버릇이 있었다. 몇 년 전 단식 손님으로 온 막내를 처음 보았을 때 영양사는 전의에 불탔다. 솔향기에 온 이래 가장 도전해볼 만한 인물을 만났다는 생각이었다. 그러나 이제 영양사는 더이상 막내의 음식섭취나 체중조절에 관여하지 않았다. 정원사가 어느날 문득 전지하던 가위를 내려놓고 가만히 나무를 바라보듯 영양사도 막내를 가만히 내버려두었다. 그것이 절망이나 포기에서가 아니라 하나의 깨달음에서 온 행위라고, 영양사는 누가 뭐라 하지도 않는데, 절벽 끝에 매달린 나무뿌리처럼 고집스럽게 자부하고 있었다.

"애, 막내야."

막내가 찻잔을 들어 마시려다 말고 영양사를 쳐다보았다. 양갈래로 땋은 머리를 둥글게 말아 귀 뒤에 붙이고 사심 없는 얼굴로 고개를 갸웃한 막내는 토실하게 살이 오른 강아지 같았다. 동물의 새끼 같은 건 바로 너 아니냐고 생각하며 영양사는 가볍게 한숨을 내쉬었다.

"낯선 사람한테 못하는 말이 없구나."

"이제 한식구가 되었는데요 뭐."

막내는 이렇게 대꾸하고 열린 세살문 너머를 내다보았다. 무언가를 만족스럽게 먹고 나면 막내는 그렇게 되새김질하는 소처럼 아련히 솔숲 꼭대기에 서 있는 송전탑을 바라보며 사색적인 표정을 짓곤 했다.

"난 그가 썩 달갑지가 않아. 선생님께서 왜 그를 이곳에 머무

르게 허락하셨는지 모르겠어. 여기가 부랑자 숙소도 아니고 말이
야."

"그는 부랑자 같지는 않아요, 선생님."

막내는 그녀를 선생님이라고 불렀다. 오래전부터 영양사도 지
금의 원장을 선생님이라고 불러왔고, 그때 영양사였던 원장도 지
금껏 그녀를 막내라고 부르고 있었다. 호칭은 그녀들 셋을 사슬
처럼 연결하고 있었다.

"넌 조금전에 그가 국수를 먹는 걸 보고도 그러니? 숫제 그릇
째 개수대 구멍에 퍼붓는 형국이 아니더냐?"

막내는 얼굴을 붉혔다.

"저도 그렇게 먹잖아요?"

영양사는 불린 표고를 짜던 손길을 멈췄다.

"그렇지 않아, 막내야."

막내는 차를 다 마시고 찻잔을 내려놓고 입가를 문질렀다.

"그는 뚱뚱하지나 않죠. 저를 보세요. 선생님은 제가 이런 곳
에서 일하면서도 뻔뻔스럽게 너무 많이 먹고 있다고 생각하시
죠? 이곳 손님들 보기에 부끄럽다고 생각하시죠?"

"막내야. 그렇지 않아."

막내는 고개를 숙인 채 찻잔을 만지작거렸다.

"원장님이 왜 돼지처럼 살찐 저를 이곳 식구로 받아들이셨는
지 선생님은 아직도 궁금하실 거예요."

"글쎄 나는……"

영양사는 그렇지 않다고 말하려 했지만 왠지 입이 떨어지지

않았다. 이제껏 보아왔던 막내의 모습과 어딘가 다른 듯한 느낌이 들었다. 막내 속에 있던 동물의 새끼가 부쩍 커버린 것 같았다.

"이만 가봐야겠어요, 선생님. 손님들이 차를 타고 바람을 쐬러 나간 동안 청소를 해야 해요. 요즘은 날씨가 더워서 손님들이 요가도 참선도 하지 않으니까 손님들 방을 청소할 시간은 지금뿐이거든요."

영양사는 막내가 식당에서 나간 뒤에도 막내가 앉아 있던 탁자에 놓여 있는 접시와 찻잔을 멍하니 바라보았다. 그릇들은 깨끗이 비었으면서도 막 그 자리를 다녀간 존재를 암시하듯 몽롱하게 빛나고 있었다. 막내가 일어난 의자에도, 조금전 그가 다녀갔던 탁자 사이 통로에도, 그들의 존재가 다녀갔음을 알리는 가벼운 살랑거림이 남아 있었다. 물오리가 지나간 흔적 같은 이 흔들림이야말로 그들이 젊다는 표시일 터였다.

영양사는 불려서 짠 표고를 다듬어 폈다. 저녁 요리는 표고와 목이, 송이 버섯을 넣은 버섯들깨탕이었다. 영양사는 불량스러운 그가 과연 들깨탕의 깊은 맛을 알지 의심스러웠다. 영양사는 동물의 짧은 털 같기도 하고 책갈피 같기도 한 표고의 속결을 가만히 쓰다듬었다. 문득 자신이 솔향기에 머물며 세상 밖으로 나가지 않은 지도 꽤 오래되었다는 생각이 떠올랐다. 하루가 지나고, 일주일이 지나고, 한 달, 한 계절, 일년이 지날 때마다 꼬박꼬박 날짜를 계산하여 수첩에 기록해놓았던 적이 있었다. 호박밭 위를 나는 작은 나비떼를 수첩에 스케치해놓은 적도 있었고 아끼던 원피스를 찢으며 운 밤도 있었다. 그런데 어느덧 날짜를 계산할 수 없는 지경에 이르렀다. 요즘도 밤이면 영양사는 흐느끼는 여자의 울음소리에 잠을 깨곤 했다. 숙소에 여자라고는 그녀 외에 막내와 원장뿐이었다. 막내는 곁에서 곤히 자고 있고, 환갑 넘은 원장이 울 리는 없으니, 자신이 아직도 우는 꿈을 꾸는 중이라고 영양사는 생각했다. 꿈은 의지로 교정하기 어려웠다. 젊음에 대한 환각도 그럴 것이었다.

*

그와 같은 방을 쓰게 된 늙은 사내는 마음이 언짢았다. 사내는 혼자 방을 써온 지가 오래되었다. 사내는 늘 방을 깔끔하게 정돈해두는 편이었다. 숙소의 모든 방은 한쪽 벽에 책상 두 개가 나란히 있고 맞은편 벽 쪽에 이부자리가 들어갈 수 있게 폭과 너비가 넉넉한 반침이 있었다. 사내의 책상에는 몇권의 두꺼운 책이 가지런히 꽂혀 있었고 그 곁에 담배가 놓여 있었다. 밖에서만 피우기 때문에 방에서는 담배 냄새가 전혀 나지 않았다.

"짐이 정녕 하나도 없는가?"

사내의 물음에는 호기심과 경계심이 섞였다. 그는 아무 대답도 하지 않고 자기 몫의 빈 책상 위에 걸터앉았다.

"하다못해 속옷이나 수건 같은 거라도 있어야지."

사내의 중얼거림에 기대도 하지 않았던 대답이 돌아왔다.

"아버지 성묘하러 왔다 그냥 있게 돼가지고."

사내는 어허, 거참, 하고 입맛을 다셨다. 성묘하러 왔다가 그냥 취직을 해버렸다니, 엎어진 김에 쉬어가는 격도 아니고, 기왕 엎어지는 김에 미친 척 떡 목판에 엎어진 격도 아니고. 그리고 지금이 성묘할 때이기나 하단 말인가. 젊어서 철이 없는 건지 젊어도 겪은 게 만만치 않은 건지 사내는 알 수 없었다.

저울질을 좋아하는 사내는 어느 쪽이 자신에게 그나마 참을 만할지 마음속으로 가늠을 해보았다. 아무래도 철이 없는 쪽은 도무지 견딜 수 없을 것 같았다. 사내는 요즘 젊은이들을 대체로 좋아하지 않았다. 무엇보다 싫은 점은 스스로에 대한 그들의 무지였다. 그들은 자신들이 다른 사람의 눈에 어떻게 보이고 판단되는지를 모른 채 물색없이 날뛰었다. 세상이 발전하고 다른 지식은 늘어나는지 몰라도 자기에 대한 지식만은 점점 줄어들고 있다는 게 사내의 생각이었다. 사내는 젊은 사람들만 보면 눈살이 찌푸려졌고 그들이 나이가 들면 세상이 어찌될지가 근심스러웠다. 물론 근래에는 낯선 젊은이를 보고 눈살을 찌푸릴 기회조차 없었다. 사내는 그것을 천행으로 여겨오던 차였는데 느닷없이 웬 젊은놈과 한방을 쓰게 되었다.

"슬슬 내려가보자고, 일단. 작업실도 둘러볼 겸."

사내의 말에 그가 책상에서 일어섰다. 사내가 일부러 천천히 걸었지만 그는 뒤에서 따라올 뿐 곁에 와 나란히 설 기미를 보이지 않았다.

"술 담배는 하나?"

토방 아래 계단참에서 사내가 돌아보며 묻자 그는 걸음을 멈추고 그냥 조금,이라고 말했다. 사내가 걷기 시작하자 그도 따라 걸었다. 앞마당 건너편에서 승합차 유리를 닦던 기사가 소리쳤다.

"형님, 어디서 젊은 총각을 데려오셨소?"

사내는 손을 들어 기사에게 알은척을 하고 다시 걷기 시작했다. 걷다보니 불편하던 마음이 조금씩 가라앉았다. 젊고 든든한 조수를 뒤에 거느리고 걷는 듯 어느새 구부정한 사내의 어깨가 반듯하게 펴졌다. 이왕 일이 이렇게 된 바에야 잘 알아듣게 가르쳐서 말이 통할 놈으로 만들어야겠다는 사명감에 한번도 자식이나 손주를 키워본 적 없는 늙은 사내의 가슴이 가벼운 흥분으로 달아올랐다.

*

솔향기 식구들은 그가 눈썰미가 좋고 손재주가 뛰어나고 감각이 발달했다는 것을 이내 알아차렸다. 그는 맡은 일을 빠르고 솜씨있게 해냈다. 그는 가만히 앉아 쉬는 때가 없었다. 하루종일 어슬렁거리며 구석구석 다니면서 부실한 곳을 고치고 새로 칠을 했다. 퇴비를 만들거나 고추밭을 매거나 닭 모이를 주거나 나무를 태워 뜬숯을 만들었다. 한 시간쯤 산을 돌고 오면 약초나 나물, 버섯 같은 것을 캐왔고 계곡에서 잡은 잡어를 들통 가득히 담아오기도 했다. 그가 하는 일은 무엇이든 알토란처럼 솔향기에 도움이 되었다. 심지어 그는 호숫가 평상 위에 오묘한 빛깔의 차양을 만들어 달기도 했는데, 비록 그 차양이 솔향기의 전체 분위기와 어울리지 않아 늙은 원장은 고개를 설레설레 저었지만, 손님들은 평상에 앉아 쉴 때마다 휴양지에 온 듯한 기분이 든다며 좋아했다.

솔향기 식구들이 개인적인 부탁을 해도 그는 불평 없이 도와주었다. 그는 겉으로 시늉만 하지 않고 곧장 일에 빠져들었다. 그가 해결하기에 힘에 부친 일도 있었다. 나중에는 부탁한 쪽에서 미안해서 그만두라고 만류할 정도였지만 그는 무슨 수를 써서든지 해결의 실마리를 찾아내어 부탁한 사실마저 잊고 있는 사람에게 해결의 방도를 토막난 말로 떠듬떠듬 암시해주었다. 원장의 책장을 새로 짜준 것도, 영양사에게 오븐 비슷한 조리기구를 만들어준 것도, 총무부장의 구식 컴퓨터를 수리해준 것도 그였다.

그는 주량이 꽤 되었지만 술 마시는 걸 즐기지는 않았다. 덕분에 음주벽이 있는 기사는 신역이 편해졌다. 기사가 술을 많이 마신 다음날엔 하루에 한번씩 솔향기 손님들을 승합차에 태워 가까운 계곡이나 강가로 가서 바람을 쏘이고 시내에 들러 필요한 물건을 사오는 일을 그가 맡았다. 그가 사온 식료품이나 찬거리는 영양사의 입을 타는 일이 없었다. 그가 하는 일은 언제나 적당했고 넘치거나 모자라는 적이 없었다.

솔향기 식구들의 유일한 불만은, 그가 하는 일과 달리 하는 말이 너무 모자라고 단순하고 투박하다는 것이었다. 대체 그가 무슨 생각을 하는지, 어떻게 살아왔는지, 과연 이곳 생활에 동화될 가망이 있을 것인지 등을 알 수가 없었다. 솔향기 식구들은 이곳을 직장이 아니라 공동체로 여겼다. 자연과 친화하고 자연에 가깝게 살다 결국 그렇게 죽음에 이르러 자연으로 돌아가겠다는 것이 이곳 식구들이 공유하는 신념이었다. 늙은 원장과 사내는 솔향기가 처음 세워지던 때부터 쭉 있어온 사람들이었고, 기사가 그 다음, 총무부장과 영양사가 나란히 그 뒤를 이었다. 근무한 연조가 가장 짧은 막내조차도, 단식 손님으로 처음 왔을 때부터 따지면 솔향기에 머문 지가 제법 되었다. 이곳 식구들 중에 뜨내기는 없었다. 그가 유일한 뜨내기였다.

뜨내기 티를 벗으려면 솔향기 식구들이 그의 과거와 생각을 속속들이 알아야 하는데 그는 다른 연장은 잘도 쓰면서 그걸 알려줄 도구인 말은 녹이 슬도록 사용하질 않았다. 성묘하고 내려가는 길에 절인 줄 알고 들어왔고 그러다 원장의 눈에 띄어 채용되었다는 게 솔향기 식구들이 평등하게 알고 있는 그에 관한 정보의 전부였다.

원장은 매일 아침 그를 불러 면담을 했다. 솔향기 식구들은 그동안 원장이 그에 대해 뭔가 알아내길 바랐지만 원장도 뾰족한 것을 알아내지는 못한 눈치였다. 원장은 그를 채용한 지 한 달이 지났을 무렵 총무부장과 영양사를 불렀다.

"젊은이가 영 나쁘진 않지?"

사람 좋은 총무부장이 허허 웃으며 대답했다.

"나쁘지 않다뿐입니까?"

원장은 영양사 쪽으로 고개를 돌렸다.

"어때, 막내 자네는?"

"네. 선생님. 나쁘지 않아요."

원장은 고개를 끄덕이고 다시 총무부장에게 물었다.

"그 양반도 좋아하시지?"

"그럼요. 어르신께서 아주 자식처럼 아끼십니다요."

이 말에 원장은 루비가 박힌 펜을 상의 주머니에 꽂다 말고 어린애처럼 하하 웃었다. 젊은이와 한방을 쓰라는 말을 듣고 그 양반이 짓던 하늘이 무너지는 듯한 표정이 떠올랐다.

*

예전에 늙은 사내는 밤이면 종종 기사를 불러 술을 마셨지만 그가 온 다음부터는 혼자 술을 마시거나 그저 드러누운 채 그가 일하는 뒷모습을 멀거니 바라보곤 했다. 그는 간단한 일거리를 가져와 방에서도 일을 했다. 나무를 깎고 다듬느라 까치처럼 그의 뒤통수가 까딱거렸고 러닝 끈 양쪽으로 드러난 갈색 삼각형 어깨의 근육이 움찔거렸다. 그는 젊고 강하고 능숙하고 투명했다. 사내는 그를 질투했지만, 그 질투는 늪처럼 끈적이지 않고, 늪 건너편 들판에서 솟구치는 새벽 연기처럼 희고 푸르렀다.

밤이 깊어도 사내가 쉽게 잠들지 못하면 그는 슬그머니 일어나 뭐 좀 잠깐, 이라고 웅얼거리고 나가 먹을거리를 가져왔다. 영양사가 잠이 들었을 시간에도 그는 음식을 마련해왔다. 나중에야 사내는 그가 직접 음식을 만든다는 사실을 알았다. 그는 칼질도 능숙했고 양념의 배합도 뛰어났다. 젊은 사람들에 대해 지독한 편견을 가졌음에도 사내는 그의 입맛이나 음식 솜씨가 자신의 마음에 흡족하다는 것을 인정하지 않을 수 없었다. 전통의 맛을 복원하려는 영양사의 고군분투에도 불구하고 사내는 그녀가 만든 음식보다 그가 만든 음식에서 더 오묘한 감칠맛을 느꼈다.

그가 온 지 두 달이 지난 가을 무렵부터 솔향기 식구들은 일주일에 한번씩 회합을 가졌다. 회합이래야 근무가 끝난 뒤 그가 마련한 음식을 먹고 술을 마시며 두세 시간씩 대화를 나누는 게 고작이었지만 솔향기 식구들은 소풍이나 생일을 기다리듯 그 시간을 기다렸다. 단식하는 손님들을 배려해 호숫가의 멋진 차양 아래에서 모이지는 못하고 텃밭과 컨테이너 사이에서 모였다. 그가 장작불을 피우는 동안 기사와 총무부장은 수저와 접시와 술잔을 챙겼다. 닭을 잡아 목을 치는 일은 기사의 몫이었다. 닭의 털을 뽑고 내장을 훑고 토막을 치는 일은 모두 그가 했지만 다만 살아서 푸드덕대는 닭을 붙잡아 목을 자르는 것만은 하지 못했다. 기사는 닭을 잡을 때마다 늙은 사내에게 이렇게 말했다.

"형님, 저 녀석은 로빈슨 크루쏘우다 이겁니다. 왜냐? 무인도에서도 능히 살아갈 녀석이거든요. 단, 무인도에 닭 같은 건 있어봤자지요."

기사는 안주가 마련되기 전부터 술을 마셨다. 자리가 갖춰지면 막내는 영양사를 부르러 갔다. 영양사는 가끔 불참하기도 했는데 그럴 때면 원장과 함께 누정에서 차를 마시고 있었다. 채식주의자인 원장은 회합에 참석하지 않았다. 기사는 원장의 결벽한 성정을 두고 이렇게 툴툴거렸다.

"우리는 중이 아니다 이겁니다. 왜냐? 여기가 절이 아니거든요."

"원장님이 어디 고기 먹는 것 갖고 그러시나? 단식하는 손님들 배려 차원에서 그러시는 게지."

총무부장의 말에 기사는 고개를 끄덕이면서도 이렇게 덧붙였다.

"손님들이 음식이 모자라서 굶는다면 우리가 이러는 게 도리가 아니지요. 허나 저 사람들이야 자발적으로 굶는 사람들 아니냐 이 말입니다."

총무부장은 그 말도 옳다는 듯 허허 웃었다.

때로는 총무부장과 사내와 기사, 이렇게 셋이서 새벽까지 술을 마시기도 했다. 그는 세 남자의 술시중을 들다 뒷정리를 하고 먼저 숙소로 들어가 눕곤 했다. 그들은 그가 있을 때면 그의 존재감으로 충만했고 그가 돌아가면 그의 부재로 애틋했다.

*

늙은 사내는 그 새벽을 잊지 못했다. 사내가 술을 마시고 방으로 들어왔을 때 그는 이불을 차낸 채 깊이 잠들어 있었다. 그에게 이불을 덮어주기 위해 다가간 사내는 이불에 손을 가져가려다 말고 멈칫했다. 창쪽에서 희미하게 뿜어져 들어오는 박명에 그의 몸의 윤곽이 드러났다. 그는 반듯하게 누워 한쪽 다리를 곧추세운 채 잠들어 있었다. 허벅지와 장딴지의 굴곡은 쇠처럼 딴딴했고 헐렁한 팬티 사이로 고환이 무방비상태로 늘어져 있었다. 사내는 능선과도 같은 그의 허벅지 근육과 그 근육의 씰루엣이 겹쳐져 갈라지는 틈새에서 눈을 떼지 못했다. 그것은 억제하지 않으면 안될 불같은 욕망과의 전쟁이었으며 망막에 피기름이 동동 떠오르는 듯한 기름진 응시였다. 사내의 머릿속은 샘물처럼 차가웠지만 사내의 양손은 불에 오그라든 비닐처럼 뜨겁게 저려왔다. 온갖 생각이 휘몰아쳤다. 늙다리 원장은 매일 그를 불러 무슨 얘기를 하는가. 막내는 그에게 무슨 말을 속삭이며 영양사의 어울리지 않는 새침함은 또 무엇인가. 그가 밤늦게 무시로 식당에 드나들 수 있게 열쇠를 건네준 사람은 누구인가. 기사는 대꾸도 안 하는 그에게 왜 그리 농을 걸며, 총무부장은 요즘 들어 왜 공연히 허허거리는가.

사내의 꽉 쥔 주먹이 풀렸다. 사내는 떨리는 양손을 들어올렸다. 두 손은 잠시 허공에서 무언가를 갈구하듯 파르르 경련했지만 이윽고 맥없이 툭 떨어졌다. 보물을 잃은 요괴처럼 사내는 무릎을 꿇고 이불 홑청 끝자락을 짚은 자신의 주름진 양 손등을 내려다보았다. 늙었다는 자각이 그렇게 뼈아팠던 적은 일찍이 없었다. 그 새벽 사내는 그에게 자신이 가진 모든 걸 전해주리라 결심했다. 이끼처럼 푸르던 시절에 자신이 겪은 모든 고통과 환멸을, 꺾인 믿음과 슬픔을, 젊음의 보물을 오래도록 지킬 지혜의 칼을.

3

그가 사라졌다는 사실은 그가 사라진 다음날 아침 원장에게 즉각 보고되었다. 원장은 책상 위에 놓인 누런 펜의 뚜껑을 뽑으며 물었다.

"그가 떠났다고요?"

신참 총무부장이 그렇다고 대답했다.

"그렇군요. 떠났군요."

원장은 옛 원장의 유품인 러시아제 순금 펜으로 종이 한가운데 삐죽삐죽한 갈대 같기도 하고 솔잎 같기도 한 선을 촘촘히 그었다.

"어젯밤에 회합이 있었죠?"

"있었습죠."

신참 총무부장은 무슨 질문에건 일초도 생각하지 않고 냉큼 대답하는 버릇이 있었다.

"그가 음식을 만들었나요?"

"그놈이 무슨 음식을 만들어? 무턱대고 덤벼들어 먹을 줄이나 알았지."

원장이 흠칫 놀라 물었다.

"그가 안 만들었다고요? 그럼 누가 만들었죠?"

"영양사가 만들었지 누가 만들었겠소?"

원장은 잠깐 동안 멍한 얼굴이었다. 이윽고 원장은 무시무시한 상념에 사로잡힌 사람 특유의 표정으로 펜 꽂이에 박힌 루비를 만지작거리며 그 속에서 어떤 해결의 실마리를 발견하려는 듯 집요하게 들여다보았다. 원장은 자신이 오래전 일과 지금의 사태를 착각했다는 걸 깨닫고 급하게 체머리를 흔들었다.

"아, 그렇군. 그렇군."

"같은 방 쓰는 기사 양반 말씀이 어젯밤에 안 들어왔다 합디다. 뭐 없어진 물건이 없나 식구들에게 알아보고 있는 중인데, 경찰에 연락을 할깝쇼?"

원장이 펜을 움직이던 손길을 멈추었다.

"부장님은 무슨 말씀을 그렇게 함부로 하세요?"

"그놈이 워낙에 촐싹대고 말이 많고 사기꾼 기질이 있어 봬서 하는 말인데 내 생각엔 아무래도……"

원장은 그렇게 보이는 사람은 바로 당신 아니냐고 생각하며 총무부장의 말을 잘랐다.

"그나저나 어젯밤 회합에서 말이죠……"

여기까지 말한 뒤 원장은 말을 끊었다. 원장은 자신이 그어놓은 촘촘한 선을 표고의 속결이나 되는 듯이 가만히 쓰다듬으며 생각에 잠겼다. 총무부장이 참지 못하고 끼어들었다.

"그놈이 사라진 건 회합이 끝나고 나서, 아니 어쩌면 회합이 끝나기 전인지도 모르고, 아무튼 그즈음에 사라진 것 같소이다. 회합이 끝난 뒤로 그놈 코빼기를 본 사람이 아무도 없으니까."

원장은 답답하다는 듯 펜을 책상 위에 딱 내려놓았다.

"제가 궁금한 건 어제 막내가, 아니 영양사가 어떤 음식을 만들었느냐 하는 겁니다."

"아, 그거 말이오? 그게 말이지, 왜 있잖소, 참취. 그걸 보드라운 놈으로다 골라서 쪘더라고. 닭 내장 볶은 걸 참취에 싸 먹으니 입맛이 개운했습죠. 우리 영양사 솜씨는 알아줘야 합니다."

신참 총무부장의 얼굴에 어젯밤에 먹은 닭 내장볶음과 쌉싸래한 참취 쌈의 맛을 기억하는 표정이 살짝 어렸다. 그가 만든 음식을 먹던 막내의 표정이 저러했지,라고 생각하며 원장은 열린 세살문 밖을 내다보았다.

"기사님은 어떡하고 계세요?"

원장은 다시 펜을 들어 난을 치듯 삐죽삐죽한 연속무늬를 그려나갔다. 종이 위에 계단식 갈대밭 같은 풍경이 끝도 없이 펼쳐졌다.

"아, 글쎄 그 양반이 말이오, 어제 마신 술이 깨지도 않았는데 아침부터 술만 드시고 계쇼. 더 기가 막힌 건 영양사가 말릴 생각은 안하고 계속 술을 드시게 한다는 거요. 어르신도 합세를 하셔서 아마 지금 둘 다 만취상태일걸요."

"그건 별로 나쁘지 않군요."

원장은 펜 뚜껑을 닫고 펜 꽂이의 루비 부분이 밖으로 나오도록 상의 주머니에 꽂은 후 자리에서 일어났다.

"제가 식당으로 가보지요."

총무부장이 원장의 뒤를 종종걸음으로 따랐다. 문득 원장은 어젯밤 회합에서 막내가 닭 내장볶음에 어떤 양념을 했는지 궁금했지만 신참인 총무부장에게 그걸 묻지는 않았다.

원장은 토방에서 내려서서 몇걸음 걷다 말고 몸을 돌려 세 채의 한옥을 바라보았다. 그가 사라진 지 얼마 되지 않은 것 같은데도 그새 건물들은 몹시 낡아 있었다. 중앙건물 양쪽에 있는 숙소는 여전히 똑같았지만 욕실 창문의 격자무늬 틀의 색깔만은 달랐다. 그가 손님들의 숙소부터 칠을 하다 중간에 사라졌기 때문이었다. 원장은 막내가 출산한 해가 언제였던가 생각해보았지만 기억나지 않았다.

그동안 솔향기 식구들은 별로 바뀌지 않았다. 그가 사라진 뒤 막내가 아이를 낳았고 몇년 뒤 옛 원장이 죽은 게 변화의 전부였다. 예전 총무부장은 간암 판정을 받고 지금 병원에 입원해 있었는데 입원치료가 끝나면 요양을 위해 솔향기에 돌아오기로 되어 있었다. 임시로 총무부장의 먼 친척이라는 자를 신참 총무부장으로 받아들였는데, 신참이라고는 하지만 나이가 지긋하고 게으르고 불평이 많은데다, 무엇보다 이곳에 오래 있지 않겠노라는 말을 수시로 떠들어댔다. 한식구가 되기는 영 틀린 남자였다.

원장은 총무부장을 돌려보내고 혼자 식당으로 들어섰다. 식당에 들어서자 늙은 두 사내의 뒷모습이 나란히 앉아 있었다. 여윈 두 쌍의 어깨 사이로 맞은편에 앉은 영양사가 보였다. 그토록 토실했던 영양사는 거의 야위었다고 할 수 있을 정도로 살이 빠져 있었다. 영양사는 닭발처럼 말라빠진 손으로 연신 항아리의 술을 퍼내 두 사내의 잔에 붓고 있었다. 순간 원장은 멈칫했다. 그들 세 사람 곁에 막내의 모습을 닮은, 꿈꾸는 눈빛을 한 토실한 아이가 앉아 있는 것을 얼핏 본 듯했다. 원장은 자신이 옛 원장처럼 급속도로 늙어간다는 느낌이 들었다. 오래전 그가 사라진 날 아침 옛 원장이 식당에 들어섰을 때에도 그들은 저런 구도로 앉아 있었을 것이다.

그때 늙은 사내는 말했다. 나는 그 녀석이 나를 좋아해주기를 바라지는 않았다. 그런데 그 녀석이 나를 이렇게까지…… 그러고 나서 사내는 말을 끊었다. 그녀는 그가 이렇게까지 뭘 어쨌다는 건지 뒷말이 궁금했지만 사내는 슬그머니 딴소리를 했다. 사내는 자신이 오랫동안 솔향기에서 몇가지 작은 즐거움만으로 지내왔다고 중얼거렸다. 앞으로도 몇가지 작은 즐거움만으로 여생을 보내려 한다고도 했다. 그런데 이마저도 빼앗겨야만 하느냐고 했다. 그러나 즐거움의 규모를 줄이면 줄일수록 금욕적이 되기는커녕 매우 조그만 즐거움에까지 악착을 떨게 된다는 사실을 늙은 사내는 몰랐다. 식사량을 줄이면 식욕이 증가하듯 그건 너무도 자연스러운 현상이었다. 그때 영양사였던 그녀는 채식주의자인 옛 원장이 만류하는데도 늙은 사내에게 육식을 권했다. 고기를 드세요, 어르신. 포만감이 느껴질 때까지 드세요. 다 드시고 나면 움직이지 말고 가만히 누워 계세요. 음악을 듣거나 책을 보거나 하면서요. 잠이 오면 주무세요. 혹시 새벽에 깨면 다시 오세요. 저는 요즘 아주 늦게 잠이 드니까 괜찮아요. 좋은 등심 부위를 버섯과 함께 구워드릴게요. 술은 별로 도움이 안되지만 매실주 정도는 드릴 수 있어요. 고기를 많이 드셔야 합니다. 충분히요. 쌈도 싸 드시지 마세요. 고기를 소금만 찍어 드세요. 기름장도 필요없어요. 마늘을 아주 작게 썰어드릴 테니 입가심만 하세요. 괴로울 정도로 고기를 드세요. 다시는 고기를 먹고 싶지 않을 때까지 고기를 드세요.

"선생님."

영양사가 그녀를 보고 자리에서 일어났다. 그녀가 원장이 되었는데도 영양사는 여전히 그녀를 선생님이라고 불렀고, 그녀 또한 막내가 영양사가 되었는데도 여전히 막내라고 불렀다.

그녀는 아직도 밤이면 흐느끼는 여자의 울음소리에 잠을 깨곤 했다. 깨보면 곁에 막내가 없었다. 오래전 어느 시절에도 막내는 몰래 방을 빠져나갔다 새벽에 돌아오곤 했었다. 그때 운 여자는 막내가 아니었지만 요즘 우는 여자는 막내가 분명하다고 그녀는 생각했다. 막내의 아이는 재작년 아니면 그 전해에 죽었다. 그래서일 것이다. 좀처럼 정을 주는 법이 없던 솔향기 식구들이 어디서 왔는지도 모르는 떠버리 청년에게 온통 마음을 빼앗겼던 것은.

원장은 아이가 살아 있다면 몇살이나 되었을까 따져보았지만 역시 알 수가 없었다. 이곳에서 오래 살다보면 햇수나 나이처럼 정수로 분절되는 시간의 간격은 아무 의미가 없었다. 솔향기 식구들에게는 시간의식이 없었다. 다만 손님들의 일정과 들고남이 공허한 시간 위에 작은 홈을 파놓고 사라질 뿐이었다. 이곳에서 시간은 휘돌고 엉키고 겹쳐지며 맴돌았다. 드물게는 외부의 손에 의해 시간의 타래가 싹둑 잘려나가기도 했지만, 이내 다시 휘돌고 엉키고 겹쳐지며 맴돌았다. 원장의 죽음도, 아이의 죽음도 그 완고한 회전을 멈추진 못했다. 그녀는 녹슨 거울 속으로 들어가듯 그들을 향해 다가갔다.

*

"내가 그 녀석에게 객지생활 하면서 언제가 제일 외롭더냐 물어본 적이 있습니다, 형님. 그 녀석이 손을 딸 때라고 하더라고 요. 그 녀석이 왜 가끔 급체를 하잖아요? 원체 소나기밥을 먹으 니까. 내가 지난번에 그 녀석 손 따주고 나서 혼자 울었습니다. 왜냐? 겉으로는 떠벌떠벌해도 그 녀석이 인생을 알잖아요. 체해 서 끙끙대다 바늘하고 실 찾아서 피 내리고 손가락 감고 바늘로 따고 피 짜내고, 그거 혼자 하려면 외롭지요. 암요, 외롭고 서글 프지요. 그 녀석이 떠난 건 아무렇지도 않습니다. 제 갈 길 찾아 간 거죠. 단, 왜 나한테 말도 안하고 가버렸냐 그겁니다. 내가 그 녀석에게 뭘 그렇게 잘못했습니까, 형님?"

원장은 돌아가고 기사는 만취해 쓰러졌다. 해는 이미 솔숲 뒤 로 넘어갔고 잔광이 텃밭을 비추고 있었다. 늙은 사내는 기사가 그 녀석에게 무엇을 그렇게 잘못했는지 알 것 같았다. 기사는 그 녀석을 감싸주었고 한식구로 받아들이려 했다. 그게 잘못이었다. 나는 네 낯섦에 매혹되었으면서도 그 낯섦을 제거하려 했다. 너 를 동화시키려 했다. 너를 나로 만들려 했다. 내 젊음을 너에게 투사하려 했다. 내가 되기 싫었고 내가 될 수 없었던 너는 결국 도망쳤다. 나는 인정한다. 네가 빚은 술, 된장을 발라 숯불에 구 운 도라지와 두부, 솔잎을 우린 국물에 끓여 향어를 넣은 듯 향기 롭던 잡어 매운탕과 어죽, 둥글게 각이 진 네 어깨와 딴딴한 허벅 지와 짧고 굵은 머리칼과 팬티 사이로 늘어진 고환의 주름들과 독한 땀내, 그 밝고 눈부신 청춘의 내음을 내 시취로 물들이려 했 음을…… 늙은 사내도 어느덧 상체를 끄덕이며 졸기 시작했다.

그녀는 제를 지내듯 두 남자의 잔에 술을 가득 채웠다.

드세요. 만취할 때까지 드세요. 취하면 쓰러지세요. 술이 깨면
다시 드세요. 이렇게라도 버티지 않으면 옛날 원장님처럼 된답니
다. 말은 안하셨지만 원장님은 그를 잊지 못하셨죠. 그래서 그토
록 쉽게 정신을 놓으셨어요. 우리 모두 어디선가 상처 입어 루비
처럼 단단해진 심장 하나만 품은 채 솔향기로 숨어들어왔지요.
더는 다치지 않고 더는 믿으려 하지 않으면서 공동체를 이루려는
생각 자체가 잘못된 건지도 몰라요. 기사님, 어르신, 두 분 다 괴
로울 정도로 술을 드셔야 해요. 다시는 술을 먹고 싶지 않을 때까
지 드셔야 해요. 오래전에 선생님이 어르신께 해드렸듯이, 이 막
내가 기사님께 똑같이 해드릴게요. 선생님은 쉬지 않고 고기를
구우면서 버티셨지요. 저도 그렇게 쉬지 않고 술을 따르면서 버
티고 싶어요. 뜨내기 일꾼 하나가 떠난 것뿐이에요. 하나의 신념
과 작별하는 일이 그렇듯 하나의 감정과 하직하는 일도 결코 쉽
지는 않답니다. 하지만 그를 따라 우리 중에 누가 또 떠난다면 남
은 식구들은 어떻게 되겠어요? 우리 중 한사람이 떠나는 건 우리
모두 떠나는 거나 마찬가지예요. 어서 드세요. 솜씨 없는 그가 얼
렁뚱땅 담가놓은 술이랍니다. 맛은 거칠지만 제법 솔향기가 진해
요. 다 드셔서 없애세요. 그를 우리 속에 남겨두지 말자고요. 어
서 드세요. 그가 남겨놓고 간 게 이것뿐이라면 좋겠네요. 하지만
어쩌면 더 고약한 선물을 어딘가 숨겨놓고 갔을지도 모르죠. 오
래전 그처럼요.

솔숲 쪽에서 바람이 불어와 적송의 짙은 향기가 뒷마당에 낮게 깔렸다. 고개를 돌리자 식당의 세살문 너머로 솔숲 꼭대기에서 있는 송전탑이 보였다. 그녀는 단식을 위해 솔향기에 처음 왔던 날을 떠올렸다. 그녀의 비대한 육체에 대한 간결한 경고처럼 그때 송전탑은 앙상한 골격만으로 솔숲 위에서 차갑게 빛나고 있었다. 이제 그녀는 송전탑이 아니라 송전탑의 전선들을 보고 있었다. 살이 증발하고 뼈가 삭아 몸의 형체만 희미하게 남아도 결코 끊어지지 않을 그리움처럼, 송전탑을 휘감은 전선들이 노을진 하늘을 가르며 더 먼 곳으로, 더 먼 곳으로 이어지고 있었다.

그녀는 술상 위에 엎드린 두 남자의 희끗한 머리와 쭈글쭈글한 팔과 손등을 물끄러미 내려다보았다. 잎 끝이 마르고 중동이 꺾인 고사한 적송 두 그루를 보는 듯한 연민이 일었다. 문득 그녀는 아이를 데리고 이곳을 떠나야겠다고 생각했다. 아니, 생각했다기보다 그녀는 동물처럼 느꼈다. 더 바래고 약해져 먼지처럼 흩어지기 전에 떠나야 한다고, 다 자란 새 새끼들처럼, 훌쩍 떠나버린 숱한 집시 청년들처럼 그녀 또한 아무도 모르게 재빨리 솔숲 사이를 가로질러 도망쳐야 한다고 느꼈다. 그녀는 암사마귀처럼 벌떡 몸을 일으켰다. 조금전까지만 해도 곁에 있던 아이가 어디로 갔는지 보이지 않았다. 아이가 앉아 있던 자리에는 가벼운 살랑거림만 남아 있었다. 잡히지도 보이지도 않는 기억의 숲 저편에 웅크리고 있다 조용히 몸을 일으켜 어슬렁거리는 짐승의 꼬

릿짓처럼, 이내 그 부드러운 움직임은 텃밭을 지나 축대를 넘어
솔숲 사이로 길을 내며 사라졌다.

반죽의 형상

1

N에게 말은 안했지만,

올해에도 나는 여름휴가가 시작되기 전부터 긴 휴가를 계획하고 있었다. 그것을 과연 휴가라고 부를 수 있다면 말이다. 휴가의 예감은 결투의 예감처럼 끔찍하고 달콤하다. 모욕에 결투로 응하는 풍습은 사라졌지만 그 깨끗한 변제에 대한 향수는 인류의 정신 속에 면면히 남아 있다는 게 내 생각이다. 결투는 모욕을 청산하는 가장 명쾌한 방식이다. 결투에는 상대를 몇대 패주겠다거나 보상금 몇푼 받아내겠다는 식의 유치한 계산 찌꺼기가 없다. 나를 모욕한 자를 죽이거나 모욕당한 나 스스로 죽는 것만큼 모욕을 완전연소시키는 방식이 또 있을까. 모욕이란 그런 것이다. 상대를 죽이거나 내가 죽거나. 칼이 둘 중 하나의 생명을 끊음으로써 모욕관계를 끊는다. 그런 의미에서 내 휴가 또한 과거의 모욕에 대한 뒤늦은 결투신청이라고 할 수 있다.

어느날 아침 문득 골똘해져 수십년 전 어떤 친구가 자신에게 했던 말이나 행위에서 참을 수 없는 모욕을 발견하고 불현듯 떨치고 일어나 결투의 편지를 써 보내는 늙은 신사처럼 내 결투신청에도 다소 우스꽝스러운 대목이 있음을 나는 알고 있다. 하지만 모욕이 즉각 교환되지 못하고 시간의 회로 속에서 길을 잃는 수도 있으니 아무리 늦어도 절박한 때가 적절한 때이다. 결투란 모욕이 가해진 싯점이 아니라 모욕을 느낀 싯점에서 신청되는 것이니.

지난 주말에 나는 버스를 타고 오래전에 살던 동네에 가보았다. 버스가 정류장에 정차하기 위해 속도를 늦추는 순간에는 언제나 마음이 설렜다. 뒷자리에서부터 시작되는, 승객들이 의도없이 밀착했다 가뭇없이 떨어지는 기척이라든가 소지품이 부스럭거리거나 딸랑대는 소리, 낡은 벽이 와해되듯 조직들이 다른 배열을 위해 부산스럽게 흩어지는 분위기 같은 것 때문이다.

아파트는 재건축중이었다. 무너진 아파트 쪽으로 높은 안전벽이 둘러쳐져 있었다. 팔년 전 나는 이 아파트에 살았고 세자릿수의 번호를 단 그 버스를 타고 학교에 다녔다. 작년에 시내버스 노선이 전면 재조정된 이후 버스 번호가 모조리 네자릿수로 바뀌었다. 정류장 알림판에는 바뀐 버스의 번호와 노선이 적혀 있었다. 학교 방향으로 가는 그 버스를 타려면 아침마다 길을 건너야 했다. 길을 건너려면 바로 앞에 있는 육교나 오른쪽으로 백여 미터 떨어진 횡단보도를 이용해야 했다. 여러모로 육교가 경제적이었지만 그 당시 나의 바람은 육교와 횡단보도의 위치가 바뀌었으면 하는 것이었다. 육교로 연결된 건너편 정류장은 손에 잡힐 듯 가까운 거리였다. 육교 쪽은 아파트단지 정문 앞인데다 버스정류장도 끼고 있어 주민들의 왕래가 많았다. 육교와 횡단보도의 위치가 바뀐 탓에 아파트에 사는 대부분의 사람들은 아침저녁으로 백여 미터쯤 수평으로 우회하거나 수직으로 백여개의 계단을 오르내리며 허공에 사다리꼴을 그려야 했다. 내 바람과는 무관하게 단단한 콘크리트 육교는 팔년 동안의 태풍이나 폭설에도 무너지지 않고 의구했다.

새 색깔로 단장한 그 버스가 도착했다. 나는 잠시 버스의 정체성에 대해 생각해보았다. 노선과 번호와 색깔이 바뀐 이 버스는 오래전의 그 버스인가 아닌가. 아닐 수도 있지만 어쩌면 그럴 수도 있다는 작은 대답처럼 버스 옆면 귀퉁이에 옛 번호 세자리가 표시되어 있었다. 그 버스의 노선은 독특했다. 내가 다니던 학교는 버스 종점에서 두어 정류장 더 지난 곳에 있었다. 버스는 종점을 지나쳐 학교 앞에 들러 학생들을 내려놓고 빈 차로 종점에 들었다. 그러자니 버스 노선은 갈고리 모양으로 휠 수밖에 없었다. 갈고리를 늘어뜨렸을 때 땅에 닿는 갈고리의 곡선 부분에 학교가 있다면 허공으로 날렵하게 치켜올라간 갈고리 끝부분에 버스 종점이 있었다.

아침 등굣길 육교 계단에 발을 내딛는 찰나 건너편 정류장에

막 도착한 버스를 볼 때, 그때는 그나마 마음을 다스리기 쉬웠다. 나는 어차피 그럴 줄 알았다는 식의 가벼운 체념과 아쉬움을 맛보았다. 가장 고약한 경우는 놓칠 듯 말 듯한 경계지점에서 버스의 정차를 목격했을 때였다. 그곳은 대략 뛰어내려가야 할 육교 계단의 정상 부근쯤이었다. 바람처럼 계단을 뛰어내려갔음에도 간발의 차이로 놓친 버스 뒤꽁무니를 바라볼 때 멀어져가는 그 야속한 세자리 번호 때문에 나는 얼마나 초조하여 마음을 다쳤던가. 사년 동안 나는 육교의 모든 지점에서 그 버스를 보았고 사년 내내 거의 N과 함께 식판 하나로 점심을 나눠 먹었다. 비가 오나 바람이 부나 나는 오직 그 번호의 버스를 탔다. 버스는 때로 선심을 썼고 때로 애간장을 태웠다. 육교 탓이 아니더라도 사년 동안 같은 번호의 버스를 타다보면 그 번호, 그 숫자에 대해 이런저런 애증이 쌓이기 마련이다. 그 번호의 버스가 멀리서 다가오는 것만 보아도 반가움이 가슴속에 은은히 퍼져나가던 기억이 셀 수 없고 발을 동동 구르며 기다리다 부푼 빵처럼 승객을 잔뜩 태운 채 쏜살같이 지나치는 버스를 보며 울화를 터뜨린 기억도 셀 수 없다. 중간에 고장이 나서 내렸던 기억이며 빠른 막차 시간에 대한 그칠 줄 모르던 원망, 졸다가 집 앞을 놓쳐 시내의 반환점을 돌았던 난망함 같은 것. 세자리 숫자는 내 기억 속에 기묘한 형상으로 각인되어 있다.

나는 천천히 육교를 건넜다. 육교 난간은 칠이 벗겨지고 누렇게 빛바래 있었다. 나는 건너편 정류장에서 다시 그 버스를 기다렸다. 번호와 노선이 바뀐 그 버스는 이제 내게 어떤 기다림을 선

사할 것인가.

사람들은 N과 내가 친하다는 걸 알면서도 둘이 별로 어울리지 않는다는 말을 면전에서 하곤 했다. N도 나도 그들에게 우리의 무엇이 어울리지 않는지 묻지 않았다. 그렇기도 하고 아니기도 하다는 듯 우리는 그 말을 듣고 어울리지 않게 웃었다. N과 나는 매일 아침 여학생 휴게실에서 만났다. N이 매점에서 담배를 한 갑 샀고 나는 자동판매기에서 블랙 커피 두 잔을 뽑았다. 담배의 비닐 포장과 은박지를 뜯는 N의 손길을 바라볼 때의 기쁨과, 쓰다기보다 떫은 맛이 나는 블랙 커피를 마시며 첫 담배를 피우던 나른함은 아직도 잊을 수 없다. 여학생 휴게실은 아침부터 담배 연기로 자욱했다. 누군가 피아노를 뚱땅거렸고 누군가는 예수 그리스도의 사랑에 대해 얘기했다. 휴게실 화장실 문이 열리고 닫힐 때마다 자욱한 담배연기와 커피향 사이로 희미한 지린내와 아침 대변의 냄새가 섞였다. N과 나는 그곳 군데군데 틀어진 비닐 쏘파에 앉아 말없이 담배를 피웠다. N의 지갑과 내 지갑이 비록 윤곽은 따로지만 한 갑의 담배와 하나의 식판처럼 그 내용물은 공동의 것이듯 우리의 만족감도 한 반죽 속에 있는 두 형상이었다.

학교에서 집으로 돌아올 때에도 나는 그 버스를 탔다. 종점에서 출발한 버스는 빈 차로 두어 정류장을 달려 학교 앞에서 학생들을 잔뜩 태우고 다시 종점을 지나쳐 달렸다. 그 또한 갈고리 모양이었다. 집으로 돌아올 때는 버스에서 내린 후 육교를 건널 필요가 없었다. 나는 아침에 헐레벌떡 육교를 건너며 품었던 원망은 잊고 작은 안락에 만족했다. 내가 내린 후에도 그 버스는 무척 오래 달려야 할 운명이었다. 버스 노선은 학교에서 출발해 내가 살던 아파트단지를 지나 한강을 건너 시내로 진입해 반환점을 돈 후 다시 시내를 빠져나와 한강을 건너 종점으로 회귀하는 원 터미널 노선이었다. 편도만으로도 충분히 하나의 노선이 되고도 남았는데 그 길이의 두 곱에다 갈고리 모양까지 더했으니 한번 출진하는 버스 운전사로서는 엄청난 여정을 각오해야 했을 것이다. 본의아니게 내가 그 여정을 함께한 적도 여러번 있었다. 내가 버스에서 조는 경우는 오로지 취했을 때뿐이었다. 사람의 귓속에는 균형을 관장하는 작은 기관이 있다는데 그 기관의 구조가 사람마다 달라 탈것만 타면 조는 사람이 있고 탈것만 타면 깨는 사람이 있다고 한다. 나는 후자였다. 탈것만 타면 정신이 반짝 나도록 만드는 내 귓속의 작은 기관은, 그러나 유감스럽게도 술을 마시면 다른 기관보다 제일 먼저 마비되었다.

그 버스는 지나치게 긴 노선 때문에 막차가 빨리 끊겼다. 바야흐로 술자리의 분위기가 무르익을 즈음이면 어김없이 막차시간이 임박해 있었다. 나는 자주 시계를 보았다. 십분 오분 일분…… 나는 친구나 선배들에게 제대로 작별을 고할 틈도 없이 술자리를 박차고 일어나 달렸다. 운이 나쁠 때 막차를 놓쳤지만 운이 좋을 땐 아슬아슬하게 잡아탈 수 있었다. 그러나 가장 치명적인 경우는 막차를 타고 졸다가 두 시간쯤 지나 다시 학교 근처의 종점으로 돌아와 있을 때였다. 술집에 가보면 술자리는 이미 끝난 지 오래이고 긴 여정의 깊은 잠으로 나는 완전히 술이 깨어 있었다. 그 순간의 막막한 외로움은 내 머릿속에 세자릿수의 버스 번호 형태로 각인되어 있다.

드디어 그 버스가 왔다. 버스 옆면 귀퉁이에는 옛 번호 세자리가 조그맣게 표시되어 있었다. 아직도 나는 그 숫자를 보면 눈을 뗄 수가 없다. 영구결번 처리된 자신의 등번호를 잊지 못하는 은퇴한 야구선수처럼.

나는 그 버스가 아닌 다른 버스를 타고 집으로 돌아왔다. 그 버스는 노선이 조금씩 바뀌었는데 변경의 기준은 새로 생기는 전철역이었다. 그 버스의 노선은 현저히 단축되었다. 나는 이제 그곳에 살지 않고 그 버스는 강을 건너지 않는다. 달라진 건 그뿐이 아니다. 문이 앞뒤로 두 개가 되었고 좌석 배치도 바뀌었다. 그런데도 내가 그 버스를 그 버스로 알아보는 것은 고향과도 같은 종점이 그대로이기 때문이고 옛 세자리 번호를 아픈 맹장처럼 옆구리에 조그맣게 매달고 다니기 때문이다. 물론 가끔은 그 버스가 그 버스라는 게 낯설기도 하다. 끝이 갈고리 모양으로 휜 그토록 긴 노선은 버스에게 무엇이었을까. 내게는 무엇이었으며 N에게는 무엇이었을까. 덜 물러 살강대던 그 시절의 비린내가 갈고리처럼 가슴을 턱 찍었다.

2

N은 나와 대학 사년, 회사생활 사년을 함께하면서 거의 매일 점심을 같이 먹어온 친구이자 동료였지만 이제 와서는 왠지 선뜻

친하다고 말하기가 꺼려지는 면이 있었다. 주변 사람들 눈에 매우 절친해 보이고 본인들도 그렇다고 믿지만 어느 순간 시간이 그들을 떼어놓았을 때 다시는 영영 화합하지 못하게 되는 사이가 있다. 다시는 영영 같은 비극적인 뉘앙스조차 전혀 깨닫지 못하는 사이, 어느 쪽에서도 먼저 만나자는 약속 전화를 하지 않고 죽게 되는 사이 말이다.

결국 이렇게 흐르고 만다. 관계에 대해 생각하다보면 나는 언제나 죽음을 전제하게 된다. 관계와 죽음이 언제부터 내 머릿속에 한쌍으로 자리잡게 되었는지 모르겠지만 좋지 않은 버릇임엔 틀림없다. 관계의 끝만을 생각하다보면 누구와도 진심으로 사귀기 어렵다. 그래, 네가 어떻게 되나 지켜보자, 네 끝이 어떨지 두고보자는 식의 시선은 그 독으로 대상을 말라죽게 만든다.

N은 내 결투, 아니 휴가계획을 제대로 듣지도 않았다. N은 내 얘기를 듣는 둥 마는 둥 안경 너머로 화장실 거울 속의 자기 눈을 불만스럽게 쏘아보았다. 전날 두 편 이상의 영화를 보았음에 틀림없는 충혈된 눈이었다. N은 일주일에 두세 번 혹은 서너 번씩은 렌즈를 착용하지 못하고 출근했다.

나는 내 휴가가 대나무의 매듭처럼 절박한 생존적 필요에서 나왔다는 것, 더이상 상황을 이대로 지속할 수 없다는 모종의 결단이자 새로운 삶의 마디를 위한 얇은 막이라는 점을 N에게 이해시키고 싶었다. 차마 결투라는 말은 하지 않았다. 내딴에는 한줄기 햇빛처럼 밝고 희망차게 수식하려 애썼음에도 불구하고 내 얘기가 끝나기도 전에 N은 팀장에게서 곤란한 부탁을 받았을 때처

럼 이해할 수는 있지만 용납할 수는 없다는 식의 짤막한 거부의
태도를 취했다. N은 잠시 감았던 눈을 우아하게 치뜨더니 물었다.

"차를 사고 싶다더니?"

나는 N에게 차를 사고 싶다고 말한 적이 없었다. 차를 사고 싶
다고 생각한 적도 없었다. 나는 대중교통을 좋아했다. 매일 전철
로 출퇴근을 했고 주말이면 버스가 타고 싶어 아무 버스에나 올
라타고 모르는 곳을 무작정 돌아다니기도 했다. N이 어떻게 생각
하든 뭐라고 충고하든 나는 사람들의 시선을 의식하지 않은 지
오래였다. 그런데 세상에, 차라니. N은 내 휴가의 추상성을 전혀
이해하지 못하고 있었다.

변기의 물을 내리는 소리가 들렸다. 앞쪽 칸에서 녹색 앞치마
를 입은 청소부 여자가 나왔다. 여자는 남의 손인 듯 성의없이 손
을 씻고 나갔다. 차는 네가 사고 싶어했지. N은 내 말을 못 들은
것 같았다. 못 들은 체하는 것일 수도 있었다. 어쩌면 내가 너무
작게 말했거나 말하지 않았을 수도 있다. 어쨌든 이곳은 어느 칸
에 누가 숨어 엿들을지 모르는 여직원 화장실인 것이다.

거울 속에서 N은 엄지와 검지로 안경테를 살짝 들어 코 위에
정확히 눌러놓고 손가락을 펴서 머리를 부풀렸다. 이미 내 휴가
계획에 대해서는 까맣게 잊은 얼굴이었다. 나도 더는 말할 필요
를 못 느꼈다. N의 건망증은 때로 장점이기도 했다. N은 거울에
얼굴을 갖다대고 두 겹의 유리를 통해 반사된 자신의 눈을 가만
히 들여다보았다. 유리 양쪽에서 N의 붉은 눈이 신호등처럼 천천
히 깜빡거렸다.

"퇴근할 때쯤엔 다시 렌즈를 낄 수 있겠지?"

"저녁 때 약속 있니?"

"응."

"간유구는 먹었어?"

"아 먹어야지."

N은 허리를 틀어 가느다란 몸의 옆선을 비춰보더니 분홍빛 상의와 스커트를 탁탁 털었다. 다시는 이런 권태로운 빛깔의 제복을 입지 않아도 된다는 사실에 나는 작은 기쁨을 느꼈다. 내게 어울리지 않을 뿐 아니라 서른 가까운 나이에 분홍 옷을 입는다는 게 왠지 모르게 부패의 냄새를 풍기기 때문이었다. 화장실에서 나오면서 N이 자연스럽게 내 팔짱을 끼었다. 남자와의 약속 때문에 나와 마지막 저녁을 먹지는 못해도 잠시라도 팔짱을 끼거나 허리를 안거나 손을 잡지 않고는 못 배기는 N의 형식적인 애정에 나는 가벼운 염증을 느꼈다.

"어제는 무슨 영화를 봤어?"

"재미없는 거였어. 아 진짜 영화 좀 똑바로 못 만드나."

N처럼 영화를 자주 본다면 인류의 삼분의 일이 영화감독이 되어 똑바른 영화를 개미처럼 부지런히 만들어대도 부족할 것이다. N은 팔년 동안 많이 변했다. 물론 나도 변했다. 앞으로 N은 누구와 함께 점심을 먹게 될까. 그리고 나는? N은 팔짱을 끼지 않은 손으로 우리가 서 있는 17층 복도를 가리켰다. 천장과 바닥에 희미한 빛이 길게 반사되고 있었다. 어느 영화에선가 본 정신병원 통로와 비슷하다고 N이 말했다. 언젠가도 내게 똑같은 말을 한

적이 있었다. 늦은 밤 택시를 타고 귀가하던 어느날 N은 집 뒤편
길에서 내리는 바람에 한 시간 동안이나 집을 찾지 못해 헤매 다
녔다고 했다. 그 집에 십년째 살고 있었지만 뒤편 길로는 다니지
않았기 때문이라는 것이다. 그 얘기를 들었을 때 나는 정말 걱정
이 되었다. 만약 어느날 잘못해서 자기 존재의 뒤편에서 내리게
된다면 N은 자신을 되찾는 데 무척 오래 걸릴 것이다. 그러니 부
디 잘 지내 N.

문득 나도 언젠가 똑같은 말을 한 적이 있는 듯한 혼란이 왔다.

3

나는 사직서를 내고 남보다 이른 여름휴가를 시작했다. 이것
을 과연 휴가라고 부를 수 있다면 말이다. 대부분의 사람들에게
휴가는 더 긴 지속을 위한 잠깐의 휴지로서 차와 해변과 휴양림
이 있는, 최소한 만화나 추리소설 베스트 목록과 조식을 제공하
는 시내 호텔 리스트가 있는 삶의 쉼표 같은 것이다. 그에 비해
내 휴가는 마침표 뒤에 오는 말없음표처럼 대책 없는 것이다. 휴
가를 위해 사직을 불사하는 것은 제 뿔의 세기를 알아보고자 거
대한 나무둥치에 뿔을 박고 고사하는 코뿔소처럼 어리석은 욕망
이지만 어리석은지 아닌지는 당사자인 코뿔소에게 조금도 중요
하지가 않다. 뿔을 박는 행위만이 코뿔소에게는 절대적인 생존
능력의 측정인 것이다. 자신이 어떤 모욕을 도저히 참고 견딜 수

없는지 생사를 걸고 증명한다는 점에서 결투 또한 그렇다. 고작 사년의 경력과 팔년의 우정을 걸었을 뿐이지만 나는 내 휴가가 여행보다는 실종 같은 것이기를 바란다.

내가 휴가를 끝내고 N을 다시 만나는 일은 없을 것이다. N의 편에서는 건망증 때문에, 내 편에서는…… 내 편에서는 우연히라도 N을 만나길 원하지 않는다. 다른 사람이 N의 소식을 묻거나 전해줄 수도 있겠지만 그것마저 없었으면 하는 것이 나의 바람이다. N은 내게 무심했고 나는 N을 경멸했지만 우리의 관계가 처음부터 그랬던 건 아니었다. 어느 순간 갈라졌고 나뉜 가지처럼 N과 나는 서로를 닮지 않으려 애썼다. 가끔 나는 N과의 오랜 관계에 대해 내가 심각하게 오해를 하고 있는 건 아닐까 생각하곤 했다. 문제는 내 쪽에 있는지도 모른다. 하지만 결투를 위한 손수건은 던져졌다. 나는 산란기 연어처럼 모욕이 발아하던 그 싯점으로 거슬러 올라갈 것이다.

장마전선이 북상했다. 나는 평소와 다름없이 자정쯤 잠자리에 들었다. 휴가 첫날 새벽 나는 끓는 기름에 물이 떨어져 자글거리는 것 같은 빗소리에 잠에서 깼다. 비는 줄기차게 내리고 있었다. 태어나서 지금까지 한번도 제대로 쉬어본 적이 없다는 과장된 피로감이 몰려왔다. 나는 자리에 누운 채 빗소리를 들었다. 따다닥 빗몸이 부서지는 소리도 들었고 부서진 빗물이 서로 섞여 흐르는 노래 같은 냇물 소리도 들었다. 빗소리를 가만히 듣고 있자니 문득 빗소리처럼만 상대의 말을 경청했다면 내 삶이 지금과는 조금쯤 달라졌으리라는 생각이 들었다. 대단히 훌륭해졌으리라는 의미는 아니고 공들여 매준 밭의 흙처럼 조금은 더 보드랍고 포실했으리라는 정도였다. 빗소리는 가끔 자그마하게 짤랑거리는 소리를 내기도 했다. 마치 장난꾸러기처럼 하늘의 손바닥과 땅의 손바닥이 물방울 구슬을 담고 짤짤이를 하는 소리 같았다. 어느 순간 빗소리가 내 안에서 짤랑거렸다. 견딜 수 없는 복통에 나는 화장실로 달려갔다. 소낙비 같은 설사였다. 조금 더럽긴 하지만 휴가를 축하하는 축포가 터진 듯했다.

지금 301동 지하주차장 입구에 장터가 열렸사오니, 모든 물건은 생선과 야채와 과일류로, 저렴한 가격에 판매하고 있습니다. 많은 이용 바랍니다. 다시 한번 말씀드리겠습니다. 목이 살짝 긁힌 듯한 여직원의 목소리였다. 나는 반복되는 방송 내용을 들으면서 아무래도 문장이 교묘하게 얽혔다는 느낌을 지울 수 없었다. 제대로 된 문장을 내보내는 적이 드문 관리사무소 방송이었지만 모든 물건은 생선과 야채와 과일류라는 부분이 특히 이상했다.

안개 같은 실비가 내리고 있었다. 장터에는 생선 차 한대와 야채 좌판과 과일 좌판이 있었다. 모든 물건은 생선과 야채와 과일류라더니 내용상 딱 맞아떨어지긴 했다. 그러나 가만히 생각해보니 그래서 더 틀렸다. '모든'이라는 말은 낱낱의 열거나 분류를 넘어 대상을 무차별적으로 생략하고 획일화하는 관형이다. 모든 사람이 나를 떠났다면 모든 사람이 나를 떠난 것이다. 그들이 누구이며 어떤 종류의 사람이라는 건 설명할 필요가 없다. '모든'에는 예외도 열거도 없다. 만일 그렇지 않다면 모든 앞에 어떤 한정을 붙여야 마땅하다. 장터에 있는 모든 물건이라든지 나를 미워한 모든 사람이라든지. 그런데 무작정 모든 물건이 생선과 야채와 과일류라니 그것이 세상의 모든 물건이기라도 하다는 말인가. 흙탕물을 뒤집어쓴 백작부인의 화려한 모자처럼 '모든'이란 오만한 관형사가 아파트촌의 작은 장터에서 잔뜩 희화화되고 말았다는 사실에 나는 유쾌해졌다.

자신감과 활기로 펄떡거리는 모든 것들이 혐오스러워지는 때가 있다. 그때는 모름지기 은거하여 나 외에 혐오할 것을 남겨두지 않는 게 좋다. 대상에 대한 혐오 속에는 자신과의 깊은 유사성이 깃들어 있다. 닮았기에 싫은 것이다. 모르는 것은 미워할 수조차 없다. 언제부터 내가 세상의 이러저러한 것들과 나 사이에 이렇듯 불균형한 전선을 긋고 살게 되었는지 모르겠지만 분명 그 첫 금은 N과 나 사이에 그어진 금은 아니었을 것이다.

첫 금은 우리와 그들 사이에 그어졌다. 대학 시절의 어느 싯점부터 N과 나는 단둘이서만 술을 마셨다. 의도한 건 아닌데 상황이 그렇게 되었고 N도 나도 그런 고립적인 상황을 억지로 바꾸려 하지 않았다. 저녁이면 우리는 각자 가진 돈을 합쳐 간단한 계산을 끝낸 후 단골 주점으로 향했다. 배가 고팠지만 식사를 시켜 먹을 여유는 없었다. 두꺼운 싸구려 파전을 하나 시키고 나머지 돈으로는 소주를 먹었다. 돈이 모자라는 날에는 둘이 한 병을 나눠 마셨고 돈이 있는 날엔 각자 한 병씩을 마셨다. N은 내가 타는 버스를 타지 않았다. 강요된 선택에 시달리는 나와 달리 N이 이용할 수 있는 버스 노선은 꽤 많다. N의 집은 조금 무리를 하면 걸어갈 수도 있는 거리였다. 버스정류장으로 일고여덟 정류장쯤 되었는데 빠른 걸음으로 삼십분 정도 걸렸다. 때로 N은 자신의 며칠치 차비를 담보로 소주 한 병을 더 먹자는 감격적이고 만용에 찬 제안을 하기도 했다. 금은 딴 곳에서 그어졌는데 이상하게도 나는 술기운이 오를수록 나를, N을, 그리고 나와 N의, N과 나의 관계를 차례로 잔인하게 할퀴었다. N을 깊이 사랑한다고 믿었고 N 없이는 하루도 지낼 수 없도록 디자인된 내 어떤 기관이, 그러나 유감스럽게도 술만 취하면 제일 먼저 마비되어버리는 모양이었다.

생선 차 끝에 세워둔 비스듬한 파라솔 앞에서 한 사내가 어슬렁거리며 담배를 피우고 있었다. 가늘게 내리는 비를 맞으며 담배를 피우는 사내의 모습이 편안해 보였다. 나는 감자와 양파 등의 야채류를 잔뜩 샀다. 장터에서 돌아오는 길에 새로 지은 교회건물 꼭대기에 십자가를 올리는 광경을 보았다. 어이, 어이, 왼쪽! 왼쪽! 그렇지! 일꾼들의 외침 속에서 크레인의 밧줄에 엮인 십자가가 허공으로 주춤주춤 올라갔다.

갑자기 뱃속에서 낯익은 폭발음이 울렸다. 결투가 시작되기 전에 내가 지은 모든 죄를 사해달라는 기도를 하고 싶었지만 '모든'이라는 관형이 목에 걸렸다. 내가 지은 낱낱의 죄를 적시해보았다. 나는 어떤 죄를 지었나. 죄와 죄 아닌 것이 구분되지 않았다. 모든 것이 죄이면서 죄가 아니었다. '죄'란 그 말이 발음되었을 때에야 비로소 좁쌀만한 죄의 돌기들이 돋아나게 되는 사악한 주문 같았다.

4

열흘 내내 쉬지 않고 음식을 만들었다. 매끼 다른 음식을 일인
분씩 만들어 먹었다. 아침에는 뚝배기에 콩나물과 불린 쌀을 넣
고 콩나물밥을 지어 양념장과 물김치를 곁들여 먹었다. 점심에는
손이 많이 가는 계란말이 김밥과 된장국을 만들었다. 시금치를
데쳐 무치고 당근을 채 썰어 볶고 김을 굽고 사각 프라이팬에 계
란을 풀어 부치느라 정신없이 바빴다. 저녁 메뉴는 새우버섯볶음
밥과 김칫국이었다. 칵테일새우와 양송이, 느타리, 당근과 양파
약간씩을 올리브유에 볶고 밥을 넣었다. 육수에 잘게 썬 김치를
넣고 김칫국물을 붓다가 동그란 냄비 속이 삽시간에 붉어지는 바
람에 N의 충혈된 눈이 떠올랐다. 야참으로는 치즈와 햄을 넣은
쌘드위치에 마요네즈를 듬뿍 발라 아이스크림과 함께 먹었다.
　한 끼를 준비하는 데 두세 시간씩 걸렸다. 나는 점점 마늘을
까고 생선 비늘을 벗기는 데 섬세해졌고 야채를 여러번 꼼꼼히
씻었다. 나머지 시간은 어떻게 흘러가는지 몰랐다. 세 번 네 번
혹은 다섯 번의 끼니가 하루를 세 토막 네 토막 다섯 토막으로
나누었다. 세수를 마치고 거울에 비친 욕실 타일의 깨진 금을 보
다보면 점심때가 되었고 이마에 손을 짚고 벽지에 흘러내리다 맺
힌 커피액의 도도록한 타원형 얼룩을 만지다보면 해가 저물어 있
었다.
　밤늦게까지 텔레비전을 보았다. 다큐멘터리에 등장한 필리핀

어느 부족이 닭의 간을 보고 점을 치고 있었다. 그들이 닭의 간을 돌려보면서 흉조라고 입을 모으는 부분에서 나는 눈을 감았다. 부족의 알아들을 수 없는 중얼거림이 들려왔고 나는 그 말에 빙의된 듯 떨었다. 오래전 어느 오후엔가 하릴없이 아파트 앞 육교를 오르내리는 노파를 본 적이 있었다. 이마에 땀이 배고 얼굴이 노랗게 된 노파가 육교를 힘겹게 오르내리고 있었다. 나는 몇번이나 발걸음을 멈추고 돌아보았다. 잠시 기다리면 그때마다 예견된 흉조처럼 육교 위로 삐쭉 치솟아올라오던 노파의 성긴 머리숱과 흰 페인트칠 된 육교 난간 사이로 어른거리던, 닭의 간처럼 검붉은 노파의 스웨터 빛깔이 테를 두른 그림처럼 선명했다.

며칠째 계속 지나치게 생생한 꿈을 꾸었다. 화장품을 얼굴 위에 두껍게 발라 얼굴이 찐 감자처럼 달아올라 깬 적도 있었고 죽은 고양이를 가위로 오리는 꿈을 꾸다 땀에 흠뻑 젖은 손을 부들부들 떨며 깨기도 했다. 몸무게가 급속히 늘어 그런지 회초리를 맞으며 육교에 오르는 꿈을 자주 꾸었다. 깨면 무릎과 발목 관절이 차고 시큰거렸다. 어제는 밤새도록 이삿짐을 옮기느라 허리가 휘는 꿈을 꾸었다. 이빨을 닦고 세수를 하고 머리를 빗고 옷을 갈아입고 나서야 간신히 꿈에서 벗어날 수 있었다. 말을 하지 않고 지내다보면 현실감이 매우 더디게 회복된다는 걸 알았다. 현실감이라는 게 결국 말로 짠 주머니 같은 것이니 그 안으로 들어가는 실마리는 말일 수밖에 없었다. N의 꿈은 단 한번도 꾸지 않았다.

N과 나는 대학에서의 마지막 여름방학을 각자 보내기로 약속

했지만 마치 우연히 만나졌다는 식으로 매일 아침 여학생 휴게실에서 만나곤 했다. 그때 모든 우연을 써버렸으므로 앞으로 N과 내가 우연히 만나는 일은 없을 것이다. 그해 여름은 무더웠고 소낙비와 태풍이 잦았다. 방학이 끝나갈 무렵부터 N은 여학생 휴게실에 나오지 않았다. 전날 헤어질 때의 상황을 면밀히 곱씹어보았지만 N에게서 어떤 한마디 언질이나 암시도 들은 기억이 없었다.

N을 만나지 않은 첫날 밤 나는 평소와 다름없이 자정쯤 잠자리에 들었다. 새벽녘 지독한 복통 때문에 잠에서 깬 나는 화장실로 달려갔다. 수도에서 녹물이 쏟아지듯 호된 설사를 한 시간 간격으로 되풀이한 끝에 나는 약상자를 찾았다. 다행히 약상자 안에는 감기약과 설사약이 들어 있었다. 나는 분홍색 알약 일회분을 먹고 다시 잠자리에 들었다. 다행히 설사약은 잘 들었다. 정오쯤 눈이 보송보송하게 반짝 떠졌다. 방안 가득 밝은 햇살이 흘러넘치고 있었다. 머릿속은 박하를 바른 듯 환했고 몸속은 대나무처럼 깨끗이 비워져 있었다. 뭐라고 표현해야 할까, 밤새 악취 나는 액체를 좍좍 쏟던 내 육체가 돌연 한포기 풀처럼 정결하게 느껴지던 그 상쾌함을. 태풍이 지나간 뒤의 호수 같던 그 평온함을.

나는 자리에서 일어나 샤워를 하고 흰죽을 끓였다. 가스레인지 한쪽에서는 뽀얀 죽이 끓고 한쪽에서는 주전자 가득 보리차가 끓었다. 그동안 나는 죽 간장을 만들었다. 따끈한 보리차를 몇 모금 마시고 수저와 간장종지를 상에 올려놓고 죽이 푹 퍼지기를 기다리던 짧은 순간 나는 N 없이도 충분히 행복할 수 있다고 생각했다.

잠깐이었다. 순식간에 죽을 먹고 나는 커다란 냄비에 다시 죽을 끓이기 시작했다. 죽이 끓는 동안 침샘에서는 귀밑이 뻐근할 정도로 요란하게 침이 솟구쳤다. 죽을 다 먹고 냉장고에서 감자와 계란을 모조리 꺼냈다. 처음에는 감자 샐러드를 만들 생각이었다. 감자를 깨끗이 씻어 계란과 함께 삶았다. 계란은 먼저 건져내고 감자는 더 삶았다. 찬물에 헹궈낸 계란을 까서 입에 넣었다. 갓 삶은 노른자는 비리고 고소했다. 계란을 다 먹고 감자를 건져냈다. 삶은 감자의 껍질을 벗기다 급히 한입 베어물었다. 감자 속은 아주 뜨거웠다. 이마에서 땀이 흐르고 어깨에서 티셔츠 끈이 흘러내렸지만 나는 감자를 움켜쥔 손을 움직이지 않았다. 찐 감자에는 땅속에서 영근 구근식물답지 않은 은은한 동물성의 맛이 배어 있었다. 문득 내가 술만 취하면 N에게 얼마나 어리석고 난폭하게 굴었는지가 떠올랐고 그러자 순간적으로 숨을 쉬기 힘들 정도로 괴로웠다. 그것은 치명적인 모욕을 당한 누군가가 결투를 신청하는 대신 내 앞에서 칼로 자신을 베는 모습을 보는 듯한 고통이었다. 감자와 계란 노른자가 명치끝에 한보따리 뭉쳤다.

다음날도 N은 여학생 휴게실에 나타나지 않았다. N을 보지 못하는 열흘 내내 나는 아파트 슈퍼나 장터에서 온갖 찬거리를 사들여 개미처럼 부지런히 음식을 만들었고 식구들의 눈을 피해 밤이면 식빵에 두툼하게 버터와 딸기잼을 바르고 그 위에 아카시아꿀을 뿌려 먹었다. 한조각씩 먹다보면 결국 식빵 한봉지를 다 먹어버리곤 했다.

개강 후 만난 N은 놀랍게도 가시같이 말라 있었다. N은 열흘 동안 세자리 숫자의 그 버스를 타고 내가 사는 아파트를 지나 한 강을 건너 강변에 하루종일 앉아 있다 돌아오곤 했다고 했다. 나는 이유를 묻지 않았다. 열흘 내내 같은 번호의 버스를 탔지만 우리는 늘 반대방향으로만 달리고 있었다. N과 나는 낮술을 마시러 갔다. 그날 술집 뒷자리에 앉은 남학생이 조심성 없이 내뻗은 팔꿈치에 나는 머리를 살짝 얻어맞았다.

"왜 때리니? 나쁜놈아. 왜 때리니? 나쁜놈아."

뒷자리 남학생이 어리둥절한 채로 사과했지만 N은 꼬챙이처럼 계속 소리쳤다. 고의도 아니었고 세게 얻어맞은 것도 아니라고 내가 달랬지만 N은 목을 놓아 울었다.

"너 아프잖아. 너 아프잖아."

나는 N이 왜 우는지도 모른 채 따라 울었다. 걱정 마 N. 난 하나도 아프지 않아. 하나도 아프지 않아. 조금 살이 쪘을 뿐이야. 나는 울면서 파전을 먹었다. N은 젓가락도 들지 않았다. 나는 파전을 다 먹고 비릿한 오뎅국물과 깍두기를 먹었다. '모든' 안주, 그렇다, 세상의 모든 안주를 다 먹어치울 기세로 내가 주점 탁자 위의 접시를 말끔히 비운 그날부터였을 것이다. 한덩어리의 반죽으로 두 형상을 빚을 때 하나의 형상을 작게 만들면 다른 형상이 커지듯 N의 거식증이 심해질수록 내 대식증도 심해졌다. 어느날 N이 눈을 휘둥그렇게 뜨고 뾰족하게 기른 핏빛 손톱으로 내 옆구리를 쿡 찌르며 말했다.

"심하다!"

그때 손수건을 던졌어야 했다. 뒷자리의 남학생처럼 부주의하게 내 몸을 건드린 데 대해서가 아니라 세자리 숫자의 그 버스를 타고 강변으로 가 수제비처럼 나를 조금씩 떼어내 강으로 던진 열흘에 대해서, 너 아프잖아 너 아프잖아 마지막으로 나를 위해 목 놓아 울던 최후의 애도에 대해서.

5

회사 생활을 하면서부터 N은 남자를 만나지 않는 날을 못 견뎌했다. 아니 어쩌면 남자를 만나는 날을 더 못 견뎌했는지도 모른다. N은 다음날 남자와 만날 약속이 없으면 밤늦게까지 영화를 보며 술을 마셨다. 맥주로 시작해서 소주 막걸리 양주 와인의 순서였다. 한치의 틀림도 없었다. 맥주 한 캔 소주 한 팩 막걸리 한 통 그리고 양주와 와인을 각각 한 잔씩. 그러다 기분이 내키면 양주와 와인을 한 잔씩 늘려가는 식이었다. 냉장고 문짝 세 칸을 맥주 캔과 소주 팩, 막걸리 통으로 빼곡히 채워놓지 않으면 늘 불안하다던 N이 얼마전 술을 끊었다. 술을 한방울도 마시지 않는 N은 술을 마실 때보다 더 불안해 보였다. N이 술을 끊은 계기는 강박 때문이었다. 누가 봐도 무익하고 수고롭고 불필요하지만 그것을 끊으면 삶의 노래도 끊어지고 마는 잔혹하고 우직한 도돌이표 말이다.

영화와 음주로 녹초가 된 다음날 아침이면 사귀는 남자들 중 하나가 영락없이 전화를 걸어온다는 것이 N의 생각이었다. 충혈된 눈과 퉁퉁 부은 얼굴 때문에 N은 저녁때 만나자는 상대의 요구에 전전긍긍했다.

"귀신이야 귀신. 그렇게 귀신같이 맞출 수는 없는 거야."

그러나 그건 N만의 생각이었다. 남자들 중 아무에게서도 전화가 오지 않았을 때 N이 이렇게 말하는 걸 나는 자주 들었다.

"어차피 잘됐지. 눈도 이렇고 얼굴도 이렇고 도저히 누굴 만날 상황이 못 되니까."

N은 어차피 잘된 경우보다 귀신같이 불운한 경우만을 기억했다. N의 믿음대로라면 세상의 모든 불운은 오로지 N만을 노리는 격이었다. N은 항상 자신을 덮칠 준비가 된 변덕스러운 불운의 예감에 시달리며 매일 밤늦게까지 영화를 다운받아 보았다. 눈의 충혈기는 저녁이면 어느정도 가셨지만 얼굴의 부기는 꼬박 만 하루가 지나야 빠졌다. N은 강박을 끊는 대신 술을 끊었다.

음주 다음날 N의 눈이 충혈되고 얼굴이 현저히 붓는 건 사실이었지만 다른 사람들에게는 괜찮고 왜 유독 남자친구에게만은 결단코 그런 얼굴을 보여서는 안되는 것인지, 진지하게 남자를 사귀어본 적이 없는 나는 이해할 수 없었다. 그렇다고 N이 남자를 진지하게 사귀었다는 의미는 아니다. N은 남자와 오래 사귀지 못했다. 나는 N이 남자들과 사소하게 다툰 일을 심각하게 과장하거나 그들의 전화를 목마르게 기다리고 체크하는 이유도 이해하지 못했다. 어쩌면 이해 못할 것도 없었다. 언제부턴가 N은 불안을 장신구처럼 매달고 사는 스타일로 변했다. 그 무익한 노심초사 속에서만, 그 많던 술들은 빼더라도 영화와 남자, 그 둘을 전전궁궁하며 배합하는 방식 속에서만 N은 자기 삶의 어떤 고유성을 만끽하는 듯했다.

고유성은 어떤지 몰라도 N의 건망증은 확실히 심해지고 있었다. 영화를 너무 많이 보는 탓일 수도 있고 남자가 자주 바뀌는 탓일 수도 있었다. 때로 N은 반년 전에 사귀었던 남자들 중 하나와 이년 전에 사귀었던 남자를 혼동하곤 했다. 더 심해지면 지금 사귀는 남자들과 영화 속 주인공들마저 혼동할 것이다. 건망증에는 그밖에 다른 유전적인 요인이나 심리적인 요인이 있을 수도 있다. 어쩌면 온갖 술을 맹렬히 뒤섞어 마셔댄 탓일 수도 있고 거꾸로 온갖 술을 모조리 돌연히 끊은 탓일 수도 있다. 슬프게도 결코 나 때문은 아니다.

태풍이 북상했는지 갈피없이 바람이 휘몰아쳤다. 나는 손과 발을 깨끗이 씻고 손톱 발톱의 가장자리를 다듬었다. 뾰족한 삼각뿔 모양의 뚜껑을 돌리자 뿔이 잘린 삼각대 모양의 용기에 담긴 액체에서 어릴 때 자주 맡던, 코가 싸하고 목젖에 단맛이 느껴지는 냄새가 풍겨왔다. 뚜껑 대롱 끝에 매달린 뻣뻣한 솔은 펄이 섞여 현란하게 반짝이는 끈적한 용액에 흠뻑 젖어 있었다. 나는 왼손 엄지손톱부터 핏빛 매니큐어를 바르기 시작했다. 손톱은 아직 짧았다. 더이상 음식을 만들지 않고 착실히 기른다면 보름 안에 적당한 길이가 될 것이다. 발톱을 바를 땐 복부가 눌려 잠깐씩 쉬어가며 발랐다. 열흘 동안 내 몸은 익반죽처럼 부풀어올랐다.

결투용 검처럼 열 손톱이 화려하고 날카롭게 벼려지면 나는 노선 끝이 갈고리 모양으로 휜 세자리 숫자의 그 버스를 타고 강변으로 갈 것이다. 강변에서 힘든 결투를 끝내고 해질녘 피에 젖은 한꾸러미의 기름덩어리를 버스의 갈고리에 걸고 돌아올 것이다. N은 내게 무심했고 나는 N을 경멸했지만 정말 처음부터 그랬던 건 아니었다. 거식과 대식처럼 무심과 경멸은 나와 N, N과 나 사이의 방어막이었다. 나는 칼자국처럼 내 옆구리에 새겨진 세 음절의 모욕을 까맣게 잊을 것이다. 그리고 당당히 존재의 뒤편에서 걸어나와 세상이 요구하는 가볍고 깡마른 형상 위에 사뿐히 올라타고 새롭고 어여쁜 강박에 열 손톱을 박아 넣으러 떠날 것이다. 그것을 N강박이라고 부르겠다. 이제 그만 잘 가 N.

"뭐해? 점심 먹으러 가자."

점심이라는 말에 목젖이 당기고 양쪽 침샘께가 뻐근해졌다. 식후에 먹을 간유구를 챙긴 N이 자연스럽게 내 팔짱을 끼었다. 분홍빛 팽이를 엎어놓은 듯한 육중한 내 상체의 옆구리 쪽 계단식 이랑에 N은 팔걸이인 양 손목을 착 얹었다.

N에게 말은 안했지만,

매년 여름휴가가 시작되기 전부터 나는 긴 휴가를 계획하곤 했다. 그것을 과연 휴가라고 부를 수 있다면 말이다. 휴가의 예감은 결투의 예감처럼 끔찍하고 달콤하다. 아니, 내가 이미 N에게 휴가에 대해서 말을 했던가. 벌써 했는지도 모르겠고 미처 못했는지도 모르겠다. 결투의 편지 따위야 즉각 전달되지 못할 수도 있다. 편지가 덜 씌어졌거나 아직 부쳐지지 않았을 수도 있다. 하지만 결투에의 달콤한 의지는 인류의 정신에 칼자국처럼 선명히 남아 있다는 게 내 생각이다. 어쨌든 N의 태도를 눈여겨볼 일이다. N의 건망증은 때로 장점이기도 하다.

문상

1

이 아침, 비가 왔다는 얘기부터 하자. 어둡고 습도가 높아 그는 오랜만에 푹 잘 수 있었다. 더이상 자고 싶지 않을 만큼 잔 후에야 그는 몸을 일으켜 침대에 걸터앉아 어둑한 실내를 둘러보았다. 어둠 때문에 모서리가 없는 둥근 동굴 속에 있는 느낌이었다. 그는 좋다,고 생각했다.

컴퓨터를 켜서 이메일을 확인하고 전자레인지에 한약을 데워 먹었다. 시원한 생수를 마시고 싶었지만 대신 미지근한 보리차로 입 안을 헹궜다. 한의사가 찬 음료와 날 음식은 당분간 피하는 게 좋다고 말했다. 담배를 한모금 피워 물자 혀끝에 남은 감초 맛에 쌉싸래한 담배연기가 섞였다. 한의사는 술과 담배에 관해서는 언급하지 않았다. 어차피 불가능하다는 걸 아는 눈치였다.

그는 방수 점퍼를 입고 간단한 소지품을 챙겨 아파트를 나섰다. 엘리베이터를 타고 지하주차장으로 내려가 자동키를 누르자 그의 차가 딸깍 하고 반응하는 소리를 냈다. 순간 그는 다시 한번 좋다,고 생각했다. 그의 차 앞에 이중 주차된 차는 한대도 없었다. 그는 차문을 열고 운전석에 올랐다. 시동을 걸자 디지털시계가 01:15 PM을 알렸다. 식당이 번잡스럽지 않아 조용히 식사하기에 아주 적당한 시간이었다. 그는 차를 부드럽게 출발시켰다.

나선형 진입로를 돌아 지하주차장을 막 빠져나오는데 휴대폰 벨이 울렸다. 등록되지 않은 번호였다. 평소 같으면 광고 전화로 치부하고 벨소리를 꺼버렸을 테지만 이 아침 그는 기분이 좋았고 낯선 번호에 공연히 마음이 설레기까지 했다. 그는 폴더를 열었다. 여보세요,라고 말하기도 전에 웬 여자의 다급한 목소리가 울렸다.

"큰아버지가 돌아가셨어요!"

"큰아버지가요?"

그는 잠시 아득한 느낌에 사로잡혔다. 큰아버지가 돌아가셨단다.

"잠깐만요."

그는 주차장 입구에 차를 세웠다. 그에게는 큰아버지가 없었다. 큰고모도 있고 작은아버지도 있지만 큰아버지는 없었다. 여자가 우는지 훌쩍거리는 소리가 들렸다.

"전화를 잘못 거신 것 같은데요."

"저예요, 저!"

"누구십니까?"

"아시면서 괜히 그러시는 거죠, 선배니임?"

선배니임 하면서 끝을 늘이는 어조가 어딘가 낯익었다.

"선배님도 아시잖아요 왜? 제가 전에 말씀드린 적 있죠? 우리 아버지한테 한분뿐인 형님이셨다고."

돌아가신 건 그의 큰아버지가 아니었다. 그러나 그는 여자가 말하는 고인과 자신의 관계를 도무지 짐작할 수 없었다. 그가 침묵을 지키자 전화 건 여자는 오금을 박듯, 저 우정미예요 선배님, 하고 자신의 정체를 밝혔다. 그녀였다! 그놈의 선배님 소리를 이렇게 뻔뻔하고 길게 늘여 발음할 수 있는 사람은 우정미 그 여자뿐이었다. 그는 한층 더 아득한 느낌에 사로잡혔다.

"우리 큰아버지, 한평생 독신으로 사시면서, 아버지 사형 당한 후로 어머니랑 저를 쭉 돌봐주셨던 분이잖아요."

그러니 어쩌란 말인가. 그는 차창을 조금 열고 담배를 피우며 말없이 그녀의 설명을 들었다. 삼년 전이었다. 그는 이름도 성도 모를 어느 단체에서 주관하는 창작교실 강의를 맡은 적이 있었다. 우정미는 그 반의 지긋지긋한 수강생들 중 하나였다. 담배연기가 무겁게 차 안에 고였다. 그는 피우다 만 담배를 눌러 껐다. 그녀가 이렇게 곳곳에 연락을 하고 병원 위치를 상세히 알리고 문상을 와달라는 절박한 암시를 반복할수록 문상객은 점점 줄어들 것이라고 그는 생각했다. 그 역시 문상을 가지 않을 것이다. 전화를 끊고 그는 잠시 생각에 잠겼다. 머릿속에 살짝 떠올리는 것만으로도 깊고 은밀한 접촉을 당한 듯 불쾌해지는 질감의 소유자들이 있다. 우정미가 그랬다. 아니, 그들 모두가 그랬다.

2

삶의 난이도?

강의 직전에 그는 한 수강생이 쓴 시를 들여다보며 자기도 모르게 혀를 찼다. 문제지 푸나? 이따위를 제목이라고 달아놓다니! 사실 그 시는 다른 수강생들의 시에 비해 아주 못 쓴 시라고 할 수는 없었다. 진정성도 있고 시를 오래 써온 경력도 엿보였다. 그럼에도 뭐랄까, 그 시는 쑥스럽고 역겨웠다. 단점이 차고 넘쳐도 너그럽게 웃어넘길 수 있는 시가 있는가 하면 바늘끝만한 단점조차도 도저히 용납이 안되는 시가 있다. 삶의 난이도는 후자였다.

강의실로 향하면서 그는 기대감으로 가슴이 뻐근해왔다. 사랑만큼 혐오도 실물의 대상을 갈망하는 까닭이었다. 그러나 수강생들의 출석을 부르면서 혐오의 대상을 확인한 순간 그는 적잖이 실망했다. 우정미는 뚱뚱하고 나이들어 보이는 삼십대 중반의 여자였다. 소심해 보이는 외모와 달리 그녀는 자신의 시를 평할 차례가 오자 다른 수강생들이 입을 열기도 전에 먼저 변명을 늘어놓기 시작했다.

"제가 이 작품을 오늘 아침에 급히 썼거든요. 그런 점을 염두에 두고 읽어주셨으면 해요. 제가 어제까지는요, 저희 큰아버지를 돌봐드릴 호스피스를 구하러 다니느라 너무 바빴어요. 그런데 아직도 못 구했어요. 저희 큰아버지는 저희 아버지가 돌아가신 뒤로 저희 모녀를, 그러니까 저희 어머니랑 저를 쭉 돌봐줘오신 분이세요. 결혼도 안하시고요."

그녀의 얼굴은 희고 둥글고 평범했다. 그중 눈길을 끄는 부위는 단연 입술이었다. 아름다워서가 아니었다. 그녀의 입술은 지나치게 옅은 빛깔이었고 어류의 알집처럼 투명했다. 마치 입술이 있어야 할 자리에 발톱이 덜 여문 갓난아기의 분홍 발가락 두 개가 붙어 있는 형국이었다. 부푼 물집처럼, 터뜨려주고 싶은 몹쓸 충동을 불러일으키는 씰루엣이었다.

"저희 아버지는 제가 다섯살 때 사형을 당하셨어요."

몇몇 수강생들이 아, 하는 탄성을 질렀다. 그녀는 다소 튀어나와 보이는 눈을 이쪽저쪽으로 굴리면서 수강생들의 반응을 살피더니 신속하게 말을 이었다.

"여러분께서도 그 사건을 아실지 모르겠네요. 제가 얘기하면 일반인들은 대부분 모르시더라고요. 오해하시는 경우도 많고요. 역사 연구하시는 분들은 다 아시던데요, 그 사건이 정치사회적으로 꽤 유명한 사건이래요. 제가 시를 쓰게 된 계기도 거기 있어요."

말을 할 때 그녀의 입술은 거의 벌어지지 않았다. 발음이 부정확하지 않은데도 어쩐지 답답하고 쩨쩨한, 외면감을 부르는 말투였다.

"시라는 게 그렇잖아요. 살다보면 내 가슴속에만 담아두고 살

수 없는 그런 일이나 감정 같은 것들이 있잖아요. 그런 아픈 부분들을 하나하나 풀어놓았더니 시가 되더라고요. 상처를 입은 조개가 진주를 만든다는 말이 있잖아요. 제가 생각하는 시가 바로 그래요. 쓸 때는 너무 괴로운데 써놓고보면 아름다운 것, 그런 게 시가 아닐까요?"

그녀의 말을 들으면서 그는 그녀가 자기만의 마이크를 내장하고 있는 여자라는 것을 알았다. 도대체 말은 그녀의 어디에서 연원해 저 물렁한 입술을 타고 끊임없이 흘러내리는 것일까.

그때나 지금이나 대상의 의미를 모른다는 건 그에게 항상 창피하고 꺼림칙한 느낌을 주었다. 모름의 핵심에는 늘 죄의식이 도사리고 있었다. 그가 지금 모르는 것들 중에는 바로 그 죄의식 때문에 알고 싶은데도 외면하게 된 것도 있겠고, 그저 모르는 채로 살다 잊은 것도 있겠다. 돌출하여 데굴거리는 그녀의 눈동자와 기계적으로 달싹거리는 투명한 입술은 그에게 뜻 모를 외설이었다. 어느 순간 그는 자제심을 잃고 격분하여 그녀의 말을 잘랐다.

"지금 우리는 못 쓴 시에 대한 장황한 변명을 들었습니다. 그러나 시는 시로서 스스로를 입증할 뿐입니다."

강사도 하나의 권력이라면, 그날 저녁 그는 문청시절 자신의 서툰 속성을 그대로 모방하고 있는 미숙한 작품 앞에서 잔혹한 권력의 메스를 휘두른 셈이었다. 그 무렵 그는 경멸할 만한 만만한 대상을 골라 가차없이 사납게 정신의 채찍을 휘두르는 시절을 살고 있었다. 어쩌면 그의 태도는 공격보다 방어였는지 모른다. 쏜살같이 날아오는 콩주머니를 날렵하게 피하는 게임과 다름없는, 폭포같이 쏟아지는 저급하고 야만적인 것의 물살에 대항해 반사적으로 울분과 격노와 피해의식을 느끼는 몸짓 말이다. 그리하여 결국 똑같이 저급하고 야만적이 되고 마는 슬픈 몸짓 말이다.

강의가 끝난 후엔 언제나 그렇듯 창작반의 반장을 맡고 있는 홍이 그에게 다가와 선생님 차라도 한잔, 하며 그를 이끌었다. 지역정보지 편집부 기자라는 홍은 틈만 나면 있지도 않은 그와의 친밀감을 과시하려 기를 썼다. 그는 홍을 비롯한 몇몇 수강생들과 함께 대기실 원탁에 앉아 차를 마셨다. 예상외로 자기 작품에 대해 혹평을 당한 우정미도 버젓이 한자리를 차지하고 있었다.

"시는 몰라도 소설을 쓰려면 무엇보다 경험이 많아야 할 것 같아요. 그렇지 않아요, 선생님?"

머리를 갈색으로 염색한, 앞숱이 성기어 보이는 주부가 물었다.

그가 그렇지요, 하고 대답하자 홍이 날쌔게 고개를 끄덕이며 말을 받았다.

"제가 전에도 말씀드렸지만 진흥문학상을 받으신 그분은 정말 경험이 풍부하시더라고요."

그는 진흥문학상이란 상은 듣도 보도 못했다. 아마 이 창작교실을 주관하는 이름도 성도 모를 그 단체에서 수여하는 상인지도 몰랐다.

"직업이 경찰관이니까 경험이 많은 건 당연한 거 아니에요?"

유치원 교사라는, 생김이 어리고 귀염성 있는 여자가 스스로의 미모를 알고 있는 도전적인 태도로 반문했다.

"그러니까 제 말은, 그런 분의 경우가 소설을 쓰기에 딱 알맞은 경우라는 거죠."

홍이 싱겁게 대꾸했다.

그는 일회용 커피잔의 실굽을 만지작거리며 건성으로 그들의 대화를 듣고 있었다. 그때 어디선가 휴대폰 벨이 희미하게 울리는 소리가 들렸다. 수강생들은 서로를 둘러보았고 그 시선은 자연스레 우정미에게 모아졌다. 우정미는 눈을 굴리며 어색한 미소를 지었다.

"전화 온 것 같은데요."

옆자리에 앉은 유치원 교사가 일러주자 우정미는 화들짝 놀라 가방을 열고 휴대폰을 꺼냈다. 그리고 전화를 받을 생각은 하지 않고 가만히 액정화면을 들여다보며 중얼거렸다.

"누구지?"

그녀는 유치원 교사와 눈이 마주치자 이렇게 말했다.

"전화 왔는데 이 번호가 누군지 모르겠어요."

"받아보세요. 그럼 알 수 있잖아요."

유치원 교사의 너무나 당연한 충고에 그녀는 윗니로 아랫입술을 잘근잘근 씹더니 휴대폰을 쥐고 자리에서 일어났다. 그녀가 자리를 비우자 수강생들은 돈을 꾸러 온 친척이라도 돌아간 듯 한시름 놓는 기색이었다.

"전요 선생님, 집에서 살림만 하다보니까 경험이 부족해서 정말 막막해요. 그래서 소설을 잘 못 쓰는 것 같아요."

앞숱이 성긴 주부가 하소연했다.

"전에 손톱 얘기 쓰신 거 보니까 경험이 부족하지도 않으시던데요."

그의 의례적인 격려에 주부는 기쁜 빛을 보였다.

"제가 그거 쓰느라고 네일숍에 몇번을 갔는지 몰라요. 이거 보세요."

주부가 열 손톱을 내보였다. 진회색 바탕에 각기 다른 빛깔의 문양이 조밀하게 그려져 있었다.

"돈 많이 들었겠네요."

홍이 끼어들었다.

"많이 들었죠. 근데 사실 돈은 한번밖에 안 냈어요. 한번 하는 데에도 꽤 비싸더라고요. 색칠하고 그림만 그려주는 게 아니고 미리 손톱을 물에 불려서 갈고 파내고 그러데요."

그때까지 한마디도 하지 않고 있던, 홍의 후배라는 남자 김이 더듬거리며 물었다.

"서,선생님은 무슨 계,계기로 글을 쓰시게 되,되셨습니까?"

모두들 갑자기 눈을 빛내며 제대로 된 대답을 듣겠다는 듯 그를 향해 자세를 고쳐 앉았다.

"무슨 결정적인 계기가 있었다기보다는……"

그가 난감한 표정으로 망설이는데 누군가 뒤에서 그의 어깨를 톡톡 쳤다. 고개를 돌려보니 우정미였다. 사람들의 시선이 집중되자 그녀는 약간 얼굴을 붉히며 자기는 얼마든지 기다릴 수 있으니 계속 말씀하시라는 의미의 손짓을 했다.

"아니, 무슨 일이십니까?"

그의 말에 힘을 얻었는지 그녀는 갑자기 목소리를 높였다.

"드디어 찾았어요, 선배니임!"

선배님이란 말에 그 자리에 있던 수강생들은 일제히 강한 호기심을 나타냈다. 그는 다소 어리둥절하여 물었다.

"제가 어떻게 우정미씨의 선배님이 되는지요?"

"그렇게 부르라고 하셨잖아요?"

잠시 그녀를 바라보던 그는 강의 첫 수업 때 자신이 한 말을 떠올리고 아연했다. 글쟁이 동네엔 선생이 없다, 먼저 등단한 선배와 늦게 등단한 후배, 같은 길을 가는 선후의 무리가 있을 뿐이다 운운하는 비유적인 멘트를 그녀는 이렇게 아주 사실적으로 적용하고 있었다. 그녀는 그가 반가워해줄 것을 추호도 의심하지 않는다는 투로, 드디어 그분을 찾았거든요 선배님,이라고 되풀이 말했다.

"그분……이라니요?"

"호스피스요."

"호스피스?"

"왜 제가 아까 저희 큰아버지를 간병해드릴 호스피스 분을 찾는다고 했잖아요? 그분을 드디어 찾았다고요, 선배님."

그는 그녀의 큰아버지의 호스피스를 찾은 게 왜 그에게 의미 있으리라고 그녀가 확신하는지 알 수 없었지만 그녀는 단단히 축하를 받고 싶은 얼굴로 서 있었다.

"잘됐네요. 찾느라고 수고 많으셨습니다."

그녀는 깜짝 놀라며 눈을 둥그렇게 뜨더니 그의 어깨를 비틀어 눌렀다. 그제야 그는 그녀가 자신의 어깨를 톡톡 친 후 손을 계속 그 자리에 얹어놓고 있었다는 걸 알았다.

"아네요, 아네요. 그분 진짜 쉽게 찾았어요, 선배님. 그것도 우연히요. 지난주에 고등학교 동창한테 전화가 왔길래, 그 친구는 정미숙이라고 라이프 플래너 하는 친군데, 왜 있잖아요? 보험 들라고 다니는 사람이요. 그런데 걔가 지금 자기 휴대폰으로 안하고 사무실 전화로 해서 제가 누군지 몰랐던 거예요. 미숙이 걔는 정말이지 발이 넓거든요……"

아무도, 심지어 상냥한 유치원 교사조차도 그녀와 눈을 마주치려 하지 않았지만 그녀는 연신 눈알을 이쪽저쪽으로 굴리며 말을 이어나갔다. 그를 비롯한 수강생들은 자기 생각의 궤도만을 매끄럽게 도는 그녀의 다변을 오분 이상 멍하니 듣고 있어야 했다. 어느 순간 스위치를 꾹 눌러 끄듯 홍이 우렁찬 목소리로 그녀의 말을 중단시켰다.

"선생님! 어떻게 오늘 시간 괜찮으시면 술이라도 한잔 대접하고 싶습니다만."

3

그는 요즘 자신의 느낌에 대해 자주 생각해보는 편이었다. 우선 이 느낌이 뭘까 하고 생각해본다. 느낌은 느낌일 따름이라 생각으로 곧장 번역되지 않았다. 그래서 그는 모든 느낌을 좋다, 싫다,로 양분하는 버릇이 들었다. 옳고 그른 것도 아니고 좋고 나쁜 것도 아니고 좋다, 싫다,였다. 이쪽 아니면 저쪽, 중간은 없었다. 처음에는 싫다 쪽이 조금 더 많은 듯했지만 점차 좋다 쪽이 많아지는 경향으로 바뀌고 있었다. 이제 그는 어지간하면 좋다, 좋다, 하고 거듭 되뇌곤 했다.

적당히 술을 마신 다음날 비가 오는 것, 차를 몰고 단골 중식당을 향해 가는 것, 네거리 신호를 기다리며 와이퍼의 움직임에 따라 굴짬뽕과 삼선짬뽕을 저울질해보는 것. 이런 것은 그에게 확실히 좋다,는 느낌으로 등재되었다. 어쩌면 이런 정도에 만족을 느끼는 사람은 그리 많지 않을지도 모르겠다. 하지만 그에게 만족감이란 만족할 조건이 되어서 생기는 감정이 아니라 만족스럽다고 생각하는 순간 생겨나는 감정이었다.

식사시간을 살짝 비낀 중식당 홀에 앉아 그는 비를 바라보며 뜨겁고 매운 면을 먹었다. 집으로 돌아오는 길에 빗줄기는 조금 약해져 있었다. 지하주차장으로 돌아들어가는 입구에서 담뱃불을 눌러 끄는 순간 그는 문득 우정미에게서 걸려온 전화를 떠올렸다. 순간 입에서 옅은 비린내가 나는 것 같았다. 계절 탓인지 짬뽕의 해물이 여느 때보다 신선하지 못했다는 생각이 들었다. 게다가 송곳니와 어금니 사이에 끼인 조갯살을 혀끝으로 아무리 빼내려 해도 빠지지 않았다. 집에 돌아가 치실로 빼낼 생각에 그는 마음이 조금 바빠졌다. 달팽이관처럼 뱅글뱅글 도는 진입로에서 핸들을 돌리던 손이 미끄러졌다. 급브레이크를 밟은 뒤 그는 낮게 욕설을 내뱉었다.

"썩을!"

아무리 건전한 균형을 유지하려 애써도 순식간에 나타나 망쳐버리는 인간들이 있다. 언제 어느 방향에서 날아와 정수리를 찍을지 모르는, 동서남북 어디로도 피할 방도가 없는, 국도변 절개지의 낙석 같은 자들이 있다. 그들은 도처에서 그를 노렸고 그를 상처입혔다. 결코 좋다,고는 할 수 없는 느낌이 찾아왔다. 그는 천천히 숨을 고르고 후진 기어를 넣고 핸들을 반대로 풀었다.

4

그 저녁, 그들은 모두 취했다.

일차에서 돼지곱창과 소주를 먹고 나온 일행을 홍이 맥줏집으로 이끌었다. 곱창집도 허름하기 짝이 없었지만 맥줏집도 그에 못지않게 후줄근한 곳이었다. 아마 홍의 머릿속엔 진짜 글쟁이라면 모름지기 이런 구질구질한 환경에서 술을 먹어야 한다는 신념이 자리잡고 있는 듯했다.

"선생님, 저기 앉으십시오."

홍이 꾀죄죄한 방석이 깔린 U자형 자리의 만곡한 중심부에 그가 앉기를 권했지만 그는 극구 사양했다. 의장석과 흡사한 그 자리가 얼마나 불편하며 빠져나오기 힘든 자리인지 그는 잘 알고 있었다. 결국 홍이 그 자리에 앉았고, 홍의 양쪽에 주부와 유치원

교사가 앉았다. 그는 유치원 교사 옆에 앉았다. 우정미를 살짝 젖히고 들어온 홍의 후배 김이 그의 옆자리를 꿰차고 앉았다. 우정미는 그 맞은편에, 널찍하게 빈 주부의 옆자리에 거리를 두고 떨어져 앉았다. 누구도 그녀에게 가까이 다가앉으라는 말을 하지 않았다.

시종 술자리를 주도하던 홍은 만취한 상태에서 고개를 홱홱 돌려 양쪽 여자를 구박하기 시작했다. 앞숱이 성긴 주부에게는 당신 이제 그만 집에 가야 하지 않나? 하고 외쳤고, 유치원 교사에게는 당신 살 좀 빼! 하는 말을 되풀이했다. 유치원 교사는 홍이 살을 빼라고 소리칠 때마다 판에 박힌 똑같은 억양으로 이렇게 대꾸했다.

"홍기자님, 나 왜 이렇게 구박해요? 나한테 이러면 안되잖아, 응?"

가끔 유치원은 홍에게 이런 위협을 가하기도 했다.

"홍기자님, 1번 나갔고 이제 2번 나간다, 내가 3번 나가면 어떻게 되는지 알죠?"

뭔가 약속된 처벌이 있는 모양인데, 1번은 뭐고 2번은 뭔지 그로서는 알 수도 없었고 알고 싶지도 않았다.

마침내 앞숱이 성긴 주부가 끄덕끄덕 졸기 시작했다. 숱 없는 갈색머리가 조명을 받아 안개 낀 겨울 관목숲을 머리에 이고 있는 듯한 형상이었다. 홍이 주부 쪽으로 고개를 돌리고 주부가 이 시간에 귀가 안하고 뭐하고 있냐고 외쳤다. 그러나 주부가 졸고 있는 것을 보자 홍은 한심하다는 듯 혀를 끌끌 차더니 그 옆자리를 힐끔 보았다. 만취한 와중에도 홍은 우정미를 알아보았고, 알아보는 순간 마치 그곳에는 아무도 앉아 있지 않다는 듯 고개를 홱 돌렸다. 홍은 그에게 선생님 강의를 듣고 느끼는 바가 적지 않았다는 식의 상투적인 아부성 멘트를 날렸다가 그가 별 감흥을 보이지 않자 돌연 고개를 돌려 그의 옆자리에 앉은 후배 김을 노려보았다.

"야 너 뭐야, 새꺄? 박어, 새꺄!"

"죄,죄송합니다. 서,선배님."

김은 덮어놓고 탁자에 머리부터 박았는데 그러는 이유 또한 그는 도무지 알 수 없었다. 홍은 대화가 끊길 만하면 무작정 김을 노려보며 왜 눈을 희번덕거리냐느니, 왜 술을 빨리 시키지 않느냐느니, 노래를 한번 불러보라느니, 무슨 그런 노래를 부르냐느니 쉴 새 없이 야단을 쳤다.

"그 노래 제목이 뭐야, 새꺄?"

"써,써,썸머 와인인데요."

"너 그 가사는 알고 부르는 거야?"

"네."

"그럼 어디 해석해봐."

김은 떠듬거리며 영어를 한 줄 읊고 해석을 한 줄 했다.

"영어는 하지 말고 해석만 해봐, 새꺄."

김은 눈을 끔뻑대며 가사를 몇줄 해석하다 말고 처연히 고개를 박았다.

"죄,죄송합니다. 해,해석이 안됩니다."

"죄송할 것까진 없고, 그러게 왜 뜻도 모르는 노래를 불러, 새 꺄? 다른 노래 해봐."

김이 뜻을 확연히 알 수 있는 우리 가요를 부르는 동안 홍은 불분명한 발음으로 유치원 교사와 노닥거렸다.

"나는 말이죠, 옛날 군대에 같이 있던 사람들을 지금도 만나."

"그래요?"

"만나면 참 편해. 사람들이 참 인간적이야."

유치원 교사가 히히히 웃었다.

"왜 웃어? 내 말이 웃겨?"

"아니, 그냥."

"당신은 이해를 못하는군. 군대를 가봤어야 이해를 하지."

유치원 교사가 더 크게 웃었다.

"왜 웃어?"

"아니, 그냥."

"당신 이해력 그거밖에 안돼?"

홍이 버럭 소리를 질렀다.

"홍 기자님 때문에 웃는 게 아니라 그냥 웃음이 터져서 그래 요. 나 한번 터지면 못 말려. 신경 쓰지 말라니까."

홍은 분노를 억누르며 중얼거렸다.

"그거밖에 안되나 당신? 그거밖에."

유치원 교사는 계속 히히히 웃었다.

"당신 그거밖에 안돼?"

"히히히."

"군대를 가봤어야지 알지, 군대를."

"히히히."

어느새 노래를 마친 김이 그의 곁에 바짝 다가와 앉았다.

"소,손금 봐드릴게요, 서,선생님."

김은 지나치게 오랫동안 그의 손을 주물럭거리고 있었다. 그가 손을 빼려 하자 김은 눈을 찡긋하더니 그의 귀에 술 냄새를 후끈 끼얹으며 속삭였다.

"제,제가 만진 건, 다,당신의 기,귀여움."

술을 전혀 못한다는 우정미는 구석에 앉아 고장난 라디오처럼 누구에게랄 것도 없이 끈질기게 자신의 생각을 중계하고 있었다. 이런 난장판에 있다보니 그는 차라리, 기름진 시선을 흩뿌리며 공허한 액체로 가득한 듯한 입술을 오물거리고 있는 그녀가 술자리의 그 누구보다도 고상하다는 생각마저 들었다.

우정미는 맥줏집 앞에 홀로 서 있었다. 아무도 그녀에게 함께 가자고 말하지 않았다. 그는 그들 무리가 그녀를 없는 사람 취급하며 돌아설 때 빛깔 없고 보드라운 그녀의 윗입술과 아랫입술이 보일 듯 말 듯 달싹거리는 걸 보았다. 그의 느낌이 정확하다면 그녀는 조그맣게 썩을,이라고 말했음에 틀림없었다. 표정에 아무 변화가 없어서 그는 그녀가 안녕,이나 잘가요,라고 말했던 게 아닌가 하는 착각까지 들었다. 그러나 그는 그녀가 분명히 좋지 못한 말을 내뱉었다는 것을 확신할 수 있었다. 그와 눈이 마주치자 그녀는, 알아들었나요? 하는 투의, 좋은 말을 한 후에는 결코 지을 수 없는 자조적이고 시큼한 표정을 지어 보였다. 알아들었나요? 내 말 알아들은 거예요? 썩을!

그녀는 돌아서서 그들 무리와 반대 방향으로 걷기 시작했다. 그는 취한 무리와 그녀를 번갈아 보다가 잠자코 그녀 뒤를 따랐다. 그녀는 술집 뒤편 오르막길로 향했다. 그녀의 허리선은 위아래 살에 눌려 둥근 고무테를 씌운 듯 잘룩했고 윗옷으로 채 다 가려지지 못한 엉덩이는 걸을 때마다 바지 위에 선명한 팬티자국을 냈다. 묵묵히 걷던 그녀가 갑자기 걸음을 멈추고 그를 돌아보았다.

"제 시가 못 쓴 시라고요, 선배님?"

입술이 거의 벌어지지 않아 그녀의 물음은 중얼거림처럼 들렸다. 그는 대답하지 않았다.

"선배님도 나처럼 교육받아봐요. 그럼 다 못 쓰게 돼 있어요."

그녀는 울기 시작했다.

"그래도 나는 우리 아버지를 존경해요. 존경합니다."

그녀는 울면서 담벽에 머리를 기대려다 짧게 비명을 지르더니 손으로 이마를 짚었다. 울퉁불퉁한 시멘트 담벽에 이마를 긁힌 것 같았다. 그녀는 이마를 짚은 채 다시 오르막을 오르기 시작했다. 그녀에 대한 강한 연민과 혐오로 그는 아찔한 현기증을 느꼈다. 그는 사냥감의 토실한 궁둥이를 뒤쫓는 맹수처럼 코앞에서 흔들리는 그녀의 하체에서 눈을 떼지 못한 채 어디로 가는지도 모르고 그녀를 뒤따랐다.

5

범퍼에 살짝 긁힌 자국이 났다. 그는 쓴 입맛을 다셨다. 잇새
에 낀 조갯살이 다시 거북함을 불러일으켰다. 그는 자동키를 눌
러 차문을 잠그고 혀끝으로 잇새를 쑤시며 엘리베이터 쪽으로 향
했다. 연회색 정장을 입은 여자가 서너 걸음 앞에서 걸어가고 있
었다. 중키에 대단히 살이 찐 여자였다. 그는 여자의 뒤를 따라
엘리베이터에 올랐다. 여자는 8층을 눌렀다. 그보다 한 층 아래
였다. 엘리베이터에는 그와 여자, 둘뿐이었다.

위에서 내려다본 여자의 허벅지는 거대하고 둥글었다. 허벅지
를 감싼 회색 옷감은 터질 듯 팽팽했다. 엘리베이터 내부가 여자
의 뭉실한 살집으로 가득 차는 느낌이었다. 8층에서 엘리베이터
문이 열리자 여자는 아무렇지도 않게 엉덩이를 실룩거리며 걸어
나갔다. 하긴 여자로서 새삼 아무럴 것이 뭐가 있겠는가. 여자가
걸음을 옮길 때마다 꽉 째인 회색 엉덩이 위로 팬티자국이 옴폭
옴폭 패었다. 엘리베이터 문이 닫히는 순간 그는 구역질을 했다.

집에 들어서자마자 그는 치실을 끊어 잇새에 낀 조갯살을 빼
내고 냉장고에서 청량음료를 꺼내 마셨다. 찬 음료를 마시면 좋
지 않다는 한의사의 충고도 잠시 잊었다. 그는 침대에 걸터앉아
조금전의 구역질에 대해 생각해보았다. 아무래도 좋다,라고는 할
수 없는 느낌이었다. 느낌이란 그렇다. 생각해본다고 해서 달라
지는 건 아니다. 그래도 자꾸 생각해보지 않을 수 없는 느낌들이

194

있다. 생각을 거듭할수록 정돈되기는커녕 쿰쿰한 진액을 만졌을 때처럼 말할 수 없이 고약하고 불쾌해지는 느낌들이 있다. 그야말로 썩을,이라고밖에 말할 수 없는 느낌이었다.

6

그는 여관 침대에 걸터앉아 카펫 위에 널린 옷가지들을 바라보았다. 옷들은 그의 몸에 붙어 있던 그대로의 모양새로 뒤집힌 채 카펫 위에 던져져 있었다. 러닝 소매 사이로 양팔 벌린 셔츠, 팬티를 곁에 걸친 양복바지, 완전히 뒤집힌 양말. 그리고 그 곁에 똑같은 모양으로 뒤집힌 그녀의 옷.

지난밤 그는 여관방에 들어서자마자 윗도리와 아랫도리를 홀떡 벗어 던졌다. 그녀는 그를 좇아 자신의 몸에서 급히 옷을 벗겨 내려 애쓰면서 종달새처럼 종알거렸다.

"선배님이 날 꼬셨어요. 선배님이 날 꼬신 거야. 선배님이 날 꼬셨어."

그녀는 젖어 있지 않았다. 그는 그녀가 빨리 젖지 않는 데에 다소 화가 났다. 그는 씻지 않은 손으로 그녀의 질구를 마구 문질렀고 술냄새 풍기는 입으로 그녀의 귓불과 목덜미와 가슴을 핥았다. 어쩐지 입술만은 맞대고 싶지 않았다.

"좋아?"

"좋아요, 선배님."

"이제 넣어도 되겠어?"

"넣으세요, 선배님."

그녀의 육체에 진입하는 순간 그는 비리고 꼬릿한 해물의 냄새를 맡았다. 물렁한 연체동물의 촉수가 그의 성기 구석구석을 휘감는 듯했다. 그는 점화가 임박한 느낌 속에서 펌프질을 계속했다. 땀이 비오듯 흘렀다.

"제가 해볼게요, 선배님."

그녀가 그의 위로 타고 올라갔다. 그들이 순서를 바꿔가며 한 시간 넘게 용을 썼지만 그는 처음 순간의 짜릿한 느낌에서 한발짝도 나아가지 못했다. 그는 헐떡거리며 침대 위에 널브러졌다.

"술 때문인가봐요, 선배님."

그녀는 위로하듯 이렇게 말하곤 축축한 손으로 그의 몸을 부지런히 더듬었다.

"그런데도 너무 잘하세요, 선배. 누구한테 배웠어요?"

"배우긴 뭘."

"누구한테 배운 거죠? 그렇죠, 선배님?"

"아니라니까."

"어떤 여자예요? 말해주세요, 선배님."

그가 등을 보이고 돌아눕자 그녀가 찰거머리처럼 달라붙었다. 등에 물렁한 가슴의 감촉이 느껴졌다.

"누구예요, 도대체? 어떤 여자한테 배운 거예요?"

"아무한테도 안 배웠어."

"거짓말! 선배님 기술 좋으시던데 누구예요 누구?"

"안 배웠다니까."

"아니, 제 말은요, 이름을 말하라는 게 아니고요, 어떤 식의 여자였다 그것만 말해달라는 거예요. 누구예요?"

"안 배웠다는 데 왜 이래?"

"선배님은 거짓말쟁이!"

그는 등에 달라붙은 거대한 흡반을 떼어내듯 그녀를 홱 밀쳐내고 벌떡 일어나 앉았다.

"너 정말 짜증나는 여잔 거 알아?"

그를 올려다보는 그녀의 돌출한 두 눈은 벽에 묻은 얼룩처럼 아무 의미도 담고 있지 않았다. 그는 침대에 걸터앉은 채 카펫 위에 널린 옷가지들을 한참 동안 바라보고 있었다. 왜 그녀를 따라 여관까지 왔는지 이해할 수 없었다.

그는 양복바지에서 팬티를 벗겨내 입고 셔츠에서 러닝을 빼내 입었다. 양복바지와 셔츠를 입고 뒤집힌 양말은 뒤집힌 그대로 신었다. 옷을 입는 데 꽤 시간이 걸렸지만 그녀는 여전히 벌렁 드러누워 번들거리는 눈으로 천장만 응시하고 있었다.

"먼저 갈게."

가방을 멘 그는 잠시 망설였다. 그녀가 가지 말라고 매달리기를 바란 건 아니었다. 그런데 왠지 선뜻 발길이 떨어지질 않았다. 그녀의 옷은 여전히 뒤집힌 채 카펫 위에 뒹굴고 있었다.

그는 창가에 서서 담배를 피웠다. 무엇을 하는지 한동안 그녀가 사분사분 움직이는 소리가 들렸다. 옷을 입는 소리 같지는 않았다. 한참 만에 그녀가 그의 어깨를 톡톡 건드렸다. 그는 뒤돌아보지 않았다. 드디어 호스피스를 찾았어요 선배님, 하고 말할 때처럼 제 생각에만 빠져 헛소리를 떠들어댈 게 분명했다.

"우리 화해해요, 선배님."

신경질적으로 돌아본 그의 눈앞에 그녀가 내민 것은 검은 털 한묶음이었다.

"봐요, 우리 걸로만 만든 꽃다발이에요."

그녀가 자랑스럽게 말했다. 꼬부라진 검은 털에 흰 뿌리를 매 단 그 작고 흉측한 꽃다발을 만들기 위해 그녀는 얼마나 많이 허 리를 구부리고 타이어처럼 둥근 엉덩이를 쳐들며 털을 모아야 했 을까. 그는 일찍이 그토록 감동적인 화해의 선물을 받아본 적이 없었다. 그녀는 흘러내릴 듯한 살덩어리로 서 있었다. 그는 그녀 에게 처음으로 입을 맞추었다. 그녀는 꿀처럼 고요하고 젖처럼 따뜻했다. 그는 자신이 일평생 그녀와 함께 이 비천한 세상을 헤 쳐나갈 수밖에 없다는 비장함마저 느꼈다. 입맞춤이 끝나자 그녀 가 물었다.

"누구한테 배웠어요?"

그는 심한 욕지기를 느꼈다. 그의 입술이 그녀의 입술에 닿았 다는 사실만으로도 구역질이 났다.

"기술이 좋으시던데, 선배니임."

그녀는 자동인형의 섬뜩함으로 되물었다.

"어떤 여자한테 배웠어요?"

순간 그는 급히 상체를 꺾었다. 움찔하는 경련과 함께 토사물 이 그녀의 벌거벗은 하체로 죽죽 쏟아져내렸다. 그녀는 얼굴을 찡그리더니 말없이 자신의 아랫도리를 내려다보았다. 한손에는 여전히 검은 털묶음을 쥐고 있었다. 나를 봐요! 당신들은 모조리 죄인이에요! 나를 봐요! 당신들의 죄가 만들어낸 이 괴물을 좀 보라고요! 사형 당한 정치범의 딸인, 추악하고 막무가내인 노처녀의 오물 묻은 다리 사이에서 이런 외침이 진액처럼 쏟아져내리는 것 같았다.

7

이 밤, 비가 그쳤다는 얘기를 해야겠다. 그는 검은 양복을 입고 거울 앞에 섰다. 공감하기 어려운 영화 속 인물을 볼 때처럼 그는 삼년 전 자신의 모습을 떠올려보았다. 스스로는 세상 어떤 것으로부터도 모욕당하지 않기 위해 결벽하게 분투하는 무능하고 쓸쓸한 사내, 그러나 누군가에게는 뙤약볕 아래 풍뎅이를 뒤집어놓고 바늘로 찔러대는 일보다 더 나쁜 짓을 저지르고 정신없이 도망치곤 했던 사내.

삼년이 아니라 그보다 더한 세월이 지나도 그 사내는 자신의 인생에서 다시는 우정미 같은 여자와 조우하고 싶지 않았다. 그리하여 다시는 그녀를 만나던 짐승을 자신 속에서 힐끗이라도 알아보는 일이 없기를 바랐다. 그런데도 지금 그 사내 앞에 놓인 분명한 사태란 이것이다. 그녀가 낙석처럼 다시 왔다는 것. 그녀의 전화 한통으로 살금살금 살아온 지난 삼년의 세월이 유리처럼 부서져내렸다는 것. 그의 내부에서 이미 대규모의 퇴적층이 움직이는 소리가 들렸다는 것. 기억 속에 장치된 덫이 제시간에 튕겨 올라왔다는 것.

그는 검은 타이의 매듭을 바로잡으면서 자신의 느낌을 짚어보았다. 덫에 치인 듯한 이 느낌은 결코 좋다,고는 할 수 없었다. 덫에 치이기 전에 부른 콧노래를 덫에 치인 뒤에도 부르는 경우는 없다. 하지만 덫은 그로 하여금 또다른 삶을 살게 할 것이다. 보이지 않는 이 치명적인 덫 말고 무엇이 그를 사로잡을 수 있겠는가. 그가 무엇에 더 연연하겠는가. 덫은 치인 부분은 묶지만 나머지는 푼다. 사람들은 겉으로는 반석 같은 균형을 구하는 척 살고 있지만 실은 극도의 혼돈과 파열을 간절히 바라는지도 모른다. 공들여 얻은 안정이란 오로지 그것을 초개같이 내버리는 순간을 위해서만 존재하는지도 모른다. 그는 영안실에서 오지 않을 문상객을 헛되이 기다리고 있을 그녀를 생각했다. 그녀가 그토록 부지런히 타전한 구호요청은 세상 어디에도 가닿지 않았을 것이다. 그러나 이제 그가 갈 것이다. 그녀는 그가 건너야 할 늪이고 품어야 할 빛이다. 그가 씻어야 할 죄이며 얻어야 할 구원이다. 이제 그녀의 투명한 입술을 타고 흘러내리는 말의 냇물은 그의 귀로만 흘러들 것이다. 그녀는 다시 버림받거나 모욕당하지 않을 것이다.

그는 침대에 걸터앉아 실내를 둘러보았다. 형광등 불빛에 각이 선 방안은 금속 큐브처럼 냉랭했다. 그의 머릿속으로도 한줄기 차디찬 기류가 흘러들었다. 그는 어느새 슬그머니 타이를 풀어놓았다. 그는 가지 않을 것이다. 언젠가는 가겠지만 아직은 아니다. 살 수 있을 때는 나쁘게라도 사는 게 미덕이다. 나쁘게도 살 수 없을 때 착하고 순하게 우정미에게로 가겠다. 그녀는 그에게 안온한 사형대가 되어줄 것이다. 그것도 좋다,고 그는 생각했다. 그때쯤 되면 그가 어떤 느낌들을 좋다, 싫다로 양분하는 일은 없을 것이다. 가장 끔찍한 보물을 선택함으로써 그는 상대적 호오에서 해방될 것이다. 다만 삼년 전에 그랬듯이 지금은 아닐 뿐이다. 침대 모서리에 풀어놓은 구불거리는 검은 타이를 보자 구역질이 났다. 한의사의 말대로 차가운 청량음료 같은 것은 마시지 말았어야 했다. 그의 윗입술과 아랫입술이 보일 듯 말 듯 달싹거렸다. 썩을!

위험한 산책

1

그녀는 침대에 누운 채 잠에서 막 깨기 전에 꾼 생생한 꿈에 대해 생각하고 있었다. 등 뒤에서 누군가 양팔로 그녀의 허리를 감싸안았다. 그 남자가 남편인지 그인지 아니면 다른 누구인지 그녀는 알 수 없었다. 다만 그 남자가, 그녀가 그녀 자신보다 더 사랑하는 사람이라는 것만은 알 수 있었다. 꿈에선 그랬다. 자신보다 더 사랑한다는 게 뭘 의미하는지 몰라도 자신보다 더 사랑한다고 깊이 느낄 수 있었다. 그 남자의 가슴이 닿은 그녀의 등, 그 남자의 팔에 안긴 그녀의 허리, 그 남자의 몸에 닿은 모든 부위가 뜨거워졌다. 그녀의 심장은 뚜껑이 닫힌 채 불에 던져진 놋쇠상자처럼 서서히 달구어지며 팽창하고 있었다.

그 달고 격한 느낌을 다시 한번 맛보기 위해 그녀는 눈을 지그시 감았다. 그때 휴대폰 벨이 울렸다.

"여보세요."

느릿느릿한 말투였다. 바쁜 척은 몹시도 하는 사람이 말은 한없이 느리다고, 그녀는 생각했다.

"전데요."

그라는 것은 발신번호 표시로도 알고 목소리로도 알았다. 그리고 저녁에 만나기로 한 약속도 그녀는 잊지 않았다.

"집이에요?"

그가 물었다.

"그럼 집이지 어디겠어?"

"한선배는 갔고요?"

"응."

잠시 대화가 끊겼다.

꿈속의 그 남자는 바야흐로 그녀 곁을 떠나려는 중이었다. 그남자는 다시 돌아오지 않을 것이다. 왜 떠나는지, 왜 돌아올 수 없는지는 몰라도 그녀는 영원한 이별의 분위기를 감지했다. 그남자는 떠나야 하고 다시는 돌아오지 말아야 한다. 사랑한다고 말하라고, 마지막으로 그 말이 듣고 싶다고 그 남자가 말했다. 그말을 듣기 전에는 떠나지 않겠다고도 했다. 그 음성은 과연 누구의 것이었을까.

그녀는 침대 옆 작은 냉장고에서 물병을 꺼내며 약간 높은 톤으로 물었다.

"일찍부터 어쩐 일이야?"

"일찍이라고요? 지금 열두시 다 됐는데요. 전 일어난 지 여섯 시간이나 됐다고요."

그가 일어난 시간이 새벽 여섯시라면, 그녀의 남편이 욕실에서 정성을 다해 머리에 타월을 두르고 있었을 시간쯤이겠다. 사실 그도 그 시간에 일어나 무슨 짓을 했는지 그녀가 어떻게 알겠는가. 그녀가 아는 건 조금전 꿈속의 남자가 그녀를 등 뒤에서 뜨겁게 껴안았다는 것뿐.

"난 일어난 지······"

그녀는 시계를 흘낏 보며 말했다.

"육분 됐어."

"육분!"

그가 혀를 찼다. 그리고 또 말이 없었다.

남편은 노란 목욕용 타월을 머리에 터번처럼 두르고 보랏빛 스트라이프 셔츠만 입은 채 맨다리로 현관에 서서 그녀를 애처롭게 불러댔다. 그때가 여섯시 반경이었던 걸로 그녀는 기억한다. 한동안 잠잠하던 증세가 하필 1박2일의 지방 쎄미나 일정을 앞두고 도진 것이었다. 한사코 벽에 달라붙어 기어오르려는 남편을 달래 제대로 된 양복을 입히고 타이를 매주고 가방과 우산을 들려 내보내는 데는 엄청난 인내와 노력이 필요했다. 그 일로 기진맥진해 잠시 눕는다는 것이 긴 잠으로 이어졌다.

그녀의 입 안은 바짝 말라 있었다. 그녀는 물을 병째로 들이켰다.

"일어나자마자 뭐 먹어요?"

"물 마셔."

"제가 지금 여기가 약속장소 근처거든요."

"벌써?"

약속은 저녁 여섯시였다.

"그렇게 됐어요. 집에 다시 들어갔다 나오기도 애매하고."

대화는 다시 끊어졌다.

"당신 좀 일찍 나올 수 있어요?"

"글쎄."

그녀는 산뜻하게 나간다도 아니고 못 나간다도 아닌 채 미적거렸다.

"그러지 말고 세시까지 나와요."

그가 절충하듯 말했다.

"그러지 뭐."

새침하게 대답한 그녀는 전화를 끊으려다 말고 황급히 물었다.

"근데 약속장소가 어디였지?"

그가 혀를 찼다.

*

전화를 끊고 그녀는 장만한 지 얼마 안되는 새 휴대폰을 꽉 쥔 채 골똘히 생각에 잠겨 있었다.

꿈속에서 그녀는 게의 집게에 물린 작은 조개처럼 그 남자의 품에서 입을 앙다물고 있었다. 입을 벌려서는 안된다고 생각했다. 그 남자가 떠날 것이 두려워서가 아니라 입을 벌리는 순간 그녀의 심장이 폭발할 것 같아서였다. 그녀는 더이상 참기 힘든 흉부 통증에 잠에서 깼다.

베갯잇에 닿은 뺨이 흠뻑 젖어 있었다. 그녀는 처음엔 자신이 울다 깬 줄 알고 말랑한 슬픔의 잔여를 즐기려 했다. 베갯잇에서 풍기는 냄새를 맡고서야 그녀는 꽉 다문 자신의 입에서 진하고 독한 침이 흘렀음을 알았다. 사랑하는 사람의 품에 안겨 눈물 대신 침을 흘리는 여자라니, 입맛이 썼다. 게다가 악물린 그녀의 양 입귀에서 새어나와 베갯잇을 적신 침은 참으로 역한 냄새를 풍겼다.

휴대폰 액정화면은 12:00를 표시하고 있었다. 그는 일어난 지 여섯 시간이 됐다고 했고, 지금은 정오였고, 원래 약속은 저녁 여섯시였다. 여섯 시간 단위로 구획된 그의 시간표에 뜻밖의 구멍이 생긴 것이다. 그리고 그녀는 그 구멍을 막아야 하는, 네덜란드인지 노르웨이인지 모를 애국소년이 내밀 수 있는 연약한 주먹 같은 존재가 된 것이다.

그녀는 천천히 손을 들어올려 베개에 닿았던 오른뺨을 쓸어내렸다. 이제부터 이것이 내가 사랑을 생각하는 하나의 포즈가 될 것이다,라고 생각하니 우울함이 조금 가시는 듯도 했다. 흉터를 만지듯 오른뺨을 천천히 쓸어내리는 일, 살이 모조리 썩고도 껍데기만은 굳게 닫혀 껍데기 양 귀로 부글부글 독을 괴어올리는 조개의 액 같은 이 역한 침자국을 천천히 닦아내는 일, 이것이 바로 내가 내용은 사라졌으되 형식은 의연한 사랑에 대해 생각하는 포즈가 될 것이다,라고 생각하니 그녀는 갑자기 기운이 부쩍 났다.

그녀는 서둘러 베갯잇을 벗겨 들고 욕실로 들어갔다.

*

그녀는 삼십분쯤 일찍 도착했다. 그러나 약속장소 근처에서 그에게 전화를 걸었을 때 그가 열두시부터 줄곧 자신을 기다려온 게 아니라는 사실을 알고 실망했다. 그토록 바쁜 척을 하는 그가 왜 자신을 기다리며 혼자 점심을 먹고 헌책방을 기웃거리며 세 시간을 흘려보낼 거라고 생각했는지 어처구니가 없었다. 그러나 정오 무렵에 받은 전화의 뉘앙스는 꼭 그랬다. 고즈넉이 그녀만을 기다리고 있을 듯한.

곰곰 따져보니 그에게는 열두시 약속과 세시 약속이 있었다. 그런데 세시 약속이 펑크가 났고 열두시 약속은 아무리 늦어도 세시쯤에는 끝나게 되어 있었다. 그는 약속한 상대가 오기 전에 재빨리 그녀에게 전화를 건 것이다. 그의 계산에는 조금의 착오도 없었다. 그녀가 삼십분쯤 일찍 온 것과 앞사람이 삼십분쯤 늦게 온 게 문제였다. 그의 입장은 공평무사했다. 그녀는 일찍 온 만큼 기다려야 했고 앞사람은 늦게 온 만큼 용건을 단축해야 했다. 모든 일정이 삼십분쯤 비스듬해질 뻔했지만 그에겐 모든 일정을 바로잡는 탁월한 능력이 있었다. 하긴 그녀로서는 비스듬하

건 똑바르건 하등 달라질 것이 없는 하루였다.

그는 커다란 검정 우산을 들고 세시 십오분에 찻집 문을 열고 들어섰다. 그녀는 한 면에 메뉴 하나씩이 적혀 있는 부드러운 갱지로 된 메뉴판을 고서적을 다루듯 조심스레 넘기고 있었다. 그는 자리에 앉더니 마치 그곳으로부터 자신이 걸어들어오지 않은 듯 새삼스레 쨍한 창밖을 내다보고 낭패한 얼굴로 말했다.

"아침엔 아주 따라붓길래 큼직한 걸로 들고 나왔는데 이거 하루종일 거추장스럽게 생겼네요."

그는 앉은키에 육박하는 검정 우산을 이리저리 세워보다 바닥에 내려놓았다. 아마 비가 그친 열두시 약속에서도 같은 행동을 했겠지,라고 생각하니 그녀는 그가 조금 권태롭게 느껴졌다.

"집에 갈 땐 괜찮을 거야."

"왜요? 밤에 다시 비 온대요?"

"아니. 그때쯤엔 잃어버리지 않겠니?"

"그런 소리 마세요. 전 꼭 챙길 테니."

그녀는 뜨거운 대추차를, 그는 차가운 매실차를 시켰다.

"자."

그가 손을 비볐다.

"이제 뭐 할까요? 당신은 뭐 했으면 좋겠어요?"

"영화 보러 가기도 귀찮은데 앉아서 책이나 볼까?"

"책을 봐요? 무슨 책을?"

"각자 가방에 든 책. 보다가 재미난 데 나오면 도란도란 얘기도 하고."

210

그녀는 성의없어 보이지 않도록 입가의 얇은 막을 살짝 당겨 은은한 미소를 만들었다. 그는 그것도 좋겠지만, 하면서 고개를 살살 저었다.

"그것도 좋겠지만 아주 천천히, 아주 천천히……"

그는 아주 천천히 고개를 끄덕였다.

"술을 마시는 방법도 있죠."

그녀 입가에 진심에서 우러난 미소가 번졌다.

*

날씨 한번 요상했다. 새벽녘부터 오전까지 세차게 쏟아붓던 비가 반짝 그치고 멀쩡히 개는가 싶더니 다시 쏴 쏟아지면서 천지가 컴컴해지고 천둥까지 우릉우릉 쳤다.

길은 공사중이었다. 좁은 우회로에 몰린 사람들이 우산까지 펼쳐드는 바람에 혼잡이 더했다. 바닥에 얇게 깔린 씨멘트와 모래는 빗물에 개어져 질척거렸다. 찻집에서 나온 그들은 인파에 섞일 엄두를 못 낸 채 건물 차양 밑에 잠시 서 있었다.

우산도 없이 유모차를 밀고 오는 노파의 미간이 잔뜩 찌푸려져 있었다. 노파도 날씨에 속은 것이다. 빗방울은 굵어지는데 울퉁불퉁한 길과 공사 장애물 때문에 사람들의 무리는 느린 속도로 움직였다. 노파가 그들 앞을 지나칠 때 유모차에 탄 아이의 머리에 얹어놓은 몬드리안 풍 도안의 손수건은 이미 푹 젖어 달리 풍으로 늘어져 있었다. 아이는 어리둥절해할 뿐 울고 있지는 않았

다. 유모차의 귀여운 장식용 지붕은 굵은 빗줄기 앞에서 무용지
물이었다. 노파는 이를 악물고 비켜요, 비켜, 애기 비 맞아요, 하
고 소리쳤다. 그러나 앞사람인들 비키고 싶지 않아 길을 막고 있
는 건 아니었다. 노파도 그걸 모르지 않는 듯했다. 빗물이 흘러
번들거리는 노파의 표정에서는, 대상 없는 분노를 간직한 사람만
이 낼 수 있는 자탄과 두려움의 빛이 발산되고 있었다.

　그녀는 그를 슬쩍 올려다보았다. 저 노파와 같은 표정을 그의
얼굴에서 본 게 언제였던가, 하고 그녀는 생각했다. 스스로는 인
정하지 않겠지만 그 당시 그는 세상으로부터 슬그머니 버림받기
시작하는 시절을 살고 있었다. 원한의 매듭을 혼자 묶고 혼자 푸
는 일만 되풀이하던 시기였다. 그리고 그녀 역시 스스로는 인정
하지 않았지만 비슷한 처지에 놓여 있었다. 하지만 노파의 표정
이 거울에서 본 자신의 표정이기도 하다는 것을, 그녀는 전혀 기
억하지 못했다. 과거를 잊으려는 망각의 노력은 종종 그녀의 현
재에도 침입해왔다.

*

　"날씨가 술을 주주하네요."
　우산을 펼치려다 말고 그는 건너편에 있는 식당을 집게손가락
으로 가리켰다.
　"뽈찜 어때요?"
　"좋아."

212

"뽈찜 맛있죠. 안 그래요?"

"맛있지."

그러나 그는 더 적극적인 동의를 요구하고 있었다.

"뽈찜 잘하면 진짜 맛있는데. 대구 머리가 크잖아요? 머리에 먹을 게 아주 많아요. 내장도 맛있고."

그녀는 아무 대꾸도 하지 않았다. 그들은 인파를 헤치고 가까스로 길을 횡단했다. 좁은 현관 입구에 우산을 세우고 젖은 신발을 벗고 들어선 식당은 맞은편에 작은 뒤란까지 딸린 의외로 아담한 곳이었다.

"어머, 식당 예쁘다."

"잘 들어왔죠?"

"아귀찜도 있어."

메뉴판을 보고 하는 그녀의 말에 그가 기겁을 했다.

"대구 뽈은 아귀하곤 비교가 안되죠."

"그래?"

"당신도 참. 주부라는 사람이 대구 뽈도 모르고."

물과 물수건을 날라온 식당 여자가 게으르게 웃으며 물었다.

"뽈찜 드시게요? 그럼 지금 잡아야 하거든요."

그가 물수건으로 이마의 빗물을 닦으며 물었다.

"아, 지금 잡아요?"

"아침에 들여온 게 점심 때 다 나가서 막 새로 한 박스 받았어요."

"그거 참 잘됐네."

"두 분이면 중짜 하나?"

"중짜? 그렇게나 많이?"

그녀가 고개를 살짝 흔들자 식당 여자는 빈 플라스틱 쟁반으로 배를 가리며 모르는 소리 말라는 듯 타일렀다.

"두 분이 중짜 하나는 드셔야 해요. 우리 집이 양이 적은 편은 아닌데 워낙에 재료가 신선하고 맛이 좋으니까."

"지금 잡는다면 시간이 좀 걸리겠네요?"

그의 말에 식당 여자가 거 아는 소리 좀 하는 사람을 만났다는 듯 고개를 끄덕였다.

"그렇죠. 지금 막 잡아야 하니까 시간이 좀 걸리죠."

"그럼 그 사이에 먹을 만한 것 없어요?"

식당 여자는 엉거주춤 탁자 모서리에 앉으며 벽에 걸린 메뉴판을 가리켰다.

"정 그러시면 뿔매운탕 소짜에 뿔찜 소짜 시키시든지요. 매운탕은 금방 되걸랑요."

"아니, 뿔찜 중짜는 그대로 하고, 그 사이에 먹을 써비스 안주나 좀 만들어달라고요. 계란말이 같은 거 있잖아요, 왜."

그의 말에 식당 여자는 웬 써비스에 웬 계란말이냐는 얼굴로 눈을 깜빡거렸다. 그와 식당 여자가 말을 주고받는 동안 그녀는 사각 쟁반을 세워 짚고 탁자 모서리를 한손으로 붙든 식당 여자의 자세를 뚫어져라 바라보고 있었다. 어디선가 많이 본 자세였다.

"메뉴엔 없지만 주방에 계란은 있을 테니까 계란말이 해줘요. 그럭합시다."

그가 이로써 모든 논의가 끝났다는 제스처를 취하자 여자도 아쉬운 듯 쟁반을 옆구리에 끼며 탁자를 꾹 짚고 일어섰다.

"뭐, 알아서 해보죠."

순간 그녀는 식당 여자의 자세를 알아보았다. 남편이 그토록 자주 취하는 자세를 이렇게 늦게 알아보다니.

강의 말미에 잠시 학생들과 이야기가 길어져 출석부나 강의교재 따위를 탁자에 세워 짚은 채 상대를 향해 상체를 살짝 기울인 자세. 대학에 일찍 자리잡은 사람들이 다 그런 포즈에 익숙해지는지는 몰라도, 긴 시간을 드릴 수는 없지만 짧은 짬이나마 당신의 요구를 최대한 수용하겠다는 듯한 다감하고 우아한 그 기울임의 자세는 남편 몸에 인처럼 깊이 박혀 있었다. 남편은 그녀와 대화할 때뿐 아니라 시부모와도, 경비와도, 카센터 직원하고도 그런 자세로 대화했다. 그리고 그녀는 그런 자세를 남편이 가끔 취하는 무당개구리 자세보다 한결 지긋지긋하게 여겼다.

*

식당 여자의 고집도 대단했다. 죽어도 계란말이 대신에 손이 더 갔을 법한, 쑥갓과 깻잎을 툭툭 끊어 넣은 야채전을 부쳐 왔다. 밑반찬도 서넛 깔렸다. 특별 손님에게만 준다며 식당 여자가 엄숙히 내놓은 갓김치 맛에 그는 열광했다. 식당 여자도 혀가 제대로 된 손님을 맞이했다는 사실에 크게 만족한 얼굴이었다.

그녀는 주머니에서 환약 한알을 꺼내 소주 첫잔과 함께 마셨다.

"술 먹기 전에 약까지 챙겨먹고 당신도 참."

그가 불만스럽게 코를 벌름거렸다.

"안 취하고 오래 즐겨보겠다는데 비난할 것까지 뭐 있니?"

"아니, 제 말은 비난이 아니라, 당신처럼 이렇게 술 먹는 데 진취적인 자세를 보이는 사람, 요즘 보기 드물다 그 얘깁니다."

"그게 과연 비난이 아니란 말이야?"

그가 쑥갓이 바삭하게 뭉친 전의 끝쪽을 떼어내며 말했다.

"희소성 자체에 대한 지적을 섣불리 비난이라 간주하면 곤란하죠."

애써 떼어놓은 전조각을 그녀가 날름 집어먹자 그는 허무하게 몇번 허공에 젓가락질을 하더니 어쩔 수 없다는 듯 갓김치를 집어 먹었다.

"당신 약 먹는 것도 이해가 가는 게, 사실 낮술이란 게 참 묘한 거거든요. 전에 저도 낮술 먹고 쎄미나 한번 갔었는데 참 견디기 어렵더라고요. 대단히 졸린 것도 졸린 거지만, 사람들이 떠들어대는 얘기가 도통 무의미하고, 과연 이따위 쎄미나란 걸 해야 하나 싶고, 참 사람들 쓸데없는 소릴 많이 지껄이고 사는구나 하는 생각도 들고."

그러나 그는 이틀 동안 계속되는 지방 쎄미나에 원정간 그녀의 남편이 오죽 지루하겠는가 하는 말은 끝내 내뱉지 않았다. 세상에 대한 원한이 제도에 대한 혐오를 거쳐 마침내 제도에 안착한 그녀의 남편에게 격렬히 꽂히던 시기마저도 이미 그에게서는 지나가버렸다. 원한의 표적은 정신의 추위 속에서만 생겨나는 결빙의 환각이었다. 그런데 이제 그 표적도, 그도 다 흐물흐물 녹아버렸다는 것을 그녀는 어렴풋이 느낄 수 있었다. 절망에 입혀진 달콤한 허세, 무력감 탓에 빠르고 커지던 목소리, 가슴 저리도록 절제되어 드러나던 한탄과 회한도 이제 그의 인생 저 너머로 사라져버린 것이다. 그 느낌은 썩 유용하진 않지만 익숙한 어떤 물건을 잃어버렸을 때처럼 그녀 내부에서 작지 않은 상실감과 있지도 않았던 상상적 애착감을 불러일으켰다. 만약 그녀가 남편의 해괴한 증세에 대해 이야기해주었더라면 그의 질투와 원한은 좀 더 일찍 철회되었을지 모르지만, 그가 영원히 질투와 원한에 시달려주길 바라는 그녀로서는 그때나 지금이나 그런 얘기를 해줄 마음이 조금도 없었다.

*

붉은 산 같은 거대한 뽈찜 무더기가 식탁 한가운데 놓였다. 그가 으흠, 신음소리를 내자 식당 여자가 놓치지 않고 생색을 냈다.

"중짜 시키셨는데 대짜만큼 드린 거예요. 많이 기다리셔서."

"나 이거 예전에 먹어본 거 같은데."

그녀가 젓가락을 입에 물고 이렇게 말했을 때 그의 젓가락은 벌써 찜 무더기 속에서 대구 내장의 큰 토막을 찍어 개인접시로 나르고 있었다. 그녀는 작은 살점과 콩나물, 미나리 같은 것부터 먹기 시작했다. 그들은 매운 뽈찜과 찬 소주를 마시며 다음에 만날 시기를 타진했다. 그들의 만남은 항상 다음 만남에 대한 강박으로 주름져 있었다.

"팔월초면 휴가철이라 도로 사정이 만만치 않을 텐데요. 우리가 또 사람 들끓는 걸 무진장 싫어하잖아요?"

그는 취하면 자연스럽게 '우리'라는 말을 했다. 때로 그녀가 그의 의견에 동조하지 않을 때조차도 그의 취한 말 속에서는 언제나 그의 우리에 속했다.

"그럼 어쩌니? 그 인간이 그즈음에 중국 간다는 걸."

"그래요?"

잠시 뒤에 그가 좋은 생각이 났다는 듯 호들갑스럽게 잔을 부딪치며 말했다.

"아, 그럼 부득이 이번에만 허를 찔러서 휴가철에 움직여보죠 뭐."

"얘, 얘. 허를 찌르려면 남의 허를 찔러야지 우리 허를 찌르면 어떡하니?"

그녀도 어느덧 우리라고 말하고 있었다.

"그런가요? 거기가 우리 허였나요?"

그가 킬킬댔다. 그녀는 젓가락으로 콩나물을 스빠게띠 면처럼 돌돌 말면서 말했다.

"이번 여름도 꽤 더울 거라고 하던데."

"그래도 94년 혹서만 할까요. 그해 여름은 정말 끔찍했어요."

"95년 아니었어?"

그가 눈에 힘을 주며 말했다.

"아니에요. 94년 정확해요."

"난 꼭 95년이었던 거 같은데."

"제가 어째서 94년 여름을 정확하게 기억하고 있냐 하면 말이죠. 그해가 우리 아버지 돌아가시기 한 해 전이었거든요. 94년 그해 여름에 우리 어머니가 꼼짝 못하고 누워계시는 아버지 수발드느라고 얼마나 땀을 흘리셨던지 나중엔 어머니가 병이 났어요. 큰일이 났죠. 제가 갔더니 막 우시더라고요. 당신 기운이 그나마 조금이라도 남아 있을 때 아버지 보내드렸으면 좋겠는데 저 양반이 쉽게 안 간다고. 아, 그때 얼마나 가슴이 아프던지. 우리 아버지가 다음해 봄에 돌아가셨어요. 그러니까 그해가 마지막 여름이었던 거라 제가 딱 기억을 하는 거죠. 94년 맞아요. 제 인생에 진짜 그렇게 더운 여름은 없었어요. 앞으로도 없을 거예요."

"당신 꽤 효자였나봐."

"효자는 무슨. 아버지 돌아가시기 전에 자리도 잡고 결혼도 하고 그랬어야 하는데."

"효자 맞네."

"효자 아니라니까요."

"효자 맞긴 맞는데……"

그녀가 대구 뽈에서 동그란 살점을 떼내며 말했다.

"그런 효자가 아버지 돌아가신 해를 잘못 알고 있니?"

그녀의 막무가내에 그가 도무지 어이없다는 듯 웃음을 터뜨렸다.

*

식당 뒤란에는 흰빛 보랏빛 도라지꽃이 흐드러졌다. 어느덧 빗줄기는 가늘어지고 낮술은 은은하고 창밖 진창길은 굽었다.

"가사일은 너무 예술적인 작업이라서 우리같이 열등한 종자인 사내놈들이 결코 해선 안된다. 목에 칼이 들어와도 하지 말아야 한다. 이게 한선배 지론 아닙니까. 당신도 그렇게 생각해요?"

"오, 그래, 예술! 예술 좋지."

"당신도 그렇게 생각하냐고요?"

그가 젓가락으로 식탁을 두드렸다.

"나?"

그녀는 눈을 동그랗게 뜨고 두 손을 가슴에 얹었다.

"나 원래 그림쟁이였잖아. 몰랐어? 그림에 대한 열정 아직도 포기 못하고 있어."

그가 담배를 붙여 물고 눈을 게슴츠레 떴다. 그녀는 손을 뻗어 담뱃갑을 집으며 말했다.

"그 인간이 미대 지도선(指導線)이었지. 그땐 무게 엄청 잡았어."

"그랬어요? 제가 말입니다. 얼마전에 어떤 일이 있었냐 하면, 아는 출판사엘 갔더니 거기 직원 언니가 한상일 교수님 아시냐고 물어요. 보나마나 밀린 원고 때문에 그러는 것 같길래 내가 눈치 채고 모른다고 했죠. 동문이긴 동문인데 잘 모른다고. 근데 가만 생각해보니까 진짜 모르겠더라고요. 한상일이라는 인간을 내가 진짜 모르겠더라고요."

그녀가 담배연기를 내뿜으며 말했다.

"알고보면 그 인간, 자기가 바라는 것과 만나는 걸 제일 두려워하는 인간이야. 자기가 얼마나 소중한 걸 가졌는지 모르는 인간이지. 가여워라, 가여워. 그 인간 그렇게 가여운 인간이라고."

곰곰이 생각에 잠겨 있던 그가 담배를 눌러 끄며 말했다.

"맞아요, 맞아. 그땐 대학이 몇개 패밀리로 나뉘어 있었지만 따지고 보면 그게 다 이너 써클이었죠. 그걸 우리만 몰랐죠. 저랑 한선배도 한참 있다 서로 같은 써클인 거 알았어요. 그때부터 쭉 알고 지냈으니 그 세월이 얼맙니까? 그런데도 내가 한선배라는 인간을 진짜 모르겠더라고요."

"그 인간은 내가 제일 잘 알아. 나 그 인간하고 하루하루를 살아나가는 게 아니라 죽여나가고 있는 것 같아. 날 안 놔주고 말려 죽이려고 작정한 사람 같아. 하루하루를 빚을 꺼나가듯이 꺼나가고 있어. 다 끄고 나면 죽는 거겠지."

"아, 참!"

그가 다시 젓가락으로 식탁을 두드렸다. 그녀가 뾰로통한 얼굴로 그를 노려보았다.

"한선배 좌우명이 또 뭐였는지 알아요? 남자를 모욕하는 여자에게는 무시무시한 보복을 안겨줘야 한다."

"보복? 지랄하고 있네."

그녀가 잔을 들어 술을 발칵 들이켰다.

"진짜예요. 한선배 말로는……"

그녀는 잔을 소리나게 내려놓으며 앙칼지게 외쳤다.

"그만해 씨발! 우린 왜 만났다 하면 그 인간 얘기얏!"

2

남편은 취한 채 깊이 잠들어 있었다. 술기운이 있으니 중간에
깨는 일은 없을 터였다. 그녀는 핸드폰을 챙기다 말고 잠든 남편
을 물끄러미 내려다보았다. 자디잔 분홍 물방울무늬 잠옷만 아니
라면 남편은 아주 멀쩡히 잠들어 있는 셈이었다.

그녀는 궁금했다. 평소에는 그토록 점잔을 빼는 남편이 왜 주
기적으로 이상한 차림새에 집착하는지. 왜 그런 차림으로 우스꽝
스러운 자해의 장면을 되풀이하는지. 그 정도의 기억은 남편의
일생에서 그다지 치명적인 축에도 못 속하는데 말이다. 대책없이
무조건 벽을 기어오르라는 황당한 명령이었다고 했다. 빨리 못
기어올라? 못 기어올라? 이런 놈들이 그냥! 이런 놈의 자식들이
그냥! 야단스러운 무늬의 셔츠를 입고 이런 외마디 소리를 내지
르며 맨다리로 벽을 기어오르려 용을 쓰는 남편은 한마리의 거대
한 무당개구리 같았다. 어쩌면 그런 무당개구리의 자세는 자해의
포즈라기보다, 남편의 위선적인 기울임의 자세에 꽁꽁 갇혀 있다
가 어느 순간 분출하는 해방의 포즈인지도 몰랐다.

보복? 그녀는 코웃음을 쳤다. 그와 그녀의 관계를 남편이 알고
있다고 그녀는 생각했다. 남편이 그들의 만남을 은밀히 사주하고

있다고, 그러면서 동시에 그들의 만남이 어떻게 끝날지를 조용히 지켜보고 있다고, 그녀는 생각했다. 그렇다. 그는 모를 것이다. 누가 뭐래도 남편과 그녀는 잠자리를 함께하는 부부이자 한시절을 함께 지내온 동료였다. 누가 뭐래도 우리는 부부이며 동료인 것이다. 이런 터무니없는 상상은 잠시나마 그녀에게 로맨틱한 기쁨을 주었다. 그녀는 손을 들어 천천히 오른뺨을 쓸어내렸다. 입끝에서 금방이라도 썩은 침이 흘러내릴 것 같아 그녀는 급히 숨을 들이마셨다.

*

편의점은 아파트단지 뒤편 상가에 있었다. 편의점 앞 파라솔에서 반바지 차림의 사내 셋이 맥주와 마른 김을 먹고 있었고 그 옆 계단참에서 청년 둘이 컵라면에 소주를 마시고 있었다. 그녀는 편의점에 들어가기 전에 잠깐 멈춰서서 맥주를 먹는 사내들을 유심히 살폈다. 편의점에서 담배를 사 가지고 나온 후에는 소주 먹는 청년들을 조심스레 곁눈질했다. 그러나 아무도 그녀에게 관심을 기울이는 것 같지 않았다.

편의점 옆 비디오테이프 대여점이 아직도 문을 열고 있었다. 그녀는 대여점 문을 열고 들어갔다. 문에 부착된 방울이 짤랑 소리를 냈다. 주인으로 보이는 사내가 카운터에 신문지를 깔아놓고 빨갛게 무친 음식을 나무젓가락으로 집어 먹고 있었다.

"여기 몇시까지 해요?"

사내는 입 안에 든 것을 우물거리며 손가락 두 개를 펴 보였다. 그녀가 비디오테이프 재킷 하나를 꺼내들자 사내가 말했다.

"그거는 1편인데요."

"1편이구나. 2편은 아직 안 나왔나요?"

"안 나왔죠."

"언제 나와요?"

"빠르면 팔월초고 늦으면 팔월말인데, 말이나 돼야 나올 것 같아요."

"그렇구나."

그녀가 무슨 말인가를 하려 할 때 짤랑 소리와 함께 젊은 처녀애가 들어왔다. 처녀애는 둘둘 말린 꾸러미를 사내에게 건넸다. 사내가 처녀에게 물었다.

"주데?"

"주던데요."

"뭐래면서 줘?"

"제가 여기서 일하는 걸 아나봐요. 그냥 주던데요."

그녀는 자정 가까운 이 시간에 처녀애가 어디서 무엇을 그냥 얻어온 것인지 도저히 짐작이 가지 않았다. 하물며 수상쩍은 종이에 둘둘 말린 꾸러미라니. 그녀는 비디오테이프를 고르는 시늉을 하며 사내와 처녀애를 흘끔거렸다. 처녀애는 카운터에 앉아 얇은 책자를 들여다보고 있었고 사내는 빨갛게 무친 음식을 다 먹고 일회용 그릇을 신문지에 말아 쓰레기통에 넣고 있었다. 너무 자연스러워 위장처럼 보이는 풍경이었다. 그녀가 계산대 위에 비디오테이프 두 개를 올려놓자 처녀애가 묻는 눈짓을 했다.

"재킷을 빼서 꽂아놓고 와야 하나요?"

그녀의 말에 사내가 입가를 문지르며 대신 대답했다.

"아니에요."

그녀가 전화번호를 말하자 처녀애가 키보드를 두드리더니 다시 묻는 눈짓을 했다.

"왜요?"

"아직 반납 안하신 게 하나 있는데요."

"그래요?"

"그거 반납하셔야 새로 대여가 되는데."

"깜빡했나봐요. 집에 가서 찾아볼게요."

처녀애가 난감한 듯 주인 사내를 바라보았다.

"못 찾으면 제가 변제를……"

그녀의 말이 끝나기도 전에 사내가 말했다.

"대여해드려! 단골이신데."

처녀애는 혀를 날름 내밀더니 테이프의 바코드를 찍은 후 검색기 뒤로 넘겼다.

"판타지 좋아하시나봐요."

사내가 그녀에게 말을 붙였다.

"판타지요?"

그녀는 흠칫 한걸음 물러섰다.

"모르고 고르셨어요?"

"어머, 그러고보니 둘 다 판타지네."

"많이 마르신 거 같아요."

"네?"

그녀는 사내의 얼굴을 빤히 보았다.

"살 많이 빠지셨다고요."

"나요?"

"아니에요?"

"글쎄요. 모르겠는데요."

그녀는 이 사내가 자기를 언제 보았기에 이런 소리를 하는지 알 수 없었다. 그녀가 이 대여점에 비디오테이프를 빌리러 오는 시간은 주로 오후나 저녁 무렵이었고 그 시간에는 대개 곱상한 중년 여자가 앉아 있었다. 가끔 아르바이트생으로 보이는 남자애나 처녀애가 앉아 있기도 했지만 이 사내는 처음이었다. 그녀를 다른 사람과 혼동한 것 같았다.

"이건 언제까지 반납하면 되나요?"

"내일요."

그녀는 검색기 너머에서 테이프를 받아 검은 비닐봉지에 넣었다. 대여점 문이 짤랑 소리를 내며 열렸다 닫히는 순간 그녀는 잠깐, 자신이 이 대여점을 다른 대여점과 혼동했나 하는 생각을 했다.

*

한갓진 아파트단지 놀이터에 접어들었을 때 그녀는 휴대폰을 꺼내 그의 번호를 눌렀다.

"여보세요."

여전히 느릿느릿한 말투였지만 자다 깬 것 같지는 않았다.

"지금 통화할 수 있어?"

"네. 한선배는 왔어요?"

"응."

"자요?"

"응. 나 잠깐 산책 나왔어."

"이 밤중에 위험하게."

"위험하긴."

그녀는 놀이터 그네에 엉덩이를 걸쳤다.

"어제 어떻게 된 거야? 얘기 좀 해줘."

"둘 다 취했죠 뭐."

그녀는 그네를 조금 흔들었다.

"일어나보니까 옷이 엉망이던데."

"저도 그랬어요. 넘어지고 싸우고 그랬으니까."

"당신하고 나, 싸웠어?"

"싸웠다기보다 몸싸움을 좀 했죠."

"몸싸움?"

"당신 또 그 버릇 도져가지고 어딜 기어오르네 마네 하고 싸웠지, 설마 이 나이에 가투했겠어요?"

그녀는 주머니에서 담뱃갑을 꺼내 뜯지 않은 채로 만지작거리며 물었다.

"어디 자러는 안 갔지?"

"그걸 말이라고 해요, 그 정신에?"

그가 분개한 소리로 외쳤다.

"코스 다 기억나?"

"코스요? 처음에 차 마시고, 다음에 뽈찜 먹고, 맥줏집 갔다가, 막판에 곱창구이 갔잖아요?"

"길가에서 먹은 집이 곱창집이었나?"

"네."

"기억나는 듯도 하다."

"그러고 나서 포장마차로 한 차 더 갔는지 말았는지는 저도 모르겠네요."

"나 또 그건 기억에 없는데."

그녀는 짧게 입맛을 다셨다.

"어차피 우리만 가지고는 복기가 안돼요. 그렇다고 어디 물어볼 데도 없고."

술이 덜 깼는지 그는 우리라고 말했다. 불현듯 우리라는 말이 주는 애틋한 연대감에 그녀는 가슴이 저렸다.

"어제는 웬일이었는지 몰라. 뽈찜 집에서 소주를 너무 마셨나봐."

그녀는 어리광을 부리듯 약간의 콧소리를 섞었다.

"맞아요. 당신 술 먹기 전에 신선불취단인지 뭔지 환약까지 삼키고 워밍업할 때부터 알아봤어야 하는데."

"우리, 앞으로 이렇게는 먹지 말까?"

그녀는 우리라는 말에 살짝 힘을 주었다.

"그래요. 날도 점점 더워지는데 이렇게는 먹지 말도록 하자고요."

"그래."

잠시 침묵이 흘렀다.

"팔월초에 한선배 중국 가면 연락하기로 했죠?"

"맞다 맞다. 팔월초."

그가 혀를 찼다.

"또 잊어먹지 말고요."

"알았어."

"그럼 그때 봐요."

"응."

전화를 끊기 전에 그녀가 황급히 물었다.

"참, 그 커다란 검정 우산 결국 잃어버렸지?"

"그걸 말이라고 해요, 그 정신에?"

그가 시무룩하게 대꾸했다.

*

전화를 끊고 그녀는 휴대폰을 꽉 쥔 채 그네에 앉아 있었다. 이틀의 장정에도 남편은 신통하게 우산을 챙겨왔다. 말만 앞서고 바쁜 척만 했지 우산도 그녀도 제대로 챙기지 못하는 그에 비하면 무엇이건 잡은 것을 놓지 않는 남편의 강한 악력이 그녀에게는 더 편안했다.

그녀는 한손에 휴대폰을 꽉 쥐고 다른 한손으로는 뜯지 않은 담뱃갑을 만지작거리며 누군가를 기다리는 자세로 그네에 오래 앉아 있었다. 그녀는 대여점 사내가 자신과 혼동한 여자가 궁금했고, 처녀애가 그냥 주더라며 받아온 총이나 마약처럼 의심스러운 물건 꾸러미가 궁금했고, 사내가 먹던 빨갛게 무친 음식이 궁금했다. 편의점 파라솔 탁자에 부려놓은 왁자지껄한 남자들의 내면과, 그녀가 산책을 나오지 않았더라면 몰랐을 아파트단지 뒤편 상가에서 심야에 일어나는 일들과, 보아도 읽히지 않는 세상의 표정과, 반납하지 않은 비디오테이프와 언제 어디서 잃어버렸는지 모를 예전 휴대폰의 행방이 그녀는 애가 끓게 궁금했다.

휴대폰 액정화면이 12:00를 표시하고 있었다. 그녀는 그네 위에서 흔들리며 꿈속에서 그녀를 안았던 남자의 얼굴을 상상해보았다. 남자의 텅 빈 얼굴에, 파라솔에서 맥주를 먹던 중년 사내들과 소주와 컵라면을 먹던 청년들, 대여점 주인 사내의 얼굴과 그녀가 기억하는 모든 남자들의 얼굴을 차례로 겹쳐보았다. 그녀의 내부에 고여 있던 나쁜 체액이 놋쇠상자처럼 굳어버린 심장의 양 귀에서 부글부글 괴어나오는 것 같았다. 그의 말대로 한밤중의 산책은 위험했다.

그녀는 휴대폰과 담뱃갑을 비디오테이프가 담긴 검은 비닐봉지에 넣었다. 슬리퍼 안에 든 모래를 털고 그네에서 일어서면서 그녀는 다소 체념한 듯한 표정을 지었다. 이제 나, 또 어떤 범람을 막기 위해, 무엇의 균열을 메우는, 연약하고 이타적인 주먹이

되어야 하는가. 이런 생각에 슬픈 미소를 띠며 오른뺨을 천천히 쓸어내리던 그녀의 표정이, 일순 봄꽃처럼 화사하게 피어났다. 등 뒤에서 강한 근육질의 팔이 그녀의 입을 틀어막고 그녀의 허리를 뜨겁게 휘감았다.

　순간 그녀는 밤하늘을 배경으로 꿈속 남자의 얼굴에 살이 너덜너덜 붙은 시뻘건 대구 뼈가 탈처럼 씌워지는 환상을 보았다. 놀랍게도 아귀가 딱 맞았다. 사랑한다고 말하라고, 마지막으로 그 말이 듣고 싶다고, 그 말을 듣기 전에는 떠나지 않겠다고, 형태만 남은 거대한 생선 주둥이가 명령하는 소리를 그녀는 똑똑히 들었다. 꽉 막힌 그녀의 입에서 침이 새어나왔고 등허리가 타는 듯이 뜨거워졌다. 그녀의 손에서 휴대폰과 담뱃갑과 비디오테이프가 든 검은 비닐봉지가 놀이터 모래 위로 소리없이 떨어졌다. 그 옆으로 그넷줄처럼 슬리퍼 끌린 자국이 길게 이어졌다.

괴물의 윤리

김영찬

1. 연애편지, 불쾌하고 외설적인

권여선은 이를테면, 다소 특이한 작가다. 어떤 정형에 갇히기를 고집스럽게 거부한다는 점에서 우선 그렇다. 예컨대 등단작인 장편소설 『푸르른 틈새』(살림 1996)부터가 이미 그러한데, 그 소설은 말하자면 자전소설이 되지 않으려고 버티는 자전소설이고, 후일담이기를 거절하는 후일담 소설이었다. 격(格)과 식(式)에 짐짓 무관심한 그런 고집스러운 버팀과 거절이, 어느 하나의 특징으로 쉽게 수렴되지 않는 나름의 독특하고도 다층적인 미학으로 향하고 있음은 『푸르른 틈새』에서 우리가 일찍이 확인했던 바다. 물론 거기에는 그 외관상의 무정형이 수습되지 않은 산만과 미숙의 소산이리라는 일각의 섣부른 오해도 곁들여 있었겠다.

권여선은 그 후 십년 동안 더디게 발표한 단편들을 묶어 내놓은 첫 소설집 『처녀치마』(이룸 2004)에서, 지금까지 쓴 자신의 소설을 "뒤늦은 연애편지"에 빗대고 있었다. 그리고 그곳에서 이제 연애편지를 찢고 '소설'을 쓰겠노라는 다짐으로 「작가의 말」을 마무리해놓았다. 하지만 작가의 본의야 어찌됐든, 그 이후 씌어진 그의 소설은 여전히, 또다른 의미에서 연애편지다. 물론 거기에서는 연애편지라면 모름지기 갖추어야 할 상냥한 미덕이라고는 결단코 찾아볼 수 없다. 이런저런 치장과 환상이 들씌워져 있지 않다는 점도 그렇다. 오히려 그것은 아주 불쾌하고 외설적이다. 그곳에 있는 것은 이를테면 일상의 뒷면에 괴어 부글거리는 음습한 정념과 욕망, 가시 돋친 모멸과 혐오, 죄의식과 분열, 끔찍한 혼돈과 자해(自害)의 희열, 그 모든 인물의 어두운 심연을 낱낱이 북북 긁어내 까발리는 고약하고 차디찬 집요(執拗) 같은 것들이다. 그런데 연애편지라니.

　무엇보다 권여선의 소설은 쾌락원칙을 의식적으로 거절하는 소설이다. 그것은 가령 위에서 열거한 아름답지 못한 정념들이 소설의 결론에서 결코 정화(淨化)되거나 해결되지 않을뿐더러 (도대체 그럴 성질의 것도 아니다) 관념적인 차원에서 성급한 반성의 대상이 되지 않는다는 점에서도 그렇다. 그런 의미에서 교훈, 계몽, 감동, 관념, 환상, 웃음, 그 어느 것도 권여선 소설의 것이 아니다. 단편소설에서 늘상 요구되어온 정연한 형식미도 역시 마찬가지다. 저 모든 것이 대개 소설의 쾌락원칙과 무관하지 않다 할진대, 권여선 소설은 그에 대해서는 시종 심드렁하다.

외려 어느 편인가 하면, 소설을 읽는 우리는 내내 우울과 불쾌를 견뎌야 한다. 그 불쾌는 물론 우리가 보고 싶지 않은 것을 굳이 헤집어 보여주는 데서 오기도 하니, 그런 의미에서 권여선의 소설은 외설적이기도 하다.

그럼에도 연애편지라니. 이 불쾌와 외설을 두고 하필 그렇게 말하는 까닭은 뒤에서 밝혀질 터, 여기서는 일단, 우리는 권여선의 소설이 불편하다고만 말해두자. 그 불편함은 정격의 형식미를 의식적으로 거칠게 벗어던지는 낯설고 불친절한 소설형식에서 오는 것이기도 하지만, 일차적으로는 그렇게 소설에 얽혀 있는 내용의 대강과 정서에서 오는 것이다. 그리고 거기에는 소설의 캐릭터도 크게 한몫을 보태는바, 그의 소설에서 우리는 통상의 인물들과는 다소 다른 특이한 인물들과, 그들의 종잡을 수 없이 기묘한 심리적 풍경들을 어렵지 않게 맞닥뜨린다. 그리고 소설에서 그 모두를 그리는 방식과 시선 등은, 쉬 드러나지 않는 소설의 숨겨진 주제의식과도 맞닿는다.

그러니 먼저 인물이다. 권여선 소설의 한가운데에 기묘한 모습으로 버티고 앉아 이해할 수 없는 말들을 발화하는 저들은 대체 누구인가? 저들은 무엇을 말하고 있는 것인가?

2. 이토록 비루한, 병리적 인물 지도

권여선의 소설에서 저들은 대개 소외되고 고립된 자들이다. 물론 저들이 겪는 소외와 고립은 그 말에서 흔히 떠올리게 마련인

통상의 정치경제적 혹은 사회문화적 원인과는 그다지 큰 관계가 없다. 그것은 오히려 저 스스로 자초한, 게다가 동정의 여지라고는 별로 없는 병리적 자기소외와 자기고립에 가깝다. 가령「가을이 오면」의 여주인공 '로라'는 어떤가. "상상력과 독창성이 부족"하고 누구의 눈에도 띄지 않는다는 것쯤은 문제도 아니다. '로라'라는 우아한 이름에 어울리지 않게도 고름이 질질 흐르는 알레르기성 발진을 얼굴에 달고 사는 못생긴 그녀는, 누가 보아도 "열등하고 미달된 여성"이다. 그런 그녀는 차라리 "장 속에 박힌 장아찌처럼" 죽은 듯 삭아가기를 열망하는데, 그것은 그녀에게 되지도 않는 우아를 강요하는 어머니의 끔찍스러운 집요함에 대한 증오와 수치감 때문이다. 그녀의 충동적 자기방기와 발작적 히스테리 또한 거기에서 오는 것이어서, 그 강도는 과연 자신의 내면을 "불지옥"으로 만들고야 말리라는 다짐이 무색하지 않다. 마침 그런 그녀의 히스테리를 눈앞에서 뒤집어쓴 '남자'의 말이다. "학을 떼겠네."

모순과 혼돈으로 가득한 이 괴이한 질병은 물론「가을이 오면」의 인물에만 있는 것이 아니다. 그것은 증후와 강도를 달리하여 권여선 소설의 곳곳에서 시시때때로 출몰한다. 예컨대「약콩이 끓는 동안」에서 그 질병은 '살아 있는 죽음'(living dead)의 모습을 띠거니와, 사고로 집안에 틀어박혀 휠체어 신세를 지고 있는 성질 괴팍한 김교수와 그 뒤 집으로 은근슬쩍 기어들어와 무의미한 대화와 다툼으로 시간을 죽이는 그의 한심한 두 아들의 삶 자체가 바로 그렇다. 겉으로 평온해 보이는 그들의 일상은 죽음의 냄새를 풍기는 혐오스러운 무의미로 가득하고, 매주 그 집을 방문하는 연락조교 대학원생 윤양을 놓고 다투어 발호하는 그들의 음습한 성적 욕망과 호기심이 또한 거기에 기생한다. 그곳에서 벌어지는 것은 한 여자를 사이에 두고 발정난 산송장들이 벌이는 음란한 욕망의 암투다. 그런 그들의 나날은 그 자체 죽음과 다르지 않은 무의미의 연속이며, 그 시취(屍臭) 나는 욕망과 더불어 상대에 대한 유형무형의 가학과 혐오로 뒤범벅된 저 무의미—죽음의 강박적 향유가 거기에 존재한다.

권여선 소설에 등장하는 저 괴이한 인물들에 대해서 「문상」의 주인공인 '그'는 마침 이렇게 요약해놓았다. "머릿속에 살짝 떠오르는 것만으로도 깊고 은밀한 접촉을 당한 듯 불쾌해지는 질감의 소유자들이 있다." 「문상」에서 '그'가 떠올리는 노처녀 '우정미'도 바로 그렇다. "돌출하여 데굴거리는" 눈동자와 "기계적으로 달싹거리는 투명한 입술"을 한 뚱뚱한 그녀는 강한 혐오와 연민을 동시에 불러일으키는 여자이며, 무리에게서 따돌림을 당해도 하등 이상할 것 없는 여자다. 게다가 그녀는 우연히 치른 '그'와의 정사 후 흡반처럼 달라붙어 "어떤 여자한테 배웠어요?"라는 해괴망측한 물음을 자동인형처럼 집요하게 반복하는, 구역질나도록 추잡하고 막무가내인 여자다. 그러니 이 여자 또한 앞의 저들과 크게 다르지 않은 부류일 것은 짐작하기 어렵지 않다.

물론 이쯤에서 그의 소설에 유독 그런 인물들만 있는 게 아니지 않은가 하는 반문이 제기될 수도 있겠다. 그러나 겉으로 멀쩡해 보인다 해서 쉽게 단정할 수는 없다. 멀리 갈 것도 없이 바로

「문상」에서, 다시는 만나고 싶지 않은 우정미라는 "치명적인 덫"의 귀환에 불쾌해하면서도 차라리 그 덫에 치이기를 욕망하는 '그'의 심리를 보라. 그렇게 "극도의 혼돈과 파열"을 갈구하는 모순에 찬 '그'의 내면은 실상 「가을이 오면」의 로라의 그것과 형태와 강도는 달라도 성격은 과히 다르지 않다. 그렇게 보면 내용이 상실되고 형식만 남은 삶의 내부에서 썩어 "부글부글 독을 괴어올리는" 나쁜 체액에 나르씨시즘적 애착을 느끼는 「위험한 산책」의 '그녀' 또한 이 부류에 포함되지 못할 이유가 없다. 이제는 포즈만 남은 우정─사랑에 대한 애도의 실패로 인한 강박적 집착, 그와 결부된 대식증이라는 식이장애를 떠안은 「반죽의 형상」의 '나' 또한 마찬가지다. 이 점을 부각해본다면 권여선의 소설은 차라리 병리학적 인물열전이라 해도 될 정도다.

　권여선의 소설은 이렇게 혼돈과 분열로 가득한 인물들의 풍경을, 평온한 일상의 뒷면에 보이게 혹은 보이지 않게 웅크린 그 병리적 내면의 균열을 낱낱이 포착한다. 그것은 가학과 자학이, 우울과 히스테리가, 강박과 집착이, 죄의식과 자기기만이 어지럽게 뒤엉켜 있는 기이한 풍경이다. 더욱이 그런 질병의 증후가 그 원인을 어느 하나로 단일화하거나 쉽게 일반화할 수 없는, 겉으로 이해하기 힘든 이물감으로 가득하다는 점도 특징적이다. 그렇게 우리 일상의 외설적 뒷면을, 그리고 그 안에서 크든 작든 간에 너나없이 질병을 나누어 안고 살아가는 인간존재의 비루한 실상을 헤집어놓는 작가의 시선은 사뭇 냉연하다. 흔히 보는 동정이나 연민 같은 착한 정념의 필터가 제거되어 있다는 점에서 우선 그렇고, 그것을 포함해 아무런 환상이나 여과장치가 들씌워져 있지 않다는 점에서도 그렇다. 앞에서도 암시했듯이 권여선 소설이 그다지 편치 않은 것은 일면 그 때문이기도 하다. 그런데 잠깐, 그렇기만 한 것인가?

3. 저 괴물을 보라

당연히 아니라고 해야 할 텐데, 권여선의 소설이 또다른 의미에서 흥미로워지는 것도 바로 그 지점이다. 그것은 권여선 소설의 풍경이 우리에게 안겨주는 불쾌가 일면 모종의 쾌락과 뗄 수 없이 뒤엉켜 있다는 점과 관련되어 있다. 그런 측면에서 예컨대 「가을이 오면」에서 씻지 못할 죄의 운명을 뒤집어쓴 여자애의 짜증나는 히스테리를 엿보는 로라의 "아찔한 쾌감"은 어느 면에서 독자의 것이기도 하다. 그것은 작가의 편에서도 마찬가지여서, 권여선 소설에서 언어의 기묘한 활기와 생동감이 역설적이게도 질병의 생태를 차갑게 묘사하는 시선의 냉정과 한몸이라는 점이 바로 그 하나의 징후다. 가령 「분홍 리본의 시절」에서 선배의 아내를 향해 발작적으로 터져나오는 '나'의 언어를 작가는 이렇게 묘사하거니와, 그것은 그 자체로 냉정과 불쾌와 뒤엉켜 생동하는 권여선의 소설언어에 그대로 들어맞는 것이기도 하다. "말들이 싱싱하고 낭자하게 튀었다."(34면)

해서, 권여선 소설은 이를테면 그 자체 불편과 불쾌의 쾌락을 향유하는 소설이며, 소설을 읽는 우리 역시 어쩔 수 없이 그 향유를 공유하게 되는 소설이다. 불쾌의 향유라니. 굳이 그래야만 하는 까닭은 대체 어디에 있는가. 이런 물음에도 불구하고 그의 소설은 우리에게 여하튼 그 불쾌를 감수해야 한다고, 거기에서 향유를 발견해야 한다고 말한다. 재차 흥미로운 것은 그 점을 누구보다 가장 충실히 이행하고 있는 것이 다름아닌 저 병리적 인물들이며, 그것이야말로 바로 그들 질병의 핵심적인 증후라는 사실이다. 과연 권여선의 인물들은 그 불쾌를 떠안으라는 명령을 저 나름의 방식으로 모범적으로(따라서 병리적으로) 실천하는 인물이다. 그 점은 차마 가까이하기 싫은 불쾌에 대해서도 마찬가지인데, 심한 예를 들자면 그 불쾌는 이런 것이다. 「문상」의 짜증나는 여자 우정미를 우리는 "누구한테 배웠어요?"라는 물음과 함께 기억한다.

"누구한테 배웠어요?"
그는 심한 욕지기를 느꼈다. 그의 입술이 그녀의 입술에 닿았다는 사실만으로도 구역질이 났다.
"기술이 좋으시던데, 선배님."
그녀는 자동인형의 섬뜩함으로 되물었다.
"어떤 여자한테 배웠어요?"
순간 그는 급히 상체를 꺾었다. 움찔하는 경련과 함께 토사물이 그녀의 벌거벗은 하체로 죽죽 쏟아져내렸다. 그녀는 얼굴을 찡그리더니 말없이 자신의 아랫도리를 내려다보았다. 한 손에는 여전히 검은 털뭉음을 쥐고 있었다. 나를 봐요! 당신들은 모조리 죄인이에요! 나를 봐요! 당신들의 죄가 만들어낸 이 괴물을 좀 보라고요! 사형 당한 정치범의 딸인, 추악하고 막무가내인 노처녀의 오물 묻은 다리 사이에서 이런 외침이 진액처럼 쏟아져내리는 것 같았다. (「문상」198~99면)

이런 우정미와의 재회는 '그'에게는 그야말로 고약하고 불쾌한 '썩을' 느낌의 한가운데로 발을 디디는 것일 터, '그'는 어이없게도 덫에 치인 듯한 그 불쾌한 느낌에 매혹된다. 이 순간 우정미라는 "가장 끔찍한 보물"을 선택하고픈 그의 욕망은 곧 평온과 안정을 버리고 혐오와 혼돈의 한가운데로 자신을 내던지고자 하는 자학적 갈망의 표현이다. 문제는 그런 파괴적 자학이 순간의 충동을 넘어 역설적이게도 저 자신의 존재감을 확인하고 향유하는 수단으로 승격되는 것일 텐데, 그 점에 대해서라면 「가을이 오면」의 로라야말로 한층 극적이고 근본적이다. 자기 자신을 스스로 놓아버리고 혼란과 히스테리의 한가운데로 방기하는 로라의 병증은 프로이트가 일러준 상식에 따르자면 어머니-초자아에 대한 증오의 감정이 자아에게로 돌려진 경우이다. 그런 그녀를 사로잡는 충동은 이를테면 "그녀 내부를 불지옥으로 만드는 것"이며, 그 파괴와 고립 속에서 아찔하고 "미칠 듯한 쾌감"을 향유하는 것이다. 이미 짐작했겠지만 권여선의 인물이라면 누구나 크든 작든 조금씩은 나누어갖는 것이 바로 이 자학의 향유다. 스스로 대식증에 빠져드는 것(자기 몸의 학대다)으로 우정을 저버린 친구의 모욕에 대한 짜릿한 상상의 복수를 결행하는 「반죽의 형상」의 화자가 그렇고, "내가 내 뒤통수를 내려찍는 이런 상쾌함"에 몸을 떠는 「분홍 리본의 시절」의 화자도 어느정도 그렇다. 「약콩이 끓는 동안」에서 김교수의 아들 상욱이 매일같이 술 마시고 노래하고 춤추고를 반복하다 노래방 한구석에 쳐박혀 잠을 잘 때 "반토막 난 벌레처럼 기어나오다 마는" "무의미한 버벅거림"에서 "추잡한 희열"을 느끼는 것도 비슷한 맥락이겠다.

권여선 소설이 불편과 불쾌의 쾌락을 향유한다는 것은 곧 이 병리적인 자학의 쾌감을 소설이 그 자체로 떠안고 있다는 의미이며, 나아가 예민한 독자라면 그 또한 어느덧 그 쾌감에 슬그머니 동참하게 된다는 의미이다. 실제로 대부분 권여선의 소설에서, 인물에 대한 거리를 유지하는 듯하면서도 곳곳에서 인물의 안으로 미묘하게 동화되어 들어가며 일말의 공감을 은밀히 이끌어내는 작가의 시선은 그 절차를 효과적으로 뒷받침하는 것이다.

이 지점에서, 「문상」의 '그'는 우리의 추잡한 노처녀 우정미의 소리 없는 외침을 다시 듣는다. "나를 봐요! 당신들은 모조리 죄인이에요! 나를 봐요! 당신들의 죄가 만들어낸 이 괴물을 좀 보라고요!" 불쾌를 감수하고 향유하라는 권여선 소설의 명령은 다름아닌 그 자신(소설)이 그러했듯 저 괴물의 외침에 응답하라는 명령이다. 당연하게도 괴물이란 비단 저들만이 아닐 터, 따라서 그것은 권여선 소설의 인물들이 늘 그래왔듯이 어느 순간 맞닥뜨리는 '내 안의 괴물'을 보라는 명령이기도 하다. 내처 더 나아간다면, 그것은 바로 그 안에서 윤리를 발견하라는 명령이다. 어떤 윤리?

4. 저들의 응시 안에 나의 운명이 크게 써 있도다

대답을 구하기 전에, 겉으로 보기에는 그와는 별로 관계가 없는 듯한 「약콩이 끓는 동안」의 윤양의 기막힌 운명을 잠시 상기해보는 것도 유익하겠다. 사고로 다리를 다친 괴팍한 김교수의 논문지도 보고서를 받아오는 일을 자청한 윤양, 그녀를 기다린 것은 보았던 대로 김교수의 고약한 가학과 음란한 모욕, 그의 두 아들이 던지는 끈적한 시선과 성적 농담이다. 견디다 못한 윤양, 마침내 저 살아 있는 음란한 죽음의 세계를, 몸 전체를 스멀스멀 휘감는 "보이지 않는 전염균의 거미줄"을, 가혹한 말들의 폭력을 벗어나기로 결심한다. "그녀는 내일 당장이라도 박조교에게 이 일을 그만두겠다고 말할 생각이었다."

혼자인 그녀에게 세상의 모든 말들은 가혹했다. 벌떼처럼 잉잉대는 말들의 벌집을 통째로 불태우고 싶었다. 그녀는 양손으로 귀를 틀어막았다. (…)
그녀는 귀를 막은 채 짙은 나무 그림자를 벗어나 환한 가로등 불빛 쪽으로 한발 내디뎠다. 이제 내끕하는 악기에 대해서도, 냅다 내지르는 악기에 대해서도 생각할 필요가 없다는 걸 깨닫자 그녀의 입가에 작은 미소가 떠올랐다. 그녀의 앞니가 흰 버선코처럼 반짝 빛났다. 순간 어둠과 빛의 경계에 숨어 있던 날선 톱 같은 장치가 튀어올라 몸을 두 조각으로 쪼개는 듯한 극심한 통증이 그녀를 덮쳤다. 그녀는 공중으로 날아올랐

고, 헐겁게 꾸려진 짐 무더기처럼 잔디밭 위에 덜그덕 부려졌
다. 귀를 막았던 손등에 뾰족한 잔디의 감촉이 느껴졌다. 그제
야 그녀는 검은 덩어리가 쏜살같이 사라지며 내는 낮은 굉음
을 들을 수 있었다. (「약콩이 끓는 동안」 101~102면)

이것은 살아 있는 죽음의 세계를 벗어나리라 귀를 틀어막는 결
심의 포즈──거기에는 "환한 가로등 불빛"과 "작은 미소"라는 긍
정적 이미지가 동반된다──가 하필 김교수와 같은 신세로 굴러
떨어지는 데 이바지하게 되는 가혹한 아이러니다. 화자는 그것
을 "세상의 말귀를 잘 못 알아들었거나 늦게 알아들은 댓가"라 하
고 있지만, 우리의 관점에서 그 아이러니는 오히려 괴물 같은 세
상의 응시에 등 돌리고 눈 막고 귀 막은 댓가다. 거꾸로 말하면,
일종의 징후로 보아야 할 이 짓궂은 아이러니의 이면에서 우리
가 짐작해 읽어야 하는 것은 예의 죽음과 무의미의 가학이 어찌
됐든 회피하지 말고 떠안아 견뎌야 할 삶의 일부일 수밖에 없다
는 작가의 감각이다. 그런 감각은 물론 여기서는 우회적인 징후
를 통해 슬쩍 내비치는 정도지만 대개 권여선의 소설은 당연히
이쯤에서 그치지 않는다.
　더 나아가 그의 소설은 '나' 자신이 심지어 저 무의미─죽음의
세계와 공모하는 지점을 신랄하게 파헤쳐놓기도 하는 것이니,
그것은 달리 말하면 "당신들은 모조리 죄인"이라는 짜증나는 여
자 우정미의 직설적인 호명에 나름의 방식으로 응답하는 것이기
도 하다. 그런 양상은 내용을 상실하고 공허한 포즈만 남은 삶의

나르씨시즘적 자기기만이나 공상을 그리는 「분홍 리본의 시절」 「위험한 산책」 「반죽의 형상」(그 점에서 이 작품들은 굳이 칭한다면 '포즈 3부작'이라 할 만하다)에서 특히 두드러진다. 그리고 「위험한 산책」의 경우 그것은 한때 운동권이었다가 제도에 편안히 안착한 남편의 지긋지긋한 위선적인 포즈와 증상이 다름아닌 저 자신의 것이기도 함을 애써 외면하는 '그녀'의 달콤한 우울증적 자기기만을 파헤치는 것으로 나타났음을 우리는 본 바 있다. 이는 결국 '나'와 '나'가 상대하는 '저들'이 결코 다르지 않은 종자임을 발설하는 것인데, 「반죽의 형상」에서 서로 무시하고 경멸하지만 뗄 수 없이 연결되어 각기 다른 모습으로 상대를 비추는, 한 반죽으로 빚은 두 형상이라는 흥미로운 비유는 애초 맥락을 떠나 이때에도 들어맞는다. 더 나아가 「분홍 리본의 시절」에서 날것의 욕망을 뒤춤에 감춘 선배 부부(특히 아내)의 부르주아적 허세와 자기포장의 허위가 실은 '나'의 것이기도 했음을 통렬히 고백하는 이런 대목은 또 어떤가.

나는 내가 기다린 것이 몽골의 남자친구가 아니라 모종의 극단적인 파국이었음을 알고 있다. 언니라고 살갑게 부르면서 선배의 아내를 기망한 나. 호시탐탐 선배에게 가랑이짓을 한 나. 쎅스광인 수림을 한없이 혐오하면서도 온 정력을 다해 질투한 나. 모든 정보를 모른 척 누설한 나. 고립이란 명분 뒤에서 늘 추잡한 연루를 꿈꾸어온 나. (「분홍 리본의 시절」 76~77면)

이와 더불어, '나'가 정반대의 이유로 혐오하고 경멸하는 선배의 아내와 선배의 정부(情婦) 수림은 "어쩌면 오래전에 퇴화하여 내 혀뿌리에 흔적으로만 남아 있는 한쌍의 혀였는지도 모른다"(62면)는 고백은 따져보면 무의식 속에서 저들은 곧 나다,라는 자기선언이기도 하다. 권여선의 소설은 이렇게 혐오의 대상과 '나'의 은밀한 공모나 그 둘의 동일성을 어느 면 마조히즘적 쾌감을 뒤섞으며 해부하고 있거니와, '내 안의 괴물'을 보라는 명령 또한 그런 방식으로 작동한다.

그런 측면에서 권여선의 소설은 무엇을 그리든 간에 궁극적으로는 신랄한 자기해부다. 그의 소설에서 출몰하는 괴물들이 어떤 모습을 띠고 있건, 그의 소설은 '나'가 저들 세계의 일부일 뿐 아니라 때로는 공모하고 있으며 때로는 한몸이라는 사실을 곳곳에서 상기시킨다. 그 점을 고려한다면 가령 (다소 단순하고 직설적으로 그려져 있긴 하지만) 「문상」에서 우정미라는 "끔찍한 보물"을 선택하리라는 '나'의 다짐은 '나'를 포함한 저 모든 것의 괴물스러움을 은폐하는 평온의 외양을 걷어버리고 들끓는 분열과 혼돈의 한가운데로 그 자신을 몰아넣겠다는 권여선 소설의 제스처를 상징적으로 보여주는 것이라 해도 좋다. 그의 소설이 보여주는 것은 '나'가 그 일부로서 참여하는 저 괴물스러운 세계의 있는 그대로의 진실을 아무런 외장(外裝) 없이 까발려 직시하리라는 태도이며, 그 외설의 불쾌를 냉정하게 향유하는 태도다. 니체라면 아마도 이것을 아모르-파띠(amor fati, 운명애)라고 불렀을 터, 권여선 소설의 윤리는 바로 그곳에 있다.

다시 앞으로 돌아가자. 서두에서 우리는 권여선의 소설을 어찌 됐든 그래도 연애편지라고 일렀던바, 그것은 이 모든 까닭에서 다. 이를테면 권여선의 소설은, 운명에 대한 사랑의 짜증스러운 쾌락에 동참하기를 권유하는 연애편지다.

5. 비(非)휴먼의 윤리, 그리고……

이쯤에서 권여선 소설의 언어감각을 특별히 언급하지 않는다 면 그것은 서운한 처사가 될 것이다. 예컨대 "뜨거움과 조잡함이 우윳빛으로 뒤엉긴, 이를테면 순댓국 같은 풍경"(「가을이 오면」 18면) 이라는 비유를 보라. 쉬 보기 힘든 낯선 비유지만, 이물스러운 여자 로라의 분노와 체념으로 들끓는 내면의 한자락은 오히려 그에 힘입어 하나의 그림으로 더없이 적확하게 부조된다. 살펴 보면 그의 소설의 언어가 두드러지는 대목은 대개 그런 식이다.

권여선의 소설에서 통상의 감각을 뒤틀어 그 빈틈을 파고드는 이런 낯설고 재치있는 비유는 곳곳에 넘쳐나거니와, 종종 등장 하는 언어유희 또한 나름의 계산에 힘입어 절묘한 효과를 발휘 한다. 가령 「약콩이 끓는 동안」에서 "내가 저분을 입으로 빨아서 그려"라는 가정부 여자의 말에서 일깨워지는 오해 장면이 그 하 나의 사례다. 그것은 처음에는 언뜻 무의미한 말장난처럼 보이 지만 독자들은 곧 '저분'을 '저 분'으로, 젓가락을 김교수로 잘못 알아들어 생겨나는 윤양의 끔찍하고 통쾌한 환상이 작품 전체를 감싸는 음란한 에로스의 분위기를 응축하는 것일 뿐 아니라 '오해된 의미의 매혹'이라는 한줄기의 부차적인 주제선과도 치밀하게 연결되어 있음을 문득 깨닫게 되는 것이다. 얼핏 그렇지 않은 듯 보일지 몰라도, 그의 소설은 저토록 언어와 형식에 민감하다. 그럼에도 불구하고, 형식적으로 볼 때 단편소설의 매끈한 완미함을 자의식적으로 거부하는 권여선 소설의 불친절함과 기우뚱한 구성의 불균형이 때로는 의도치 않은 비효율로 작용한다는 점 역시 여기서 지나가며 지적해두는 것도 필요하겠다.

앞에서 우리는 권여선의 소설이 어떤 측면에서 신랄한 자기해부라는 사실을 확인했다. 그렇게 볼 때 이것은 또다른 의미에서 독특한 자기탐구다. 그것은 자기탐구이되, 통상의 그것과는 달리 어느 하나로 환원할 수 없고 일목요연하게 정리하거나 쉽게 형언할 수도 없는 복잡하게 분열된 개인 심리의 생태를 별다른 관념의 치장이나 가공 없이 그 상태 그대로 거칠게 파헤쳐놓는다는 점에서 일종의 탈중심적 자기탐구다. 권여선의 소설이 일관된 하나의 명시적 주제나 메씨지로 쉽게 수렴되지 않는 까닭은 여기에도 있으며, 형식의 의도한 부조화와 불균형이 또한 그것을 효과적으로 뒷받침한다. 그리고 권여선 소설의 윤리감각은 바로 그 지점에서 작동한다. 그 윤리감각이란 물론 앞에서 보았듯 보통의 상식적 윤리감각을 뒤집는 윤리감각이다. 굳이 이른다면 그것을 두고 우리는 비(非)휴먼의 윤리라 할 수 있을 것이다. 권여선의 소설은 그렇게, 그 어느 것으로도 환원할 수 없는 나름의 개성의 자리를 확보해가는 중이다.

金永贊 | 문학평론가

군이 그럴 필요는 없지만, 생전 처음 닭을 잡는 소년처럼 비장하련다.

좀처럼 잊히지 않는 일들이 있다. 그것은 결코 애틋하거나 아름다운 기억이 아니라 나의 과오와 어둠과 죄에 얽힌 기억이다.

나도 한때는 정신적으로 행복하고 육체적으로도 충만했을 터이다. 솟구쳐오르는 삶의 기쁨을 어찌하지 못해 한번쯤 가슴을 지그시 눌렀을 터이다. 나는 비관주의자도 아니고 걸핏하면 자학을 일삼지도 않는다. 사람들과의 관계를 소중히 여기고 그들의 찬란한 장점을 흉내내려 애쓴다. 작은 금전적 소득에 만족하고 사소한 칭찬에 감격하며 내 행위의 결과들을 반성하려 노력한다. 막강한 주제에 사악하기까지 한 것들을 용서하지 못한다.

소박한 삶을 동경하고 나눔을 실천하는 인물들을 존경한다. 나 홀로 웰빙하기보다 아픈 지구와 더불어 앓기를 원한다. 검약하게 살고자 노력하며 비싼 술과 음식에 나를 탕진하지 않고자 한다. 그러나 때로는 '목구멍에서 손이 나온다'는 비유의 리얼리티를 몸소 체현하며 그 유혹에 굴복한 적이 있음을 고백할 만큼의 양심도 갖고 있다. 너그럽진 않지만 인색하지 않으며 발랄하진 않지만 음울하지도 않다. 그런데도 돌아보면,

아니 돌아보려 하지 않아도, 기억은 언제나 시리고 소름 돋는 가시들로 가득하다. 그쪽 세계에선 나를 포함해 산 자들이 모두 허깨비이고 죽은 자들만이, 실제로 죽었거나 내 속에서 멈춘 자들만이 객관적 실체이며 단단한 결정이라는 느낌이 든다.

어찌된 일일까, 묻기조차 두렵다.

결국 나는 아무것도 버리지 못했다.

내 기관이 아닌 듯, 고집 세게 꽉 쥔 손아귀가 의수처럼 내 팔을 매듭짓고 있다.

마음대로 되지 않는 것들이 내 마음을 사로잡는다. 내 것인 줄 알았는데 나를 돌로 치고 내게서 등 돌린 것들. 나의 애인, 나의 신념, 나의 글. 지난 책에서는 그것들에게 고마움을 표했다. 그러면서 나 역시 뒤에서 그것들을 돌로 쳤다. 어느 것이 어느 것의 그림자인지 모르겠다. 누군가는 돌을 깨어 나를 얻기도 한다는데 이 책에서 나는 나를 깨어 돌을 얻고자 했다. 그런데 내 속

에서 나온 이 투박하고 못난 돌, 가만 보니 나를 깰 때 쓴 그 돌 같다. 또 쓰고 싶다. 깰 내가 남아 있는 한. 깰 돌이 남아 있는 한. 악몽 속에서 꾸는 또 하나의 악몽처럼 쓰는 글 속에서 나는 또 쓰고 싶다. 캄캄한 글쓰기의 악무한이 저 까마득한 만장 동굴의 막다른 장소에 나를 입묘할 때까지.

왜 쓰는가, 묻지 않겠다.
이 삶에서 나는 아무것도 버리지 못한다.
그러니 징벌인 듯, 그 손아귀 영영 펴지 말고 쓰라 명한다.
목구멍에서 튀어나와 뭔가를 움켜쥐려는 그 포스, 그 포즈 그대로!

2007년 2월
권여선

| 수록작품 발표 지면 |

「가을이 오면」…『문예중앙』 2005년 겨울호

「분홍 리본의 시절」…『황해문화』 2005년 봄호

「약콩이 끓는 동안」…『문학동네』 2006년 여름호

「솔숲 사이로」…『문학판』 2006년 가을호

「반죽의 형상」…『현대문학』 2006년 7월호

「문상」… 문장 웹진 창간호 2005년 6월

「위험한 산책」…『창작과비평』 2005년 여름호

분홍 리본의 시절

초판 1쇄 발행／2007년 2월 27일
초판 8쇄 발행／2019년 5월 6일

지은이／권여선
펴낸이／강일우
책임편집／정소영
펴낸곳／(주)창비
등록／1986년 8월 5일 제85호
주소／10881 경기도 파주시 회동길 184
전화／031-955-3333
팩시밀리／영업 031-955-3399 · 편집 031-955-3400
홈페이지／www.changbi.com
전자우편／lit@changbi.com

ⓒ 권여선 2007
ISBN 978-89-364-3698-8   03810

* 이 책은 한국문화예술위원회의 2007년도 '문예진흥기금'을 받았습니다.
* 이 책 내용의 전부 또는 일부를 재사용하려면
  반드시 저작권자와 창비 양측의 동의를 받아야 합니다.
* 책값은 뒤표지에 표시되어 있습니다.